望山書屋詩詞全集

刘存宽◎著

中国社会科学出版社

图书在版编目(CIP)数据

望山书屋诗词全集/刘存宽著. —北京：中国社会科学出版社，2016. 10

ISBN 978 - 7 - 5161 - 8042 - 6

Ⅰ. ①望… Ⅱ. ①刘… Ⅲ. ①诗词—作品集—中国—当代 Ⅳ. ①I227

中国版本图书馆 CIP 数据核字(2016)第 084319 号

出版人 赵剑英
责任编辑 慈明亮
责任校对 董晓月
责任印制 戴 宽

出 版 中国社会科学出版社
社 址 北京鼓楼西大街甲 158 号
邮 编 100720
网 址 http://www.csspw.cn
发行部 010 - 84083685
门市部 010 - 84029450
经 销 新华书店及其他书店

印 刷 北京君升印刷有限公司
装 订 廊坊市广阳区广增装订厂
版 次 2016 年 10 月第 1 版
印 次 2016 年 10 月第 1 次印刷

开 本 710 × 1000 1/16
印 张 26
插 页 2
字 数 326 千字
定 价 96.00 元

《望山书屋诗词全集》编委会

编辑说明

一、本书收录刘存宽先生已出版的《望山书屋诗词》及《望山书屋诗词续集》中的全部诗词505首及诗友和诗6首。此外还收录先生未发表的手稿，以及2009年3月《续集》出版后至2012年10月先生去世期间发表于《秋韵》等报刊和诗歌选集的诗、词、曲、楹联及新体诗，共104首（阕）。全书总计收集先生的诗词作品604首（阕）。正文附诗友和诗共15首。

二、在本书中，先生的诗词作品按体裁分为“古体诗”“词、曲、联”“新体诗”三部分。同时将先生的诗论、诗评文章列入正文，编为第四部分。其中《传统诗词写作之我见》和《传承创新，重振中华诗魂》两篇文章，系直接转自《重振中华诗魂》一书（中国社会科学出版社2014年版）。此外，为了帮助读者较全面深入地了解先生的诗作、人品，表达同事、友人、亲属对先生的仰慕和怀念之情，编者将有关的诗词、文章作为“附录”，缀于书末。

三、对《望山书屋诗词》中一些诗作因出版印刷等原因产生的讹误，已按《续集》所附订正表作了订正。发表于不同报刊的同一首诗词，力求以最后刊载者为准。极个别的明显文字错误，由编者作了改正。《离乡伤别》一诗，先生注释言犹未尽，由编者作了考释。

目　　录

古体诗

词曲联

新体诗

诗论诗评

附　录

《望山书屋诗词》序

在诗歌海洋中遨游的时候，人们常会感到意外的惊喜，有的是因为诗人创造了出人意表的境界，有的是诗人通过作品表现出素来为人所不知的才能。我读存宽的诗词集感到意外的惊喜，就和两者都有关。

我和存宽初识是在 1981 年夏天。当时北戴河中央疗养地开放，我院各所安排科研人员休养，我和他（近代史研究所）、陈智超（历史研究所）被安排在离周总理当年住地很近的一栋别墅中。那里环境优美，晚上可以听到渤海的涛声。存宽给我的印象是温文尔雅，诚恳热情，我们还在一起摄影留念。尔后我们都兼任了中国社会科学院研究生院教授。从《导师研究成果目录》中我进一步了解到他在近代史研究方面的成就。1997 年为迎接香港回归，我撰了一副楹联："江头港岛归华夏，海畔云山拥屯门。""屯门"为香港地区在唐代的地名，但这个词是我过去在浏览书刊时留下的印象。为了准确起见，3 月 7 日我咨询了对香港素有研究的近代史研究所余绳武先生。他首先肯定了我的记忆无误，并立即送给我他和存宽主编的《十九世纪的香港》一书。回家我花了两天时间快读一过，我找到了"屯门"的文献资料，而且也对存宽在史学方面的造诣，有了新的认识，但还不知道他会写诗词，所以当他参加我院诗社——秋韵诗社活动，送来作品时，让我感到意外和惊奇。我感到意外，不是因为他是研究历史的学者而搞写作，因为从古到今文史兼擅的学者、作家，代不乏人。著名的例子如宋代欧阳修，既参加撰写《新唐书》，又著有《新五代史》，还是诗词大家。金代元好问既有为后来编纂《金史》奠定重要基础的《金源君臣言行录》，也是诗词大家。清代赵翼除了撰有史学名著《二十二史札记》等外，更以诗作名扬文坛。至于当代的学术大师陈寅恪，既有文史名著，诗也极有特点。既然这种现象早已存在，为什么我又感到意外呢？一是存宽这些作品从来没有正式发表过，不为世人所知，所以它的突然出现，不免令人对作者的多才多艺感到惊奇；二是这些作品得自然之趣，生活气息浓厚，重视意境创造，颇有艺术感染力，整个的像一串耀眼明珠，让人不得不啧啧称奇。

这部诗词集题材广泛，大到国家大事，小到家庭生活，都有反映。从作品中我们可以感到作者的爱国之情，对大自然的钟情，对慈母、妻子、儿女、兄弟姐妹以及同学、朋友的真挚之情。作品中写山水风光者尤多，让人读来均有亲历其境之趣。总之，整个诗词风格清新，令人想起了李白的诗句：“清水出芙蓉，天然去雕饰。”我喜欢这种艺术境界，我想存宽也喜欢这种艺术境界。这种境界不可能轻易得到，只有不畏艰辛、“新诗改罢自长吟”（杜甫）的诗人才能达到。这类作品与“等闲辑缀闲言语，夸向时人唤作诗”（张祜）是不可同日而语的。如果诗词作者人人都如存宽那样，能自觉追求个性化的风格，那么呈现在读者面前的将是一个绚丽多彩、百花齐放的诗坛，那该多么好啊！

这部诗词集定稿后，作者约我作序，使我有幸成为它的第一位读者。最近听说作家出版社将在新年之初印刷出版，带着兴奋的心情写了上面那些感想，用以庆贺诗苑一丛新花的绽放。

吴庚舜

2004 年 12 月 28 日于中国社会科学院文学研究所

《望山书屋诗词》自序

本书选录了本人1942—2005年六十二年间的诗词作品约三百件，题名《望山书屋诗词》。

望山书屋系本人在京充作书房之斗室，位于中国美术馆之南，东黄城根公园东侧。书屋虽小，然景观绝佳。从书屋凭窗西望，景山仅一箭之遥。西山群峰，历历在目，晴雨晨昏，气象万千，故名“望山”。“望山”之名，亦兼有高山仰止之意。生平治学作诗，恒有似近实远，似低实高，似易实难之感，恰与观山无异。予深知各行各业，皆山外有山，天外有天，永无终极，未敢自满懈怠。屋名“望山”，亦所以自儆自励也。

予自幼喜好诗词。家父刘子开，年少家贫失学，全赖发奋自修，学识日进，于诗词尤有偏好。每于心情佳时，吟诗诵词，自得其乐。母宋国模，勤俭贤淑，聪慧过人，与父琴瑟和谐，相爱至笃。母虽不识字，然能背若干唐诗，亦不时哼唱几首民间小调。予对诗词之爱好，父母实为最初之启蒙者。初中毕业后，入张澜先生（南充人）创办之南充建华高中学习，亲聆章太炎先生弟子钟稚琚教授之教诲，开始习作诗词。时予青春年少，对生活充满憧憬，又喜读诗词，每触及国势之艰危，民生之疾苦，社会生活之五光十色，自然山川之雄奇壮丽，父母亲友之深情至爱，民风民俗之绚丽多彩，以至嘉陵江上船工之号子，弟妹摇篮旁慈母之轻唱……皆触于心而动乎情，势有不得不发者。是时之诗词，虽属幼稚，然年代久远，弥觉珍贵。惜所存不多，一概收录，不加改动。

1949年以后，政治运动不断，且忙于日常工作，无闲暇及闲情吟咏。其间约二十年，诗词作品较少，且大半无存。然所读诗词仍数量可观，仅限于爱好而已。“文化大革命”结束迄今近三十年间，予对诗词之旧情，一发不可收拾，所写渐多，然自觉满意者少。今将毕生诗词选汇成册，献与读者，内容无非是反映社会，歌颂自然，记录人生，抒发性灵。如能因本书之面世而引起与读者内心之交流共鸣，获得方家之垂阅指点，则幸甚矣。

本书是在中国社会科学院秋韵诗社全体诗友的关怀和鼓励下付梓的，其间有许多感人的故事，令我难以忘怀。本书付梓前，蒙方约先生、吴庚舜先生、雷风先生、王明甫先生为我通读全稿，提出了十分精辟中肯的意见，使我获益匪浅。吴庚舜先生不顾眼疾，慨允为本书作序。方、雷、王三位先生并亲笔为本书题写赠诗。吴慧、闻少华、曾景忠等先生亦有诗相赠和。我愿借此机会，向以上诸公及诗社全体诗友深表谢忱！

刘存宽

2005年1月于望山书屋

《望山书屋诗词·续集》序

秋韵诗社负责人最近换届改选，刘存宽兄被推举为新任社长，众望所归。凡是读了刘兄长诗《汶川大地震感怀》的人，无不惊佩其诗才与诗品之绝妙和高超。存宽兄文思敏捷，尤擅长名胜吟咏、访古抒情；游踪所到，均可成章，而且每多佳作。他所写之诗很有风趣，又极自然，不显笨拙修饰之痕迹。《民族歌舞晚宴》诗，我看是他的一首杰作。他写道："别馆华灯展盛筵，欢歌曼舞闹繁弦。难辞维女相邀苦，也入人群乱打圈。"这诗平仄协调，遣词用韵极妙，细细品赏，趣味无穷，读后久久难忘。欢快的气氛，维女的盛情，盛筵之展，繁弦之闹，很形象地把这场民族风情的晚宴写活了。想起他被维吾尔族姑娘拉入人群乱打圈（跳舞）的样子，便忍不住发笑。类似描述风光古迹之作，刘诗都有他独具的风格。他作律诗，对仗也相当工整，令我羡慕。在这方面，我是望尘莫及的。他写的《李坑行》诗，其中两联："茶掩丘峦千垅翠，竹围村舍万竿新。青牛啮草频摇尾，黄犬眠街不避人。"好像是一幅图画，小镇农村风物仿佛就在眼前。他如此轻易地用对仗方式把它描绘出来。难能的是几乎首首律诗都是以工整相对见于人。这种精心取舍、仔细推敲，不草率成章的作风，是我学习的榜样。

几年前，我捧读《望山书屋诗词》，曾题诗赞叹，拙句有云："神清语隽意纵横"，实乃写真。读过刘兄诗词的人，便知此非妄言。如今刘兄第二部诗词选集又将刊行于世。它的内容仍是神思飞扬，风格清新。我们可再次从此集中欣赏到名篇佳句。其诗其词，或新或旧，无论是主题之选择，诗技之娴熟，手法之多样，文采之流露，读者都会得到有益的启发，自然也会感受到那些诗和词带给我们的欣喜和快乐。

与存宽相识有年矣。他年逾八旬，仍孜孜不倦，著诗言志，令我佩服。更令我敬佩的是他为人谦和，朴实、真诚，有平常之心，无张扬之性，堪称谦谦君子。他学术著作亦丰，艺苑学林，久负盛名，是一位学者型的老诗人。

值得庆幸，我们秋韵诗社有不少与存宽相同的学者型的老诗人，他们也写出了一些上乘之作，同样受到我的敬重。他们是我的诗友，也是我学诗的老师。

刘兄在出版《望山书屋诗词·续集》之际，嘱余为之作序。余不敏，常自惭浅陋，既竭于思，又拙于文，更不善诗理词论之道，故一再推辞，不敢受命。忽而转念，两人既有乡谊，又是深交，理应为他的新书祝贺，于是写出几页粗俗文字，借此机会说说蕴藏已久的对存宽兄并不过誉的心里话。

方　约

2008 年冬

写在《望山书屋诗词·续集》出版之前

从前有人以读《汉书》下酒，那是因为班固的文章好，味道醇。我读《望山书屋诗词》，总有一种如饮醇酿、通体舒泰的感觉，则是因为存宽先生的大作，的确声情并茂，韵味悠长。

白居易说情是诗的根。严羽说作诗要有妙悟。妙悟是什么？我的理解就是：根据艺术反映现实的要求，善于运用丰富的想象力，搜寻和捕捉最有风趣、最有韵味的意境，并能找到清新活泼的语言，恰到好处地加以表达的能力。它既关乎学力，也源自天分。

存宽先生恰是一位多情的人，又具有很高的妙悟能力。人世间的万事万物，大至宇宙风云，小到凡花野草，随时随地都能触动他多情善感的心弦，引发他寄情吟咏的雅兴；再凭借其妙悟，于是一首首情景交融、语言清新的诗词就出现在他的笔下，进而在读者的心灵深处产生共鸣，情不自禁地随着他乐，随着他忧。

陆游总结他作诗的经验，强调诗外功夫，读存宽先生的诗词，更证明此说不诬。存宽先生学贯中西，阅历丰富，治学作诗一向勤奋而且严谨，尤其是不谋荣利、品德崇高，有这样厚实的诗外功夫，其作品自然不同凡响。

现在，《望山书屋诗词·续集》即将出版，我将备一坛好酒，准备到时候洗手，焚香，细细欣赏存宽先生的清辞丽句，随时“浮一大白”，其乐何如哉！

雷　风

2008 年 12 月

《望山书屋诗词·续集》序

2005年春节期间，存宽兄的大作《望山书屋诗词》一书出版，一时间不胫而走，好评如潮，评家誉之为当年诗苑绽放的一丛新葩。迩来存宽兄又辑新作二百余首，裒然成集，即将面世。清词两卷，丽句华章，当如双子星座朗耀诗坛。

我时常在想，或许是天纵存宽兄一双慧眼，乃至善于发现并揭示蕴涵在世间万类深层的韵致与奥义，睹物生情，感事而发，每遇兴会便诗思泉涌。其捕捉灵感之锐敏，契入视角之不凡，联想之丰富，挖掘之深刻，取譬之奇警，意象之新颖，格调之高超，表达之晓畅；戛戛独造且无违诗律，令人叹赏不置。在诗人妙笔的生发下，无论是自然界的山川景物、花木鸟兽，还是社会现实的世道人情、国事要闻，“状难写之景如在目前，含不尽之意见于言外”，让读者都能深切领略到诗作中所体现出的那番“成如容易却艰辛”的诗外功底。

存宽兄在近代史诸多领域广有涉猎，著述宏富，才望出众；而其为人处世却又低调，贞实笃诚，雅度弘毅，谦谦恂恂，与人为善，绝无骄矜之气。一位博通古今、学贯中西的专家学者，在传统诗词的造诣上竟能达此境地，实属难能可贵。刘熙载云：“诗品出于人品。”良有以也。

我与存宽兄相识较晚，然能一见如故，相处甚得。存宽兄视我为知交，我则视存宽兄为良师益友。此次出版《望山书屋诗词·续集》，叮嘱要我写篇小序，令我惶恐不迭，碍难动笔，觉得不若留下篇幅多收入几篇诗词新作更有价值；更何况有方约、雷风二位的序已经足够，无须我再饶舌。虽经推辞未能获允。我深知存宽兄最重友情，但却不入时宜，懒于烦请时贤名流为其作品增光添彩，而把朋友的肺腑心声看得更为珍贵。故值此书付梓之际，近倩诗社两三老友为之作序，挈以共传。有念及此，敢略赘芜言，庶铭高谊雅意。

王明甫

2008年12月平安夜

《望山书屋诗词·续集》自序

《望山书屋诗词·续集》是拙著《望山书屋诗词》（作家出版社2005年版）的续编。

《望山书屋诗词》的刊出，得到诗友和广大读者的普遍认同和肯定。许多诗友或为我写序、题字，或来信、赠涛，或撰写书评，赞誉有加。之后四年间，我陆续写作诗词及新体诗三百余首。这些诗词大都在《光明日报》、《北京日报》、《中国社会科学院院报》、《珠海特区报》、《南学通讯》等报刊和《秋之韵》、《秋韵诗萃》、《辉煌三十年》、《首届华夏诗词奖获奖作品集》等诗词集刊载过。今年以来，不少诗友建议我将这些诗作结集出版。我欣然感谢朋友们的好意，费时数月，选录诗词二百余首，汇成此册，题名《望山书屋诗词·续集》，仍交作家出版社出版。

本书正文分为“诗词续刊”和“新体诗选”两个部分（其中选用了2005年以前的少数作品），外收四个附录：附录一：《望山书屋诗词》订误；附录二：赠诗贺诗；附录三：诗词评论；附录四：来信选登。

从诗友序言及附录二、三、四中，不难看出诗友和广大读者对《望山书屋诗词》及《续集》出版所表现出来的喜悦之情。他们出于至诚爱我之心，对该书和我本人作出了热情洋溢的评论。这些评论感人至深，让我得到慰藉和鼓舞。我现在将它们刊布出来，并不是认为自己已经达到朋友和读者所说的那样高的水平，而是把这些美言当作对我的鞭策和期望，并借此表示对他们的谢意。我深知自己在诗歌创作上不足之处尚多，今后仍将依循“望山书屋”命名之宗旨，向诗友和读者学习，不敢自满懈怠，并本着个人“艺文灵魂在于真”的信念，永远保持一颗真诚赤子之心，用诗笔去反映大千世界（大自然、社会与人）的无限丰富和绚丽，讴歌人类之大爱和人性的真善美，记录人生，反映时代，迎接未来。

在结束拙序之际，我愿趁此机会，对中国社会科学院秋韵诗社的全体诗友表示诚挚的感谢。秋韵诗社是一个团结和睦，互助互爱的团队。生活其中，宛如置身自由辽阔的不沉之大海。诗友中有许多人文科学各部门造诣甚深、诗文兼擅的专家，没有他们的帮助，我的先后两卷诗作是不可能面世的。其间有许多感人的故事，在此难以一一追述。我还要特别感谢诗友方约先生、雷风先生、王明甫先生，他们以年迈多病之躯，慨然应允为本书作序，或为我通读本书全文。吴庚舜、孙景超、龚荣进、陈新、吴慧、郭健、闻少华、吴宗钫、曾景忠、梁星彭等先生（恕不一一列举）也以各种方式给我极其宝贵的鼓励和支持。最后，老伴杜华田一直是每首拙诗的第一位读者，并能提出很中肯的意见。没有她和在京数十位亲人的爱护和默默无闻的无私奉献，本书的问世同样是不可能的。在此，也应该对他们致以骨肉的感谢之情。

本书出版，适逢个人八旬届满。特赋诗《八十戏作》一首，聊以自寿，并博诗友和读者一笑。诗云：

年迈犹怀少小狂，
赢得众友唤刘郎。
但求赤子心长在，

日吐拙诗八九行。

刘存宽

2009年元月于望山书屋

《望山书屋诗词全集》序

刘存宽先生，四川南充人，中国社会科学院近代史研究所研究员。曾任边疆史地研究中心学术委员会副主任、中俄关系史研究会副会长、联合国教科文组织《中亚文明史》国际科学委员会委员。学贯中西，著述颇丰。一生酷爱古典诗词，既是一名资深学者，又是一位才华横溢的诗人。

他自幼受父亲诱导、培养，四五岁就喜欢吟哦古典诗词。中学时代受业于章太炎高足钟稚琚教授“学写诗填词，习格律音韵”，诗学上打下了较好基础。少年时代，十几岁即写出了《感时》、《壮丁墓》、《潼关告急》等感人诗篇。他一生在半个多世纪的漫长岁月里，治史之余，从不忘诗词创作，特别是改革开放以后，国运昌盛，民气升腾，他的诗兴大发，创作热情日益高涨，一直到老，笔耕不辍，正如他在《八十戏作》中所云：“年迈犹怀少年狂，赢得众友唤刘郎。但求赤子心长在，日吐拙诗八九行。”

我和存宽先生相识较晚，新世纪初，我参加秋韵诗社后才有交往。我很喜欢他的诗词，每篇必读。2005 年，《望山书屋诗词》出版，诗社组织座谈他的诗词，我有个发言，社长吴庚舜鼓励我把它整理出来。我本着认真学习的态度，又进一步反复钻研他的诗词，用了两个星期，写了约两万多字的读后感。后经修改压缩刊登在《秋韵诗萃》（四）上。至此我成了刘诗的爱好者，常为他诗词的艺术魅力所倾倒。后来我们同被推为诗社服务员，相交日笃。院里组织健康旅游我们多次相约同行，候机室、车厢中、游艇上、宾馆里，乃至在景点休憩时，常有我们在一起谈诗论词的身影。他渊博的诗学知识和创作经验，给了我许多启迪；他成为我十分崇敬的良师益友。他在准备出版《望山书屋诗词·续集》时，曾约我为他作序，我考虑2005年《望山书屋诗词》出版时，已有吴庚舜先生作了序；出《续集》，方约、雷风、王明甫几位学养深厚的吟长又都作了序；我过去已写了篇读后感，没有更多话可说，就恳辞了。

《望山书屋诗词》出版以来，在诗坛内外颇受重视，有较广泛影响。据不完全统计，已知有23种《诗集》选入他的诗词186首。2005年1月，他的第一本《诗集》尚未问世，《中华诗词大全》就收入了刘诗56首，后来《中国当代抒情诗词大典》选入14首，《中华当代山水诗词选》收入10首，其他不一而足。许多优秀作品多次获奖。普遍反映，存宽先生的诗词底蕴深厚、富有生活气息；视野开阔、气势恢宏；风格清新、自然流畅；情景交融，充满时代精神。

现在先生已作古，我们诗社策划出版他的诗词全集，作为对他最好的怀念，这是诗社的一大盛事，我责无旁贷为本书的出版谈点拙见。

新出版的存宽先生的诗词全集，共收他一生创作的诗词605首，其中有100首是前两个集子没有收录的，绝大部分是他近几年的新作。打开诗词全集，呈现在读者面前的是一幅五彩缤纷、绚丽多姿的艺术画卷，又像是内容丰富、意蕴深邃的百宝锦囊。

对于存宽先生诗词的详尽评析，在本书中汇集的诸多序言、读后感、贺函、祝词中多有论述，其中，尤以王明甫先生概括的最为全面、精当，他说：天纵存宽兄一双慧眼“其捕捉灵感之锐敏，契入视角之不凡，联想之丰富，挖掘之深刻，取譬之奇警，意象之新颖，格调之高超，表达之晓畅，戛戛独造且无违诗律，令人叹赏不置”。因此，本文不打算在这方面重复赘言，我想着重就《全集》出版的重要意义谈以下几点。

一　为当代诗坛百花园　增添一株鲜艳的奇葩

近年来传统诗词复兴，已如雨后春笋，生机勃勃，欣欣向荣，十分喜人。但也存在许多不足，正如一些专家指出的，总体看，数量不少，质量不高。公认的思想性、艺术性均佳、为人民大众喜爱、有广泛影响的作品，几如凤毛麟角。亟须给热爱格律诗的读者提供一些佳作作为学习引导。“天意君须会：人间要好诗”，“不薄今人爱古人，清词丽句必为邻”，重视适应时代的好诗，积极推荐当代人的清词丽句，是历代诗坛的优良传统和应有的责任。我们诗社就是本着这种精神来出版刘诗《全集》的，目的是让广大读者能够更多读到这位才华出众的诗人的名篇佳句，更深入全面系统地了解刘诗的风格、神韵、艺术特色，不仅在作品中受到真善美的思想教育和精神鼓舞，而且在艺术表现技巧、诗词语言运用等方面受到启迪、熏陶，以提高自己的诗艺和创作水平。

二　为格律诗词的现代化、大众化提供借鉴

格律诗词如何紧跟时代，在建设先进文化中发挥更大作用，必须解决现代化、大众化的问题，认真克服其诘聱艰涩难懂的缺点，才能融入人民大众，满足时代需要。刘诗在这方面堪称楷模，做出了榜样，他的诗词作品总是那么清新晓畅，从上述几篇序言、读后感和社会上出版的诸多诗词选集中所引述他的大量佳作中可以窥见一斑。他用自己的创作实践有力地证明，格律诗词完全可以反映日益丰富的现代社会生活，与广大群众结合、沟通，格律诗词创作天地广阔，大有可为。

三　为坚持和发扬包容精神提供了范例

“诗备众体”，发扬包容精神，是贯彻“双百方针”应有之义，对繁荣诗词创作意义深远。存宽先生酷爱古典诗词，创作的也大量是传统的格律诗词，在古典诗词中，诗、词、曲的各种体裁，包括古风、歌行体，他都运用。同时，对新诗的发展也很关注，不时也写些新诗，仅在《望山书屋诗词·续集》中就选收新诗 10 首，而且有的新诗写得很有感情，如《伴侣》、《在银杏树下》等，他收录在《秋韵新咏》中的自由体新诗《阿斯帕大妈》，以真实故事为素材，热情歌颂了哈萨克一位牧民大妈自己亲生九个儿女，又收养了十个不同民族的孩子，组成了一个 183 人的大家庭，以“超越血缘、超越民族、充塞宇宙、包容无限”“浩淼无比的人类大爱”展示于人间，读后感人至深。还有他的《风与柳》，全诗如下：“风赋柳以灵，柳予风以形。无风柳无韵，无柳风何凭？长相依，共漫舞，携手天涯兮齐飞腾！”写得很有神韵，蕴含哲理。后三句像古诗，前四句句法很像新诗，很自由，不拘一格。这种将新体诗、古体诗的形式熔于一炉的尝试，又如此自然和谐，让人耳目一新。

四　为振兴诗坛，理论联系实际提出了卓见

对于如何对古典诗词进行传承创新，以振兴我国诗坛，存宽先生不仅以自己的诗歌创作实践做了探索和努力，而且还结合自己对诗坛现状的观察，认真总结自己的创作经验，从理论上作出阐述说明。《全集》收录了先生两篇诗论《传统诗词写作之我见》和《传承创新，重振中华诗魂》。这两篇力作，理论联系实际，论述精辟，很有针对性。作者在《传承创新，重振中华诗魂》一文中指出：改革开放以来，“传统诗歌经历了一个自我调整、自我完善、自我更新的过程，其实质从任何意义上说都是一次重要的诗歌创新”。主

要表现为：1. 思想观念上的更新。他针对传统诗词“过时论”的指责，明确指出：“判断一种诗歌过时与否，决定的因素在内容而不在形式。”强调作品内容要“力求反映现实，贴近生活，与时代同步”。2. 形式上“求正容变”。以音韵为例，认为：“我们当代人写诗不是给古人看的，而是给今人、后人看的，因而在音韵上必须‘容变’，允许适当变通，使用今韵。”3. 捍卫诗歌优秀传统。允许使用今韵，但断然反对废除音韵：在平仄、对仗等方面不赞成过分拘泥，但不主张废弃平仄、对仗。以上三点，是他对当前传统诗词改革创新的简要概括，也是他从丰富的创作实践中，总结出来的宝贵经验，对格律诗的现代化、大众化，发展繁荣，极为重要，很值得重视。《传统诗词写作之我见》一文，许多论点是存宽先生长期创作经验的总结，具体生动，读后得益匪浅。

已出版的《望山书屋诗词》及其《续集》已在群众中产生广泛影响，可以预料，本书面世定会受到更广大读者的欢迎。在此，我以万分喜悦的心情祝贺并期盼《望山书屋诗词全集》早日出版。

孙景超

2015 年 5 月 12 日

古体诗

感 时

1942年夏，日机轰炸南充。时行将初中毕业，闻讯后即自学校暂迁地杨家沟奔赴县城家中。沿途败瓦颓垣，尸横遍地，烟火弥漫，惨不忍睹。愤而赋此，时年十三。

国破民涂炭，敌机日犯川。
血流盈巷陌，残体挂枝端。

壮丁墓

1944年夏，黄昏，偕父漫步于故园螺溪之滨。见一新坟，云是受长官虐待致死之壮丁墓，感而赋此。父嘉之。时年十五。

寂寞一孤冢，泥黄草未生。
残阳哭逝水，户户怨抓丁。

潼关告急

1944年，日寇为打通大陆交通线，在豫西发动攻势，潼关告急，大后方震动。时余年仅十五，投笔无门，爰赋此诗。

噩耗频频至，顽敌欲扣关。
安得千万众，跃马越巴山。

携华田之东观[①]

嘉陵塔影苇花秋，游子还乡母不忧。
更喜伊人无限好，孩儿风雨有同舟。

1950 年初秋

偕二妹、华田出川赴京

青春结伴下渝州，舟入瞿塘似箭流。
万岭千滩拦不住，西陵一过水悠悠。

1950 年秋

庚寅年咏事

西山白云里，嘉陵流若斯。天涯归故里，正伊二九时。相携去东观，买舟渡江去。江岸白塔高，舟中人如玉。绕丘复过溪，弯弯家乡路。犬吠竹林深，鸡鸣茅店树。入门拜双亲，双亲皆惊喜。喜极反似悲，含笑还拭泪。四年不见儿，模样变几许？前此浑不知，携来谁家女？惊定口难合，奔走忙张罗。三餐饶滋味，夜夜好梦多。梦好恨时短，莫使任蹉跎。螺溪风光好，四野稻谷香。每于黄昏后，溪边共徜徉。抬头望西天，落日欲衔山。云霞多变幻，聚散瞬息间。弹指日西沉，满天烧烈

① 东观：南充东部一乡间小镇，我家即在此镇。

焰。乾坤一熔炉，环宇喷火山。俄顷夜雾升，霞光渐趋淡。浩浩沧溟阔，岛屿隐隐现。又见长河中，孤帆傍野岸。忽作猛兽吼，虎视何眈眈。化为仙女舞，含笑看人间。月出金城顶，照我人影斜。信步过小桥，徘徊水之涯。溪边有好草，铺地绿似茵。两两相依坐，细语忘更深。更深人不倦，月下相顾盼。眼是水波横，人比星光灿。明月寄伊魂，清溪鉴伊心。溪水语绵绵，似诉相爱深。长啸谢苍天，赐我心上人。比翼高飞去，长驱万里云。

作于1950年，2003年改定

离乡伤别[1]

1950年10月，离家乡南充，乘小木船从嘉陵江出发，三日后到达重庆。离别父母及故乡，不禁惆怅之情、淡淡的哀伤，涌上心来。突然记起千余年前，白居易写下的诗句。[2]

千里嘉陵江水声，何年应绕此江行。
只应添得清宵梦，时见满江流月明。

① 标题为编者所加。

② 编者注：查顾肇昌、周汝昌选注《白居易诗选》（人民文学出版社1963年版）中，有《兄弟离散，各在一处，因望月有感》诗，诗中有“时难年荒世业空，弟兄羁旅各西东。……共看明月应垂泪，一夜乡心五处同”句。另，《江楼闻砧》诗：“江人授衣晚，十月始闻砧。一夕高楼月，万里故园心。”此二诗皆有因明月而感怀亲人故乡的情绪。（见该书第7页、第201页）

漓江行舟

两岸奇峰波弄影，画廊奇幻自天成。
澄江千曲随山转，篙动舟轻似滑冰。

1951年10月

柳江惜别

1951年秋，北京大学师生自京赴广西柳州柳城县参加土地改革工作。翌年春，工作结束返京。村民男女沿柳江挥泪送行达十余里，感人至深。

茅舍虽低亦我庐，晨昏相伴此心舒。
农人才获分田契，学府频传返校书。
两岸青山挥热泪，一江春水送归途。
对歌欲效刘三姐[①]，喊破喉咙总不如。

1952年4月

初观大海

1952年秋，北京大学毕业，受组织委派去中国人民大学外交系研究生班深造。越明年，与同学数人，去大连“军训”，住大连海运学院，日习射击、学游泳。此番予生平首次得见大海，兴奋莫名，爰得此句。

---

① 刘三姐传闻系柳州人。又，农民沿柳江给我等送别时，按壮族习惯，一路唱山歌表示依依不舍之情，我等亦以山歌作答。

初见恰逢海日生，沧波浴我喜而惊。
与伊定有前缘未？相看不厌动痴情。

深夜备课

1955 年秋，东北人民大学（今吉林大学）历史系安排予讲授世界史。是为予首次登上大学讲台，新鲜无比，并为此兴奋不已。

子夜寒灯照小斋，手持讲稿久徘徊。
曙光一线从窗入，催我今朝上课台。

1955 年 9 月

赠金景芳教授

春秋巨笔写先秦①，铁骨铮铮不染尘②。
仰慕敢称忘年友③，文章道义世所钦。

1962 年 9 月

重访桂林

1966 年，“文化大革命”狂潮骤起。予以“精神贵族”、“修正主义苗

① 金老为我国著名先秦史专家。

② 金老为人诚直坦荡，表里如一，对当时“三面红旗”等错误政策，绝不苟从。对夸张不实的批评，从不作违心的“检讨”。

③ 金老长我约 30 岁，自称他与我为忘年交，实则我与他亦师亦友，我主要以师事之。

子”身份，靠边而站，幸而属于“人民内部矛盾”。少焉，“大串连”兴起，出于无奈，乃混迹其中，不“干革命”而重观桂林山水，以消心际烦忧，何乐而不为？

风采由来甲九州，重逢能不泛中流！
峰将妩媚摇江底，云把轻柔抹岭头。
几处村墟余落日，一行白鹭送归舟。
千旋万转皆图画，惹起山歌唱未休。

1966 年 11 月

于老夜访

1969 年秋，夜已深，我国著名金文甲骨专家、年逾古稀的于省吾教授不期而访。时于老经吉林大学红卫兵全校批斗，方以“从宽”典型获得解脱。然忧国忧民之心，未曾稍减。于老于此次午夜密谈中称，“当今领导不让工人生产，去当什么工宣队；不让军人练兵，去当什么军宣队；不让农民种田，去写什么诗，搞‘学大寨’等花样；不让知识分子从事科研教学，去修理什么地球。举国用人，皆用其所短，不用其所长。长此以往，国将亡矣！”于老此言，语重心长。临行并再三嘱托云：“此话如让他人知晓，吾将死无葬身之地矣！”于老此次密谈，感我至深。是夜不寐，缀成此绝。

年老人衰“斗臭”身，犹存忧国报民心。
闻公密室更深语，长记伶仃夜访人。

1969 年 10 月

林彪事件后，混乱思想渐开，偶观泥石流电影，念及国事，觉差似之

泥沙俱下鱼龙杂，恶浪吞天卷万家。
身陷浩劫难自主，大疯狂里叹中华。

作于1972年10月，2004年12月改定

过北大荒

1976年2月，因公去珍宝岛。沿途平畴千里，绝少人烟。喜沃野之无疆，惜开发之不力，咏此。

完达山下水之涯，沃野无人雉作家。
白桦自生还自灭，斜阳衰草噪栖鸦。

珍宝岛抒怀

荒原莽莽路难行，冰锁川流浪不兴。
珍宝岛头开战火，武林洞下驻雄兵。
百年国耻依稀梦，千里边河未了情。
极目江东无限恨，虎林一宿计归程。

1976年2月

过河西走廊

走廊西去万重山，四镇威名自古传。
最喜祁连终岁雪，照君初度玉门关。

1978 年 9 月

敦煌怀古

风卷戈壁山鸣沙，独有清泉号“月牙”。山头皓魄照万古，映得平湖鱼可数。大秦商旅来天末[①]，丝绸如金越大漠。胡人役夫汗如雨，罗马贵妇春衫薄。君不闻，黄尘滚滚过玉关，大雪纷纷落天山。西域华夏绝漠阻万里，博望、定远开通使相连。昔人日已渺，驼铃音渐少。丝路寂寥商队稀，空余洞窟埋至宝。至宝尘封久忘之，他人猎取正其时。不见西洋华堂巨馆内，莫高文书壁画浩如斯。陟三危以四望兮，迥黄沙其未央。仰祁连之群峰兮，恒瑞雪而绵长。览胜境兮奇观，惊璀璨而流连。觅古人之遗踪，徒空劳以怅然。嗟吾生之碌碌，忝文化而无功。思乘槎以直上，揽星月于虚空。挈飞天以共舞兮，飘飘乎阅宇宙之无穷。

1978 年 9 月

---

① 我国古称罗马帝国为“大秦”。

游泰山灵岩寺

寺隐白云但闻钟，一派清泉万壑松。群峰壁立浮青霭，石径攀云走苍龙。有山鸟之幽唱，无市井之轰隆。唐宋摩崖留胜迹，梵宇泥塑夺天工。空谷回音，余东坡之长啸；夕晖脉脉，遗三藏之烛红。仰山巅之巨人兮，独拄杖而疾步；实屹然之巨石兮，状奔忙之朗公。当年说法石点头，群星侧耳静听在太空。咸云大师圆寂千载魂不散，阴晴旦暮飘游此山中。登绝顶以纵目兮，览东溟之苍莽；俯齐鲁之大地兮，叹沃野之无疆。爱宇宙之万物兮，欣生机之勃发；觉吾心之浩淼兮，容海天之茫茫。藐名利兮羁绊，思有助于家邦。嗟尘世之纷扰兮，欲遁此而深藏。叹年华兮易逝，益有志于史章。耽诗文以度日，乐林泉而疏狂。迎初日兮东岭，觅灵感于夕阳。谢此山之有灵，致物我于偕忘。跻天人之合一兮，休四顾而彷徨。

1980 年 6 月

去巴黎途中两伊战起，由经德黑兰改经卡拉奇书事

欲往花都去，忽传战两伊。横空一道断，转翼向南飞。昆仑何莽莽，珠峰出云低。奈何不得去，难以就近窥。忽见沧溟畔，市街若棋局。恍然如梦寐，已降卡拉奇。早发燕山秋凛凛，午临南亚日炎炎。北国过客汗如雨，此邦仕女衣紧缠。机厅陈巨毯，祷拜安拉虔。居民操英语，腔调世所稀。街车奔似电，门敞无关时。为报途中苦，飨我咖喱鸡。枵腹生美味，杯

盘顿狼藉。人生际遇常如此，所逢多非君所期。随遇而安顺天理，何必执著强求一。浩歌一曲登机去，长风万里到欧西。

1980 年 9 月 20 日

卢瓦尔河古堡[1]

沿河多古堡，璀璨落群星。
芳草连天碧，幽林覆岸青。
绝非尘世有，疑是梦乡行。
游罢频回首，夕晖照眼明。

1980 年 10 月

访尼斯大学

1980 年 11 月，由法国巴黎高等社会科学研究院倪娃儿女士（M. Nivare）陪同，前往访问尼斯大学。尼斯是法国地中海岸最大的休养城市。我们在此地停留一日，受到尼斯大学热情隆重的接待。

马赛车东去，君行何所之？
半天沿大海，亭午到尼斯。
美酒佳朋宴，清风夜月诗。
明朝将远去，再见更何时？

---

① 卢瓦尔河（Loire R.）：旧译罗亚尔河，法国中部的重要河流，自东而西流入大西洋。两岸有王公贵族的古堡数十座，极尽豪华。流域号称“法兰西的珍珠”。

访摩纳哥，游蒙特卡洛[①]

蕞尔何妨百事隆，背山面海五洲通。
去来法意无边卡，总揽家邦有大公。
会厦浮波迎远客，璇宫踞岛架飞虹。
信哉歌舞繁华地，赌友游朋聚若蜂。

1980 年 11 月

斯特拉斯堡怀古[②]

1980 年 12 月，在巴黎高等社会科学研究院奥狄尔女士（M. Odile）陪同下，访问了斯特拉斯堡大学和欧洲议会，参观了该市的一些名胜古迹，得此诗。

莱因拍岸远，德法望中收。
昔日烽烟地[③]，今朝议会楼[④]。
小河千曲转，大寺几经秋。
访古情方切，时光不我留。

---

① 摩纳哥大公国是西欧的一个袖珍小国，濒临地中海，位于法国和意大利之间。蒙特卡洛是摩纳哥的一个区，有西欧最大的赌场。

② 斯特拉斯堡是法国东北部地区重要城市。

③ 斯特拉斯堡在 1870 年普法战争和两次世界大战中三次为德国占领。

④ 该城现为欧洲议会所在地，号称“欧洲的十字路口”。

波尔多

江水泱泱海浪宽，波尔多市画中观。
葡萄美酒名天下，翡翠林园到远山。
思想启蒙推《法意》[①]，人文荟萃有蒙田[②]。
琳琅满目添浮想，游罢归来夜不眠。

1980 年 12 月

水　仙

勿须泥土养，只要水盈缸。
窗下亭亭绿，风来阵阵香。

1981 年 1 月

与西北大学友人同游华清池

才过秦皇墓，抬头见骊山。
拾级登帝苑，放眼望长安。
送荔人何在，霓裳舞谁传？
杨妃出浴处，旅客竞摩肩。

1981 年 9 月

① 《法意》：18 世纪法国启蒙思想家孟德斯鸠（Charles de Secondat Montesquieu，1689—1755）的名著，严复曾译为《法意》，今译《论法的精神》。作者曾于 1980 年访问位于波尔多郊区的孟德斯鸠故居。

② 蒙田（Michel Eyquem de Montaigne，1533—1592），16 世纪法国文艺复兴时期的人文主义作家，波尔多人，主要作品有《散文集》（Les Essais）（一译《试笔录》）等。

西安怀古

渭水波光秀，关中沃野宽。
故都饶胜景，王气满秦川。
昔日宫廷地，今朝稻麦田。
欲寻人去处，翘首望终南。

1981 年秋

景山秋夕

一山挺峙护皇城，见证兴亡向五亭。
最喜白皮松下坐，金风皓月说明清。

1982 年 10 月

伦敦即事

桥上风高桥底江①，烟波直下大西洋。
千寻古寺钟声远②，百里长街市贸忙。
宫禁森森闲女主③，唐宁扰扰奔铁娘④。
昔时霸业今何在，空见余晖照旧邦。

1983 年 10 月

① 桥指著名的伦敦塔桥，江即泰晤士河。

② 古寺指西敏寺和圣保罗教堂。

③ 女主指英国女王伊丽莎白二世。按：英国君主仅为大英帝国统一的象征，并无实权，故曰“闲”。

④ 铁娘指时任英国首相的“铁娘子”撒切尔夫人。

肯辛顿宫[①]

圆池嘉木掩深宫，绝代佳人禁苑中。
誉满英伦千户口，衣开女界四时风。
为窥行止忙青少，欲睹芳华走妪翁。
大内去年添贵子[②]，仙妃雅望更无穷。

1983 年 11 月

访牛津大学

学府由来著万邦，黄石为厦阅沧桑。
碧茵鹿苑漫幽静，润物无声育栋梁。

1983 年 12 月

携华田、一苇游龙庆峡

皆云龙庆好，此语信非差。
一坝凌空险，千峰列阵狭。
登山缘鸟道，穷水绕云崖。
醉卧燕山晚，休言落日斜。

1986 年 6 月

---

① 肯辛顿宫是英国查尔斯王子与已故王妃戴安娜所住之王宫，位于伦敦西区。1983 年 9 月—1984 年 1 月我旅居伦敦时即住在此宫附近，每于工作之余，来宫前之圆池前小憩。

② “贵子”指查尔斯与戴安娜的长子威廉王子，生于 1982 年。

泰山日出

鸡鸣晨雾中，万目尽朝东。
遥指云开处，金轮出海红。

1986年9月作于泰山日观峰

岱　松

青松千尺出云端，傲雪凌霜只等闲。
岩缝争得生意旺，长留春色照人间。

1986年10月

黄　山

横空出世竞峥嵘，流雾行云瀑石松。
曾道画师空杜撰，原来都在此山中。

1986年10月

登九华山

旋绕升腾上九华，险峰本是白云家。
闲来每共天都语，忘却尘寰乱若麻。

1986年10月

谒合肥包公祠

庐州百姓爱青天，包拯祠堂立肃然。
铁面正襟呼欲起，人间只恨有贪官。

1986年10月

莫斯科大学夕望

校园使馆比邻通[①]，莫市山前指掌中。
叶落深林迷小径，寒凝大地啸霜风。
塔楼渐暗斜晖尽，灯火微明暮霭浓。
一点红星穿夜幕，钟鸣克里姆林宫。

1986年11月于中国驻苏联大使馆

过贝加尔湖[②]

水漫天涯雪满山，桦林漠漠淡含烟。
乌鸦有恨啼荒岸，白日无神对莽原。
苏武心随飞雁远，刘郎身感朔风寒。
仙源自古空沉睡，寂寞皆因地势偏。

1986年11月

---

① 莫斯科大学与中国驻苏联大使馆均位于莫斯科列宁山上，相距甚近。

② 贝加尔湖：中国古称“北海”。“贝加尔”系“北海”一音之转。西汉天汉元年（公元前100年），苏武奉命出使匈奴。匈奴贵族对他多方威胁诱降，他又被迁至北海（今贝加尔湖）边牧羊，坚持十九年之久不屈。后匈奴与汉和好，苏武于始元六年（公元前81年）被遣回朝，任典属国，卒年已八十有余。

西伯利亚归途二首

其一 归途

去日征途草未黄，归来已是雪封窗。
莽原万里悄无语，送客悠然返故乡。

其二 白桦

西伯利亚桦如花，玉骨冰肌雾笼纱。
恰似婷婷初嫁女，婚妆遥待谢辽沙①。

1986年11月

过蒙古人民共和国

万里归来意兴浓，才观北海又经蒙。
高峰险处堆银帽，大漠朝来吼飓风。
野旷平沙衔落日，云浮轻絮舞苍穹。
行车怅望思前史，欲觅天骄失影踪。

1986年11月

与近代史研究所诸友人同游白洋淀

瑶池何事降人间，万顷清波润冀边。
渠水横斜流翠玉，芦荻茂密袅青烟。

---

① “谢辽沙”为俄国男性常用的名字，类如美国的“乔”（Joe）。此处借指新郎。

雁翎出没惊贼胆，游客逍遥摆画船。
渔父喜言昔日事，淀旁月下倚栏干。

1987 年 6 月

沈园怀旧

一腔热血贯长虹，四海同吟陆放翁。
照影惊鸿天际去，沈园空寂恨无穷。

1987 年 11 月于绍兴

兰亭访古

漫漫山阴道，风光触目新。
溪流纷似网，竹树遍成荫。
曲水觞何在，鹅池字尚存。
兰亭千古序，永念王右军。

1987 年 11 月于绍兴

越王殿咏史

卧薪尝胆诚英主，兴越灭吴史典传。
量小忌功非好汉，逐杀良相尔开先。

1987 年 11 月于绍兴

去禹陵途中

雨停河涨曙光升，香稻如茵覆岸平。
锦绣江南观不厌，乌篷泊处上禹陵。

1987 年 11 月于绍兴

俄国旧都述怀三首

其　一

故地重游览帝京，重桥低岸水都城[1]。
万家灯火黄昏后，影入清江次第明。

其　二

涅瓦河宽禁苑深[2]，金堆玉砌费经营。
忽然一阵烽烟起[3]，落地皇冠敝屣轻。

其　三

大厦由来苦自倾，休将福祸怨苍生。
沙皇殷鉴实非远，又见新人步旧程。

1989 年 10 月

---

① 列宁格勒（今圣彼得堡）建于涅瓦河口几个岛屿上，号称“北方的威尼斯”。
② 指沙皇的冬宫。
③ 指 1917 年俄国二月革命推翻沙皇专制制度。

游沙皇夏宫[①]

彼得宫阙傍汪洋，十二金人沐玉汤。
往日雄风今尚在，可怜一炬毁阿房。

1989年10月

齐东观海

一线浑圆海混天，长风驱浪浪击山。
阴晴旦暮风光异，无限生机万变间。

1990年8月

蓬莱飞舟

小舟破水御风轻，弹啸弓发似有灵。
不尽沧波身后去，几多翠岛画中迎。
塔礁高峙苍穹远，幽洞深藏魍魉惊。
云是八仙飘海处，未知何日到东瀛。

1990年8月

---

① 夏宫位于列宁格勒（圣彼得堡）郊外，濒临波罗的海，为沙皇彼得大帝所建，故亦名“彼得宫”。宫殿豪华雄伟，禁苑内有希腊神话故事诸神的金色塑像多尊，皆沐以喷泉，美甚，勾人联想。

胶东长岛月牙湾漫步得句

岸势如弓水自弯，层层白浪戏沙滩。
拾得彩石光如玉，难禁高歌颂自然。

1990 年 8 月

参观威海刘公岛甲午战争纪念馆有感

威海刘公对望中，波浮翠岛数重峰。
长存旧物思前耻，莫再桅樯灭火红①。

1990 年 8 月

天尽头

结伴东来陆尽头，白云沧浪几时休。
扶桑伫望唯烟雾，危岸翩飞只野鸥。
嬴政求仙终怪诞，徐福渡海费绸缪。
时空浩浩无终了，似到头来不到头。

1990 年 8 月于山东荣成

① 中日甲午战争中，日本侵略军于 1895 年 1 月海陆围攻威海卫，我海军提督丁汝昌率部力战不胜。2 月 12 日，敌军入踞刘公岛，我北洋舰队全军覆没，丁汝昌自杀殉国。

过秦岭

秦川身后远，秦岭入天高。
身御苍龙起，心随紫雾飘。
泉咽幽涧底，人住险峰腰。
一过兹山去，家乡路不遥。

1990 年 9 月

写在乐山大佛旁

浩荡三江汇一方，庞然大佛坐中央。
足喧西北东南水，头戴星辰日月光。
侧望峨眉峰隐隐，放观云贵雾茫茫。
山川自古钟灵秀，占尽风骚萃此乡。

1990 年 9 月

偕雨田、华田登峨眉山

秀色名天下，早然傲众山。
峰峰生紫气，寺寺袅青烟。
云海浮金顶，飞泉挂树端。
半轮秋月在，太白几时还?

1990 年 9 月

峨眉山金顶下瞰舍身岩

毕竟西南第一峰，舍身岩下岭千重。
登临绝顶心当广，何事轻生险壑中？

1990 年 9 月

自蓉城经龙泉驿回南充途中

锦城回望雾连天，曲路龙泉几百盘。
照眼荻花岩上紫，沁心溪水树间弯。
桥头集市喧人浪，竹里人家闹管弦。
满耳乡音回旧梦，行行已到玉屏山。

1990 年 4 月

嘉陵江上

巴山秦岭记征程，一入丘陵水转平。
两岸青山观不尽，时闻竹内唱鸡声。

1990 年 4 月

重庆行四首

其　一

渝州形势本天成，地汇双江岭似屏。
万丈高楼云上起，时闻雾里汽笛声。

其　二

朝天门下晚风轻，挈幼携妻傍岸行。
谈笑声中观两岸，万家灯火赛繁星。

其　三

沙坪坝上草青青，犹记当年起五更①。
幸有风光差似旧，不闻少小诵书声。

其　四

红岩红日红辣椒，热烫巴人似火烧。
耐战耐劳还耐苦，龙门阵里逞英豪。

1990 年 4 月

访虎门鸦片战争纪念馆

曾睹销烟镇番鬼，又闻战鼓唤民魂。
林公地下当疾首，私货今朝漫虎门。

1991 年

① 1946 年春，辞别父母去重庆准备报考北京大学，借住于重庆大学第一男生宿舍（时长姊存淑已在重大肄业），每晨去附近松林中复习英文。

南海行

舟行南海边，沧溟远浸天。白浪无涯涘，上下宝石蓝。才经香港侧，匆匆过万山[①]。又睹众岛屿，序列类担杆[②]。个个翠欲滴，悠然浮波澜。清风尘不染，白云来去闲。水深不可测，浪底万类潜。复观海鸥飞，翩翩低绕船，岂伊通人语，欲共予攀谈？众生皆有托，生机何盎然。昼夜逝若飞，海色转青蓝。夕阳沉远浪，云霞变万千。闪闪星月辉，灯塔亮左舷。照我远行舟，夜海保平安。沉沉一觉醒，晨光何新鲜。神清气亦爽，乃知睡梦甜。携友登甲板，南澳在眼前。挥别曾游地，穿行闽海间。隐约见鹭岛[③]，隔峡望台湾。老友迎海岸，问我可平安。答言虽微倦，一路多奇观。大洋任驰骋，心比宇宙宽。逍遥何所似？天地一飞鸢。

1991 年 4 月

自宁返京自嘲

1991 年 4 月，南行返京，购票不成，登车补票。自宁至京，大半坐于临时购得之小凳上。为不忘此次难得之经历，咏此以自我解嘲云尔。

游遍江浙并粤闽，腰中唯剩半分金。
敢学官贾包间卧？小凳诗囊返蓟门。

1991 年 4 月

---

① 即万山群岛。
② 指担杆列岛。
③ 厦门岛别称鹭岛。

新疆钻天杨赞

万株笔立势冲天，振臂高呼列道边。
笑傲荒沙无雨露，青荣壮茂自森然。

1991 年 8 月

京华春早

朝来信步入宫墙，春早年新逸兴长。
乍喜乍嗔天帝面，时增时减女儿装。
小桃带露苞初满，细柳摇风晕渐黄。
最喜一园松柏树，暗添新绿伴群芳。

1992 年 3 月

偕北京大学老校友冀东游

盘山登罢下东陵，踏遍幽燕几座城。
白发同窗情似旧，黄崖关上话平生。

1992 年 5 月

华田六旬华诞

气爽秋高九月天，双飞雏燕入云端。

蓓蕾初绽十八许，风雨同经四二年。
最慕持身晶玉净，何惜济世鬓毛斑。
平生已沐三生幸，不负川江小木船。

1992年6月

参观某海岸炮台有感[①]

残炮出海陈公署，疾首痛心忆甲午。
丁邓壮烈政治败，纵有强兵化尘土。

1992年7月15日

射蛟台

荣成天尽头，实为陆尽头。
宇宙本无穷，何处是尽头？

1992年7月16日

游山东荣成天尽头[②]

携手来此游，名曰天尽头。
天地纵有尽，情意无尽头。

1992年7月16日

① 标题为编者所加。此诗及以下4首诗系从照片背面发现的，此诗照片为立于海岸上一尊巨炮。——编者注

② 标题为编者所加。

游山东蓬莱阁[①]

蓬莱仙阁临沧海，下有水城宋时开。
休贪蜃楼忘自备，谨防倭寇又重来。

1992年7月17日

月牙湾

山势如弓围三面，千顷碧波注其间。
明媚晶莹何所似？一弯月牙落九天。

1992年7月19日

喜闻孙儿刘北在美降生，感而赋此

早期子有子，姗姗来何迟。
祖母病榻笑，祖父乐不支。
久旱逢甘雨，深山得宝石。
口开不能闭，奔走告人知。
尔今来人世，冬尽春之初。
又逢世纪交，降临正其时。
须知责任重，善保血肉躯。
刘氏有家风，自强永不息。

① 标题为编者所加。

个个皆精英，进取志不移。
但愿青胜蓝，勿贻后代讥。
大洋波浪阔，可望不可即。
凝眸向东天，唯见浮云白。

1993年2月6日

呼伦湖畔

仙子思凡厌九天，故将明镜赠人间。
草原千里清波远，遍地牛羊不用牵。

1993年8月

游昆明筇竹寺

玉案云深古寺浮，钟鸣鸟语晓秋初。
峥嵘未碍繁香火，坐爱闲云自卷舒。

1994年9月

从滇池眺望昆明西山

滇池遥看峻极天，有女贪眠卧岭巅。
秀发千寻垂碧水，星移斗转不知年。

1994年9月

附郭兴仁和诗：

重游大观楼再吟望山诗得句

玉女婷婷卧岭巅，一双慧眼望苍天。
且将碧水充妆镜，欣鉴芳姿绽笑颜。

2009 年

昆明石林阿诗玛石旁即兴

石林如海蔽晴光，八阵图中觅路忙。
独有痴心彝寨女，天荒地老对情郎。

1994 年 9 月

喜闻外孙女奕林在美出世

大旱望云霓，姗姗来何迟。
天外传佳音，奔走告家室。
老妻忘观剧，满面生霞辉。
忙问男抑女，母婴可安吉。
生男固可喜，生女益所希。
后生皆可畏，居今必胜昔。
浩浩大洋远，悠悠苍天碧。
极目唯云雾，伸手不可及。
恨不化飞鸟，奋翅越落基。
直趋哥伦布，展我平生眉。
怀中揽天使，乐尔笑与啼。

夜夜察寒暖，朝朝问饱饥。
觉来知是梦，惆怅叹孤凄。
孤凄复何用，相逢定有时。
明朝挂云帆，沧海济极西。

（1994 年 11 月底或 12 月初——编者注）

贺中国社会科学院秋韵诗社成立

诗社多英俊，人文造诣深。
路遥思老骥，年迈葆春心。
虽染三秋韵，长怀二月温。
相逢多唱和，彼此最相亲。

1995 年 5 月

赛阿托河[1]

平生偏爱水，历览众江河。
唯此川流秀，独伊韵味多。
盈盈滋沃土，潋潋漾清波。
难忘枫林岸，携孙喂野鹅。

1995 年 10 月于哥伦布城

① 俄亥俄河支流，自北而南流经俄亥俄州。

赛阿托湖畔

天高野旷晚风轻，湖水临门浪不惊。
秋露饮得枫叶醉，斜阳芳草雁啼声。

1995 年 10 月于美国俄亥俄州哥伦布城女儿圆圆湖畔寓所

游圣迭戈野生动物园有感

狼狐出没野林间，虎豹狮熊卧客前。
斑马奔腾嬉草地，猿猴乞讨扯衣衫。
百禽本性思天宇，万兽生来爱自然。
遍览人寰皆若此，各得其所乃平安。

1996 年 1 月

海外奉答曾景忠兄二首

其　一

漂洋三万里，鸿雁不传声。
故国斯人意，天涯客子情。
对灯谈世事，抵掌话平生。
何日当归去，朝朝计旅程。

其　二

茫茫人海阔，至贵是知音。
久旱逢甘雨，遥行念故人。

所言皆肺腑，所虑尽纯真。
有幸为君友，愚心自有温。

1996年3月于美国加州

附曾景忠兄赠诗：

遥寄存宽先生二首①

一

师朋诚贵广，难觅是知音。
著译常聆教，情谊渐笃殷。
学识君居长，识见我欠深。
别后方三月，长思海外人。

二

交友贵纯真，开襟见赤心。
促膝谈世事，见面论诗文。
淡泊声名累，追寻见解真。
隔洋时系念，何日返京门？

1996年2月4日（立春日）

月　下

郊野微风夜，林间鸟不惊。

① 曾景忠先生致刘存宽先生信。存宽先生：去岁您赴美，我外出开会，未能送别。几月来常思念，写成二首请教。二诗表达真情，非促归也。想您与杜华田大夫在美与爱女团聚，享天伦之乐，其乐也融融。遥祝春节愉快。

天边一钩月，岭外万家灯。
露自更深重，星因雨后明。
自然皆我友，无语倍相亲。

1996年9月于美国加州圣迭戈德尔玛尔高地

游赌城拉斯维加斯[1]

黄沙漫漫绕孤城，入夜长街胜昼明。
玉殿琼楼争艳冶，千金一注羽毛轻。

1996年秋

秦皇岛海滨登游乐船奥里安娜号

楼船原本异凡胎，何以今朝此港来？
水底升起龙王殿，月宫降下玉妆台。
顶高尽览沧溟远，肚大能容世事乖。
嬴政应嫌宫殿小，欲行复止久低徊。

1997年7月

游山海关长寿山未遂

曾经环宇万重山，及至登临众不前。
仰望云崖几落帽，长留秀色作心餐。

1997年7月

① 拉斯维加斯城位于美国西部内华达州大沙漠中，是美国西部最大的赌城。

昌黎黄金海岸月下漫步

香江归后始得闲，小帽轻衣返自然。
静卧沙滩听浪打，徐踏月色任更残。
天涯携手情何切，良夜谈心味益甘。
忽忆加州春不老，长风吹梦到天边。

1997 年 7 月

偕香港大学校友游青城山

蜀中兹观古，超逸出虚空。
俯视岷江雾，回观雪岭峰。
谷深人影小，日落晚霞红。
最喜流泉畔，悠扬响暮钟。

1997 年 8 月

登昆明西山龙门

老去犹存少壮心，攀崖走壁上龙门。
不求身价高十倍，为览滇池分外真。

1997 年 8 月

回归年重访香港

旧燕回巢倍畅怀，心花笑似浪花开。
摩天楼挤攀云路，盖地人奔卧浪街。
万里舳舻通四海，八方商旅下天陔。
买舟夜渡观灯火，疑是银河落地来。

1997年11月

过大平洋国际日期变更线

大洋朝暮最辉煌，百彩纷呈幻异光。
才送夕晖沉海底，又迎旭日起东方。

1998年5月15日

重返加州

京华一举向何方？万里寻亲越大洋。
不尽云霞迷故土，几多梦幻渡扶桑。
烟波淼淼天涯远，人海茫茫故事长。
极目金州明媚地，重逢涕泪喜成行。

1998年5月

蜂 鸟

雨过天青日未红，加州五月大洋东。
千家院落关春梦，独尔园林伴老翁。
万类谁堪争迅敏，百禽难与比玲珑。
才偎花萼悄悄语，一跃腾空没影踪。

1998 年 5 月于圣迭戈德尔玛尔高地

拉霍亚海滨公园观海豹

春阳临大海，群豹曝沙横。
任尔波涛涌，独伊睡梦宁。
登滩何蠢笨，入水便机灵。
猛志逸千里，心宽小浩溟。

1998 年 5 月

外孙 Ethan(奕森)诞生

加州六月降甘霖，堕地呱呱送好音。
白发老妻欢欲泪，青春爱女乐开心。
憨憨稚态催人喜，闪闪清眸何处寻。
虎岁果然得虎子，难排畅饮又高吟！

1998 年 6 月 8 日于圣迭戈

望乡二首

其　一

加州水阔海天低，故土茫茫落日西。
几度越波追旧梦，思亲不顾浪沾衣。

其　二

乡思每伴海云生，万里沧波万里情。
异国登高休望远，水天连处是北京。

1998 年 7 月于太平洋东岸

夜宿美国犹他州圣乔治市[①]

犹他州县信摩门[②]，入夜长街寂市声。
赌友都寻他处去，留得好梦到天明。

1998 年 10 月

① 圣乔治市位于美国犹他州南部。

② 摩门指摩门教，亦称“耶稣基督后期圣徒教会”。1830 年由史密斯创立于美国，1846—1847 年教徒们随扬伯翰到犹他州落户，并在此建立盐湖城，该城成为摩门教中心。摩门教教规甚严，严禁教徒有赌博等行为。

拉夫林城即兴(三首)

其 一

清波一线界分明，彼岸荒山此岸城。
觅遍地图皆不见，只缘后起未标名①。

其 二

赌厦如山傍水滨，霓虹耀眼蔽星辰。
游鱼未谙方深夜，趋岸乞食向路人。

其 三

千金掷去不心惊，夜夜围局到五更。
纸醉买得佳丽笑，沉沉一梦日西倾。

1998 年 10 月

山间新居

山自起伏路自弯，楼阁丘峦纵横间。
窗明日丽三冬暖，院静花香四季鲜。
鸥鸟歇墙知海近，云霞入户向天宽。
平居夜夜观星斗，忘却金钩几度圆。

1998 年 12 月于圆圆加州滨海新居

① 拉夫林城是美国内华达州科罗拉多河岸的一座新兴赌城，对岸为亚利桑那州。

长江颂

高山雪水慕汪洋，赴海何辞路漫长。
笑纳百川成浩浩，勇劈千嶂故泱泱。
沧桑未减青春韵，襟抱常存日月光。
不尽烟波无限力，奔流万古自辉煌。

1998 年 12 月

春到香山黄叶村

清明细雨柳风斜，山野空濛韵益嘉。
往日曹公挥把泪，辛酸化作满园花。

1999 年 4 月

访加州丹麦城索尔望[①]

碧云天外野山青，秀色无边溢此城。
木舍风车丹麦饼，街头独坐望人行。

1999 年 5 月

---

① 索尔望（Solvang）在美国洛杉矶之北，为丹麦移民聚居地。此城小巧玲珑，建筑、情调皆属北欧风格，自称“美国丹麦人的首都”。

旧金山抒怀

碧波浩渺水含烟，谁遣长虹跨两山？①
雾涌金门风夺帽，浪翻大海势滔天。
缆车过市经华埠，乡语盈街忆故园。
曾是华工登岸地②，泛舟指点话当年。

1999年5月

归国留赠圣迭戈诸友人

异域漂萍大海滨，相逢恨晚苦离分。
何年重度加州梦，闲步观花又几人？

1999年5月

武夷山

岭秀溪回瀑晾纱，流泉小盏煮新芽。
武夷女俏乌龙美，游罢归来不饮茶。

1999年6月

---

① 指横跨海湾的金门桥。

② 19世纪中叶美国加州发现金矿后，大批华工前往加州淘金。他们在矿山、种植场、铁路工地从事极其繁重的劳动。旧金山是他们抵美后的指定登陆口岸。

自山麓仰望玉龙雪山

峥嵘直上九重天，长教云纱掩玉颜。
为报刘郎思慕苦，羞开晴雪向人间。

1999 年 7 月

偕港大校友游丽江古城

福祸由来倚伴生，地维乍断反知名[①]。
凤凰浴火萌新市，雪岭流泉绕古城。
遍地木楼开画卷，谁家院落动歌声？
纳西父老真淳厚，煮酒烹鸡飨远朋。

1999 年 7 月

偕华田、龙田游昆明西郊郊野公园

细雨湿郊野，林深不露天。
携妻行壑底，策杖上云端。
石径千回转，山花万种鲜。
驼峰碑尚在[②]，搔首话当年。

1999 年 7 月

---

① “地维乍断”，喻丽江大地震。

② 昆明西郊玉案山驼峰碑，是为纪念抗日战争期间美国空军援华飞越喜马拉雅山的“驼峰航线”而立的纪念碑。

某市动物园观后

笼中饿兽剩层皮，孔雀蔫如淹水鸡。
腐吏贪官皆醉饱，管他鸾凤与熊罴。

1999 年 8 月

攀枝花颂

万绿丛中几树花，赤如烈焰灿如霞。
穷乡幸有芳华在，照亮深山百姓家。

1999 年 8 月于金沙江畔

题晏能康先生西昌邛海摄影

冉冉初阳起岭东，澄波照影二轮红。
烟迷琼海边何在？雾隐泸山庙九重。

1999 年

北戴河

魏武挥鞭去，秦皇作岛名。
海天同色远，楼宇异格精。
戏浪偕妻妹，登山抚月星。

一觉庄叟梦，枕上见潮生。

1999 年 9 月

重访澳门咏史(四首)

一

未睹芳华久，重来貌更妍。
成林新厦峻，跨海巨桥宽。
未有琼崖远，绝无港岛喧。
岭南形胜地，占尽海和天。

二

忆昔葡人至，租居半岛尖。
照章完舶税，稽首对华官。
文化交流久，人民共处安。
何期时势易，恭顺化凶残。

三

鸦片烽烟起，豺狼聚犯边。
乘机蛇噬象，仗势犬欺天。
华夏心头肉，葡人釜里餐。
自封兼落后，引打固当然。

四

故物思光复，悠悠几许年。

抗争心未已，挫败志尤坚。
幸赖乾坤转，欣得好梦圆。
登高临大海，长啸望千帆。

1999 年 11 月

澳门回归咏史

越海东来正大明，初时恭顺后骄横。
欺昏压弱频施计，略地征城不用兵。
风雨弥天终有竟，凤凰浴火更重生。
回归庆罢迎新纪，听取中华快步声。

1999 年 12 月

横琴岛

濠镜西南两岛横，琴鸣千古浪涛声。
宋元战鼓硝烟灭，世纪弦歌律韵兴。
环顾高楼摩玉宇，长驱大路傍沧溟。
莲花桥上心潮涌，跨海乘风到澳门。

1999 年 12 月

千禧晨起观雪

人间难有逢兹禧，更喜元初好兆生。
涤荡乾坤一夜雪，千欣百喜万家情。

2000 年元月

夜读有感

春秋自古好文章，今有炎黄答秦皇。
反右一年千口噤，文革十载亿民伤。
自由思想成逆罪，独立精神酿祸殃。
制到极权终必死，从来大众断兴亡。

2000年2月

春　寒

朔气无端逞暴淫，上元久过冻难禁。
漫天冰雪封宫苑，遍地江湖断浪痕。
毕竟韶光添煦暖，依然嘉卉蓄芳心。
应知时序终难逆，冬尽何年不是春？

2000年3月

海南行

已去京华远，来兹气象殊。
椰林遮岸满，黎岭入天孤。
曾洒迁人泪[①]，今为镇海珠。
南沙极目处，云水有还无。

2000年3月

---

① 唐朝大臣李德裕曾贬死崖州（今海南省琼山东南）。北宋大文学家、书画家苏轼亦曾贬谪儋州（今海南省儋州市）。

鹩哥·生活中所见

巧语花言诡计多，主公定调尔狂歌。
何须喜怒牵凡鸟，禽兽和人本异科。

2000年4月

牡　丹

群芳斗胜攘先开，姹紫嫣红费剪裁。
几日东风夸艳冶，一朝骤雨委尘埃。
天香岂用劳脂粉，国色何愁欠种栽。
华贵雍容春暮放，无言自有满城来。

干成兄八旬华诞志贺

八仙群里兄独长[1]，鹤发童颜意气嘉。
只为心胸宽似海，故轻尘世乱如麻。
艰辛已遂平生志，雨露常及众友家。
喜庆八旬人未老，岱松千岁吐芳华。

2000年8月

① “八仙”是在京兄弟姊妹八人的自称。八人和睦友爱，数十年如一日，离退休后聚会尤多，纵情山水，相亲弥笃。

冠 军

2000年9月25日，中国乒乓球健儿孔令辉力克瑞典名将瓦尔德内尔，获男子单打世界冠军，喜而赋此。

悉尼奥运斗芳春，虎跃龙腾竞取金。
但使中华魂魄在，凌空一板定乾坤。

淇澳岛咏史①

鸿爪经年遍四方，唯独此岛不寻常。
襟连港澳通环宇，地锁珠江蔽五羊②。
丞相浩歌惊日月③，村民敌忾震边疆④。
滔滔不尽零丁水，犹诉当年故事长。

2000年10月于珠海

二妹存德古稀华诞志禧

犹记秋高九月天，嘉陵江上小篷船。

---

① 淇澳岛位于澳门附近珠江口，屏蔽广州，今属珠海市。

② 即五羊城（广州）。

③ 宋端宗景炎三年（1278年），右丞相文天祥抗元兵败被俘，于送往大都（今北京）途中作《过零丁洋》诗以明志。

④ 1833年，淇澳岛居民曾自发武装抗击英国鸦片贩子对该岛的入侵，败之。此事发生在鸦片战争及三元里抗英之前七八年，故意义重大。本人曾撰写考订文章，证明确有其事。

沧桑已改人康健，不减亲情似少年。

2000 年 11 月

赠中国南极考察队

太古洪荒万里冰，分明尽是玉堆成。
风摇秃岭石惊走，雪吼空原天欲倾。
景到险时偏壮美，人逢绝地见忠诚。
几经虎穴轻生死，又送英雄赴远征。

2001 年 3 月

玉　兰

淡妆轻抹素衣衫，不染胭脂更自然。
无意争春花益好，留得清气满山川。

2001 年 3 月

柳

占尽春光自在飘，鹅黄嫩绿万千条。
惯临碧水濯长发，漫向熏风弄细腰。

2001 年 3 月

偕诸兄弟姐妹春游玉渊潭

春水盈盈荡客胸，湖滨信步柳摇风。
儿时多少荒唐事，都入相携笑语中。

2001 年 4 月

太　湖

浪里涌三山，空濛雾霭间。
未知身是客，日暮不思还。

2001 年 4 月

游无锡蠡园咏史

兴越亡吴后，埋名隐太湖。
泛舟携浣女[①]，浮海有征夫。
身甲八方富，心轻一相殊。
审时知进退，万古叹陶朱。

2001 年 4 月

---

① 指西施。传西施原为越溪浣纱女，后由越王勾践献与吴王夫差，重得宠。吴亡后，与范蠡入五湖而去。见《吴越春秋》、《越绝书》等书。

苏州怀古

吴王宫阙向谁边？古寺斜塔记旧年。
烟雨姑苏春欲暮，一城渠水半城园。

2001 年 4 月

春到同里

水乡古镇近田家，石径长渠岸柳斜。
春满江南人欲醉，篷船软语笑吴娃。

2001 年 4 月

十年后重访上海

都会由来气势宏，海头江尾五洲通。
地铺锦绣连吴越，楼入云霞遍市东。
黄浦江头车似箭，苏州河畔月朦胧。
十年弹指惊回首，犹恐吾身在梦中。

2001 年 4 月

西府海棠

丽质天生不自知，姗姗春梦醒来迟。

嫣红嫩白经微雨，最喜含苞欲放时。

2001 年 4 月

郁金香二首

其 一

谁将春宴巧安排，万盏千杯盖地开。
染尽绮霞千种色，满斟玉液聚仙来。

其 二

波斯少女恋情郎，海誓山盟万古长。
碧血化得春若许，人间始有郁金香[1]。

2001 年 4 月

咏牡丹二首

其 一

天姿绝色自芬芳，巧剪云霞作彩裳。
但使洛阳佳丽在，不看万国斗新装。

其 二

帝苑春深蜀锦张，二乔赵粉伴姚黄。

① 传说有一对波斯男女傅汉与仙丽相爱至深。但女家父母不愿女儿仙丽嫁与情郎傅汉，拒绝她与傅汉相会，并对他谎称其女因病暴死。情郎傅汉绝望之余，投岩自尽。不久，在情郎殉情处长出了五彩绚丽的花朵，是为郁金香。

花开岂止京城动，赏客争来有异邦①。

2001 年 5 月

附诗友吴慧兄和诗：

奉和存宽兄咏花诗三首

西府海棠

鸟啭人悠绿岸长，朝霞红上合欢妆。
土城可数花溪胜，相约明春看海棠。

郁金香

华宴纷呈五色觞，阳春大地焕文章。
“拿来”速与光中土，不独名花压众芳。

牡 丹

锦绣中华斗牡丹，景山近岁几回看。
洛阳花好何须问，已觉风情写不完。

观长颈鹿偶成

不负天生窈窕材，万般优雅漫徘徊。
若非人道漂洋至，定是云间帝子来。

2001 年 5 月

---

① 唐刘禹锡咏牡丹诗有名句曰：“唯有牡丹真国色，花开时节动京城。”今广其意而用之。

登京郊蟒山绝顶

一路盘旋上岭巅，已觉身在紫云间。
燕山遥望摩天浪，水库回眸碧玉盘。
指点明陵思往古，敞开襟抱纳云烟。
年来更悟登临趣，涤净尘心境渐宽。

2001 年 7 月

再过兰州

皋兰挺峭闻遐迩，万里黄河一望收。
雪岭寒光冲玉宇，走廊迢路过沙洲。
左公衙老余垂柳，将士军威取寇头[1]。
重镇年来风景异，开发西北是咽喉。

2001 年 8 月

新疆行十三首

2001 年 8 月，参加香港大学校友会“开发西部教育考察团”赴新疆考察。行经新疆南北，越天山、入塔克拉玛干沙漠，成七绝十三首，以记此行。

---

① “左公”指左宗棠。1875 年（光绪元年），左宗棠以钦差大臣督办新疆军务，率军平定窃踞南疆的阿古柏。阿古柏“仰药死”。

其一　十年后重游乌鲁木齐

红山嘴上望天低，巨厦成林入眼迷。
往日风光都不似，唯余雪岭映晨曦。

其二　天山天池

穆王一去不重来①，遍岭青松为谁栽？
唯有雪峰千古影，教人池畔久徘徊。

其三　火焰山

后羿弯弓射九阳②，九阳端巧落西疆。
无边烈焰烧天赤，遂令“火州”古名扬③。

其四　吐鲁番葡萄沟

火焰山高坎井长，葡萄沟下好乘凉。
长街十里结天幕，信手拈来“马奶”香。

其五　高昌故城④

故城落日照颓垣，曾有唐僧过此间⑤。

---

① 传周穆王曾周游天下，到新疆天池。《穆天子传》卷三云：“乙丑，天子觞西王母于瑶池之上。”传说中瑶池为西王母所居的昆仑山上的池名，今亦称瑶池即天山天池。

② 神话传说尧时十日并出，植物枯死，猛兽、大鸟、长蛇为害。后羿射去九日，射杀猛兽、大鸟、长蛇，天下乃安。

③ 吐鲁番古称“火州”。

④ 位于新疆吐鲁番境内，公元五世纪在此建立高昌国国都。高昌国全盛时领有整个吐鲁番盆地，南接罗布泊以南的吐谷浑境，东连敦煌，西次龟兹（今库车一带），北邻天山以北的敕勒，640 年为唐朝所灭，以其地为西州。

⑤ 据《大唐西域记校注》（季羡林等校注）卷一第 48 页称，玄奘于唐贞观二年（公元 628 年）初至高昌，逗留月余，受到高昌王麴文泰的盛情款待。

千载繁华沦废土，驴车铃响话当年。

其六　翻越天山途中

雪岭危崖几万重，白云足下任西东。
山穷路险何所惧，尽纳新疆一望中。

其七　午夜抵库尔勒

旦暮兼程不畏难，飞车闯度万重关。
夜阑遥见灯如昼，始悟蓬山在眼前。

其八、其九　库尔勒梨香园民族歌舞晚宴即兴

别馆华灯展盛筵，欢歌曼舞闹繁弦。
难辞维女相邀苦，也入人群乱打圈。

旧友新朋聚若山，谈今论古乐无边。
维族小姑人如玉，漫舞藤圈不夜天。

其十　登库尔勒铁门关

孔雀河深孔雀蓝，奔腾咆哮下雄关。
天山自古无他路，伫看羊肠上紫烟。

其十一　巩乃斯森林公园

万岭丛中好洞天，浓荫无缝鸟难穿。
泉咽林静沾微雨，伏暑深山送嫩寒。

其十二　过巴音布鲁克大草原[①]

溪清野旷碧云天，但见牛羊不见边。
若问天山深几许？草原嵌在雪峰间。

其十三　塔克拉玛干沙漠即景

轮台南下少人家，大漠胡杨落日斜。
塔里木河天际去，黄沙似海浪无涯。

2001 年 8 月

游京郊凤凰岭阻雪

山寺林泉竞秀奇，登临恰遇雪飘时。
归车回望君休恨，他日重来定有诗。

2001 年 11 月

善生弟古稀志禧

逃难渝州漂泊苦，果城尽瘁五十年[②]。
待民长似三春雨，扶老偏如六月泉。
已度腥风成往事，重扬文化谱新篇。

---

① 巴音布鲁克大草原在天山深处，属巴音郭楞蒙古自治州（首府为库尔勒），居民有蒙古、维吾尔、回、汉等族。

② 四川南充市别号果城。

愿掬一盏嘉陵水，陈寿与君代酒干[1]。

2001 年

亲情咏[2]

2001 年冬，大病骤发，有感于亲情之深厚，咏此。

狂飙驱雨乾坤里，惊雷乍动天柱折，
大海骤起排空浪，欲把孤帆尽吞灭。
一路平安逾古稀，自认康强信不疑。
何期魍魉成双对，暗伏身后动杀机。
病魔戕人害不轻，况复老弱一书生。
岂知浩然正气在，邪恶焉能把天倾！
历尽劫波胆气豪，心轻万事如鸿毛。
中流屹立擎天柱，笑尔惊涛比天高。
爱心如海似汪洋，卧病更知亲情长，
力大无穷贯牛斗，精诚无间感上苍。
大姐自幼胜半母，日牵弟手上学堂，
大哥助我去深造，渝州送我来北方。
二妹重情说往事，嘉陵江上小篷船，
宪邦自少为至友，燕京携手五五年。
二弟与兄情谊深，多少故事记犹新。
弟妹为人素质良，长年助我未能忘。

---

① 陈寿，西晋史学家，安汉（今四川南充）人，其名著《三国志》即在南充西山之万卷楼写成。按，表弟张善生曾主持南充陈寿纪念馆的创建。

② 标题为编者所加。

更有小妹与岳武，问讯不辞道途长。
爱妻白发爱犹新，亦妻亦妹亦友人。
关怀从不分巨细，总是永远为夫心。
爱子惯将爱深藏，父病一发转张皇。
毕竟血肉连肺腑，日日奔忙侍羹汤。
爱女闻讯倍惊慌，夜夜飞电越大洋。
更携二孙奔万里，重逢涌泪流千行。
病中诸事乱如麻，诸侄众甥代当家。
医药饮食皆照料，不比儿女半分差。
视我卧病如己病，奉献不问你我他。
全赖尔等倾力助，遂使空巢生光华。
最念八仙俱老迈，各有病痛步龙钟。
奔走探问不辞远，岂避劳苦与严冬。
只因我病废节庆，梦绕魂牵不得宁。
难忘窗前送背影，犹记榻旁苦叮咛。
大海为墨天为纸，难表至深骨肉情。
更喜家族亲与少，互助友爱相待好。
事亲爱长皆至孝，传承美德怀至宝。
一人事病事虽小，还从小事知多少。
世间万物有兴替，唯有亲情永不老。
亲情好比回生药，亲情犹如日月光。
医药诚能治疾病，亲情神力实无疆。
人到无我自刚强，区区小病又何妨。
凤凰浴火舒新羽，放眼前程路更长。
亲情引我出苦海，我报亲情应成双。
更将余生献人类，弘扬博爱布春芳。

2002 年 1 月

沉疴即愈，心胸豁然，诗以明志

古稀匆过岁添三，斩魔降妖度大关。
谁谓人生无再少？老夫意气胜当年。

2002 年 1 月

出院赠医生

医术医德众口夸，乐将济世作生涯。
为人留取春多少，忘却青丝变雪花。

2002 年 1 月

观古柳自嘲

京城太液池西堤有数百年之古柳，干已老空，枝叶犹青荣盛茂，甚于他树。2002 年 4 月某日，于胸部大手术后偕妻漫步于此，妻见我日渐康复，心绪甚佳，谓我即此树，此树即我。余闻后捧腹大笑，爰得此句。

阅尽兴亡干已空，缺心少肺益葱茏。
何如术后刘夫子，二度春风不改容。

樱　花

京城玉渊潭北岸有樱花园，每于春时，群花齐放，市民万人空巷，前往欣赏，洵京城之一景也。传云此处之樱花树多来自日本。

簇锦堆云白映红，芳菲远自大洋东。
林梢香雪林间女，无限春光四月中。

2002 年 4 月

早春·柳(三首)

其　一

乍暖还寒过上元，迁流物候柳知先。
湖冰初破新芽满，隐见鹅黄上树端。

其　二

难分嫩绿与鹅黄，惜取青春日改妆。
散发临风勤练舞，于柔美处见刚强。

其　三

天生风韵自翩翩，太液池旁舞正酣。
游客欲知春信息，但摇金发笑无言。

2002 年春

贤侄刘晓明昌平别业补壁

楼台北望尽峰峦，吐雾吞云欲雨天。
变幻漂流何所似，犹疑梦里到黄山。

2002 年 7 月

与存淑、千成、华田、博志、张敏、祖昌、晓明同游京郊珍珠湖

太行怀里白云生，永定弯弯谷底行。
几朵流霞轻泛泛，一泓野水碧盈盈。
才经栈道临渊险，又过索桥荡影惊。
兴至时光忽倒转，歌声唤醒众山鸣。

2002 年 10 月

斥塔利班毁佛

巴米扬山大佛残，曾观玄奘过其间。
劫城古见汪达尔，毁宝今逢塔利班。
嬴政焚书偏有偶，左帮“革命”史无前。
民贼终作烟灰灭，毕竟文明胜野蛮。

2002 年 10 月

游京郊云居寺

吾爱云居寺，超然群山里。禅院钟鸣静，奇峰傍檐起。隋唐石经，藏危崖之古洞；佛祖舍利，拜八方之信女。诚释界之胜地，梵宇之荣光。洵国家之重宝，京畿之敦煌。经板无价兮金不换，外人垂涎兮空惆怅①。幸矣怪哉，彼稀世文化之宝库，

① 20世纪50年代初，印度总理尼赫鲁访问北京，游云居寺，见石经板，甚喜，欲以同等重量之黄金换取二块，为周恩来总理婉拒。

竟免于“史无前例”“文化革命”之祸殃。岂我佛法力无边，抑此寺之僻远深藏。翘首问天天不语。日西斜而忘返，独惊叹而彷徨。

2002 年 10 月

贺老友宪邦八旬华诞

老去何须咒逝川，迁流不舍本当然。
花开花谢春方妙，人往人来国始安。
堪笑独夫贪万岁，甘当百姓乐天年。
文章千古风流事，奉献从来不计钱。

2002 年 11 月

喜　雪

正是元阳欲动时，京华昨夜焕新姿。
污氛横扫还天碧，软玉轻铺盖地滋。
一统乾坤光皑皑，几经禁苑步迟迟。
澄鲜明净催人喜，半入弦歌半入诗。

2002 年 12 月

晴　雪

壬午冬奇寒，荏苒岁云暮。绵延六日雪，百年不一遇。茫茫蔽郊野，滋滋胜雨露。涤荡乾坤污，普将清白布。狂风起塞北，朝来天转霁。赤日照雪原，金银铺满地。踏雪趁晓晴，禁苑行复止。静观群鸟嘻，追飞各奋翅。积雪压枝弯，风来泻如注。猛然落我头，戏我惊失措。俯仰天地间，皑皑一色素。似入水晶宫，我心顿有悟。往昔畏冰雪，今觉亲如故。始知万象殊，冰雪尤可慕。清纯尘不染，皎洁赛美玉。岂独品格高，更为春之母。不见大雪中，阳和已微吐。盈盈蓄芬芳，萌萌动生趣。何以表予怀，长歌晴雪赋。

2002 年 12 月

园林听鸟

流泉洗耳荡心清，爱听林禽破晓鸣。
纵有妙歌千万曲，何如天籁一声声。

2003 年 4 月

白海棠

清莹自守净无埃，白玉为裳巧剪裁。
谁道人花无爱恋，分明笑语梦中来。

2003 年 4 月

玉兰二首

其　一

冰清玉润傲春寒，卓立花群韵不凡。
最是无言称上品，何须自炫卖容颜。

其　二

万国名花汇御园，端庄白净尔居先。
无华偏惹人称羡，遂令诸姑号玉兰。

2003 年 4 月

三春观花有感

春来万卉斗新装，姹紫嫣红过眼忙。
世事何尝非若此，此方谢幕彼登场。

2003 年 4 月

晨练逢雨

急雨狂风骤变天，林间乱我太极拳。
黄花落首何须掸，家去凭妻带笑看。

2003 年 4 月

过景山崇祯帝自缢处

国运无情溃若山，已成大势枉回天。
槐荫犹记君王恨，殷鉴长留后世看。

2003 年 7 月

登滕王阁

落霞孤鹜向何方，依旧飞阁枕赣江。
若少王勃千古序，至今谁复记滕王？

2003 年 9 月

游庐山即景

匡庐风物非等闲，喜怒无常指顾间。
才见晴空澄万里，又合迷雾暗千山。
妄翻云雨毒佳气，肆弄风雷毁秀颜。
见证兴亡多少事，余情绕绕总回环。

2003 年 9 月

庐山花径[①]

雨细风微石径斜，欲循诗句访桃花[②]。

---

① 花径位于庐山锦绣谷附近。

② 诗句指白居易名诗《大林寺桃花》。其诗云："人间四月芳菲尽，山寺桃花始盛开。长恨春归无觅处，不知转入此中来。"

花残寺老人何在？依旧名篇诵万家。

2003 年 9 月

锦绣谷

春来遍是杜鹃馨，锦绣芳名自此闻。
雾锁群峰难见顶，烟迷众壑不知深。

2003 年 9 月于庐山

庐山云

天公戏客弄阴晴，秀色端从变化生。
无尽云烟无限好，朦胧散后见清澄。

2003 年 9 月

二访含鄱口遇雨

山灵不满我安排，二访含鄱雾不开。
大雨滂沱山顶路，别般景色做将来。

2003 年 9 月

琵琶亭

浔阳江上月波明，万里风尘到此亭。

司马琵琶留绝唱，犹闻泣声共琴声。

2003年9月于九江

望　江

九派泱泱汇一方，天高岸远水流长。

庐山北麓城如画，独立桥头览大江。

2003年9月于九江

谒吉安文天祥纪念馆

一堂虎踞稳如山，万众齐歌正气篇。

留取丹心垂宇宙，高山仰止拜公前。

2003年9月

游井冈山偶成

谷陷峰高深似井，全凭地势出山名。

云峦飞瀑周遭在，竹树浓荫锁茨坪。

2003年9月

黄洋界

跃上黄洋界，披襟览大荒。

山高深壑险，林密楚天长。
一岭分昏晓，隔山划赣湘。
当年鏖战地，旅客日成行。

2003 年 9 月

游山偶悟

黄山秀色甲群山，五岳声威远占先。
世上名实多倒挂，沧桑阅尽自安然。

2003 年 9 月

密云栗林山庄

野山回抱翠屏开，鸟语推窗唤客来。
直上长城抬望眼，白云湖上自徘徊。

2003 年 9 月

中国载人宇宙飞船首航成功

一吼霹雳上九天，神舟飞去复飞还。
千年幻想终圆梦，四海颠狂各尽欢。
华夏兆民皆有志，世间何险不能攀？
嫦娥且备桂花酒，远客明朝到广寒。

2003 年 10 月 16 日

灯下读古史有感

历史平常又异常，无穷故事起洪荒。
多逢迷雾淆真伪，终见时光判短长。
痞子摇身充帝后，乌鸦染羽作凤凰。
神权大处人权小，政教合一酿巨殃。

2003 年 10 月

悼亡友

同病相怜老弱身，共逢劫难更情真。
犹思梦里将吾唤，从此交心少一人。

2003 年 10 月

枫·赠友人

何方云彩落山中，又似烧天烈焰熊。
众卉纷随霜露尽，羡君秋老叶更红。

2003 年晚秋

秋林晨步

徘徊银杏苑，扇叶落纷纷。

初日来相照，足踏满地金。

2003 年 11 月

初冬晨步

彤云散尽天方晓，初日妆成万象新。
信步林间何所见？松青雪白柿垂金。

2003 年 11 月

贺二弟存宏七旬华诞

奔若江河散若云，时催小弟到七旬。
此生信未成虚度，报效家邦慰二亲。

2003 年 12 月 9 日

贺德钦贤侄年届不惑兼乔迁之喜

朴实厚重拒铅华，推己及人众口夸。
岁到四旬年正少，前程似锦志无涯。

2004 年 1 月

哭亡友张兄

坦荡诚直终有罪，阴阳颠倒假成真。

曲终人去魂犹在，难忘拳拳赤子心。

2004 年 1 月

普陀山千步沙之晨

野山如画水接天，爽气呼人到海湾。
最是销魂难忘处，杜鹃堤外白沙滩。

2004 年 4 月

落　帽

2004 年 4 月 23 日，离普陀，方欲登舟，忽有风吹帽落海，瞬间消逝于万顷波涛中。本不信神，然此事似为神力所致，意欲留客长住此间乎！时余仰天大笑，得此句。

白云沧浪两微茫，海上瀛洲作道场①。
我去观音殊不悦，呼风吹帽落佛乡。

访宁波阿育王寺

宁波寺名“阿育王”②，古樟参天出庙墙。“阿育”本是天竺语，此名意为“无忧王”。统一天竺肆征伐，屠杀生灵如斩麻。在位天竺称极盛，冤死多少人和命。帝业由来代价高，鲜

① 传普陀山系观世音菩萨之道场。
② 阿育王（ÁSŌKA,？—前 238，或前 232），古印度摩揭陀国孔雀王朝第三代国王。

血染红大龙袍。自古历史皆如此，宫殿落成百姓死。此时大王生悔悟，皈依佛法求超度。全印广建寺与塔，宣教可保江山固。今我鸿爪落宁波，欣闻此方梵宇多。古印王名名庙宇，令我好奇增几许。入内果然禅院深，浮屠七级入青云。林幽院静闻鸟语，殿阁时传钟磬音。到此蓦然泯尘念，低回不忍离寺院。身入队列随老僧，绕殿三匝口念经。我本不信菩萨事，此刻翻觉有神灵。有男有女自苏杭，一路导游不辞忙。天真灵秀人称好，热情解说在殿堂："众位贵客恐不知，阿育本是韩国王。为念弘佛功卓著，此寺故名阿育王。"我闻此语生诧异，急问此说来何地？阿育本是印度王，岂能搬将韩国去？如若阿育今有知，目瞪口呆定有气。闻我此言顿改容，晚霞绯绯染面红。自言此系老师语，至今犹如在梦中。低头谢我指迷津，正误一言值千金。从今讲解须考订，不将谬说误导人。我感此女怀若谷，从谏如流我不如。只怪其师误子弟，信口雌黄无边际。又叹当今旅游业，唯利是图多流弊。其中有人欺游客，不重然诺轻信义。人人如能效此女，我愿随之行万里。临行出寺情依依，不觉红日已斜西。路广车疾奔如电，计程薄暮到剡溪。

2004 年 4 月

奉化溪口

文昌阁下剡溪明[1]，两岸群山分外青。
一去大陆成永恨，游魂何日返祖茔？

2004 年 4 月

① 文昌阁是蒋介石在故乡奉化溪口镇武岭的住地，下临剡溪。

游雪窦山

雪窦风光好，登临兴满怀。
林幽饶鸟语，气净少尘埃。
琴奏千丈瀑，神驰妙高台①。
昔人遗物在，空室久徘徊。

2004 年 4 月

重游杭州西湖二首

其　一

昨夜湖旁梦倍甜，鸟声唤客枕席间。
无边秀色催人喜，万绿丛中送晓寒。

其　二

细雨轻烟淡笼湖，青山一带有还无。
鲛绡帐里眠西子，睡眼蒙胧欲醒初。

2004 年 4 月

方约兄诗词集读后

燃灯诵罢已三更，字字充盈赤子情。

① 妙高台为蒋介石、宋美龄在奉化雪窦山的别墅。

冰雪铸得诗骨健，犹闻林海斧斤声。

2004年4月

锦 江

信步锦江早，低吟过小桥。两岸何所见，芙蓉夹竹桃。
林荫开茶馆，水畔卖醪糟。悠悠江水远，霏霏雨如毛。
风光何清丽，蜀女何妖娆。乡音倍亲切，乡人惯勤劳。
出言多幽默，人情重爽豪。一摆龙门阵，滔滔到中宵。
久违回故地，周赏不辞劳。小店品川味，僻巷寻故交。
名胜览不尽，大厦多烦嚣。唯独兹锦水，依依情难消。
足迹遍寰宇，争如此地姣！

2004年春

还乡四首

其 一

白塔如剑指长空，西望群山落照红。
静静嘉陵流不住，澄波千曲绕南充。

其 二

归途万里觅前踪，寻访亲朋半不逢。
十字街头人何在[1]？永怀慈爱谢春风。

[1] 十字街为我家在南充城内的住地。

其　三

故乡泥土故乡山，多少儿孙夜梦牵。
踏遍荒丘不见冢[①]，喉咙喊破魂未还。

其　四

栖罗奠罢返东观[②]，泪洒螺溪记旧年[③]。
地下有知应笑慰，谁家梦似此家圆?

2004 年 5 月

五十八年后重返嘉陵江

予 1946 年离家乡赴北京大学求学。屈指至今，已五十八年矣。

东岸白塔西岸堤，果山嘉水总依依[④]。
流波不洗儿时梦，犹记江滨母捣衣。

2004 年 5 月

墓　前

2004 年 5 月，在京之兄弟姐妹存淑、存宽、存德、存宏，暨干成、华田、宪邦、全光同返南充，在川之小妹存毅暨岳武亦来相会。一日，兄弟姐

① 父墓原在南充西郊玉屏山，今已不可寻。
② 栖罗山为母墓所在地。
③ 螺溪，流经东观的嘉陵江支流，幼时常随家父在溪边散步，距今已六十余年矣。
④ 南充别称“果城”，城内有果山公园。

妹暨亲友齐往栖罗山为母扫墓，咏此。

慈母坟前堆满花，手摩碑石泪如麻。
足踏墓草娘知否？儿女今朝尽返家。

重访成都

七年不履蓉城路，十访故友九不遇。冲天大厦尽摩天，不知迁入何幢住。自从改革开放巨潮来，通都大邑气势何壮哉。幸得珍爱传统重生态，定教天人合一保和谐。锦官自古帝王都，园林古迹众所慕。锦江犹自流悠悠，武侯祠堂颜如故。少陵与我隔千载，流寓草堂命途乖。若知远客返乡至，定当蓬门欣然为我开，笑指满目繁荣气象乐开怀！

2004 年 6 月

蓉郊访野生大熊猫基地

闲居山野日逍遥，憨态可掬过小桥。
食罢竹枝昏欲睡，一团肥滚卧树高。

2004 年 6 月

游蓉郊熊猫基地天鹅湖

性本喜熊猫，城郊访基地。青青竹林深，濛濛雨丝细。迤逦登小丘，饱览尤物戏。观罢兴正酣，天色忽转霁。信步来此湖，岸石且小憩。坐爱天鹅游，见人全不避。优雅复轻盈，时还引颈唳。不似人间物，合当仙人侣。仰面观柳林，风光何奇异。白鹭上千只，树丛时落起。飘飘似雪花，飞入绿荫里。多年不见此，一见倍惊喜。回我儿时梦，兴奋难自已。转思环宇中，净土无多地。浊水污江河，毒氛漫大气。物种渐灭绝，灾害频频起。若不早回头，命运将胡底？今我观此景，油然生快意。依依不忍别，日暮始归去。归去将若何，晨昏长相忆。相忆尚不足，奔走保大地。

2004 年 6 月

游三星堆博物馆

古蜀文化远，寒暑几千回。惜哉多朦胧，往事难穷追。太白曾兴叹，惊呼蜀道难。“蚕丛及鱼凫，开国何茫然。”义山歌望帝：“春心托杜鹃。”故事信云美，真相略不传。忽有三星堆，出土湔江[1]畔。沉沉古蜀都，轮廓隐隐现。吸引千万人，纷纷趋广汉。芸芸众人中，我亦居其间。一见顿开眼，恍似入宝山。金铜玉陶器，满目何琳琅。厚朴古拙中，熠熠见辉煌。双目不暇接，竟日劳奔忙。借问铜面人，尔等来何方？君系天外客，抑为蚕丛王？奈何纵尔目[2]，眉眼皆上扬？威严含亲切，勇猛蕴善良。问君君不答，令我久彷徨。依依辞湔江，粼粼闪银光。环顾四野青，仰视流霞黄。遥语邀太白，何不早还乡：

① 俗称鸭子河。

② 纵目，即眼球外凸。

蚕丛及鱼凫，开国不茫茫。多元文化中，古蜀独见长。

2004 年 6 月

再咏重庆

双江合抱画屏开，浅绿深黄一线裁[①]。
大厦踞山冲雾起，巨轮破浪自天来。
渝州自古多形胜，游子今朝骋壮怀。
隔岸观灯何所似，分明星际降楼台。

2004 年 6 月

寅初亭小憩

2004 年 6 月，重游重庆大学，憩于寅初亭下。此亭系为纪念曾任该校商学院院长的马寅初先生而立。亭旁有大榕树。念及先生之伟大人格，遂有感焉。

寅初亭畔有巨榕，电撼雷轰益葱茏。
故地重游来树下，馨香祷拜绿荫中。

由重庆半岛隔江望南岸，兼及治学

隔水遥观尽是山，唯余窄岸傍江边。

---

① 老舍《陪都颂》有句云：“朝天门下双江并，浅绿深黄一线分。”

及至亲临殊非是，始悟天外更有天。

2004 年 6 月

自渝返京途中

渝州一去雾茫茫，又过平畴刈麦黄。
市近不觉情更切，只缘此地亦家乡。

2004 年 6 月

神与人·读史一得

“上帝造人”本荒唐，人造上帝却平常。
人给上帝当牛马，上帝给人降祸殃。

2004 年 7 月

京城暴雨

盖地铺天倒海来，除烦消旱何快哉。
休将屋漏责甘雨，且喜鸿福忘小灾。

2004 年 7 月

雨　后

雨后溪流溢岸平，柳枝拂水趁风轻。

相嬉细语情无尽，不避游人傍水行。

2004 年 8 月

悼　亡

千红万紫竞妖娆，时令无情痛早凋。
但幸落英滋沃土，春光明岁更妖娆。

2004 年 9 月

偕秋韵诗社友人游忘忧湖即兴

燕山深处镜湖开，野鸟闲云自往来。
白发媪翁年转少，人间天上展诗才。

2004 年 9 月

奉和雷风兄《咏陆游》

国忧家恨几时休，赤胆痴情谁与俦？
忍睹惊鸿失洛浦，长思投笔复神州。
冰河铁马轮台梦，细雨毛驴蜀道游。
遗范鸿篇须永记：“一生唯耻为身谋。”

2004 年 11 月

附雷风兄原诗：

咏陆游

忧国忧民死不休，一生唯耻为身谋。
兴亡频探中原信，风雨时惊塞上秋。
廊庙无心收故土，孤臣赍志老沧洲。
布衾如铁寒斋卧，梦里犹呼系虏酋。

容闳赞[①]

内忧外患势交攻，少小负笈大海东。
科技兴邦开先路，留学教育建首功。
毕生为国多捐献，终老无私有大公。
我到南屏寻故地，愿追遗范步前踪。

2004 年 11 月于容闳故乡珠海南屏村

谢方约、雷风、明甫、吴慧、少华、景忠诸兄赠贺诗及和诗并谢秋韵诗社全体诗友[②]

真诚不愧是诗人，关爱常存众友心。
砥砺十年求长进，赢来秋韵化芳春。

2004 年 12 月

① 容闳（1828—1912），珠海市南屏村人。中国近代化和改革开放的先驱，中国留学教育之父和杰出的爱国者。

② 诗社诸兄赠贺诗见本书附录。

论 诗

艺文魂魄在于真，发自于中始感人。
造作矫揉终是伪，陈言旧调本非新。
静观万物探神韵，学究天人铸匠心。
无限风光充宇宙，好诗要在诗外寻[1]。

2004 年 12 月

大姐存淑八旬华诞志禧

早携入校晚携归，共戏同读似影随。
别话渝州犹在耳，喜今白发颂春晖。

2004 年 12 月

寿弟妹全光七旬华诞

毕生奉献默无言，琴瑟和谐老益安。
全赖二人携手力，迎来蔬果百日鲜[2]。

2005 年 1 月

---

① 陆游《示子遹》云："汝果欲学诗，工夫在诗外。"

② 全光与二妹存德均为中国科学院植物研究所研究员，二人通力合作，为我国蔬菜水果保鲜做出了重大贡献。中央文献纪录电影制片厂曾为他们摄制过纪录片《从隔夜愁到百日鲜》，以纪其事。

乙酉年迎春

朔风卷雪布冬寒，盛世诗情似火燃。
地冻河封知春近，芳菲先已上笔端。

2005 年 1 月

乙酉春节，窗下水仙绽放，喜再咏之

袅袅淡梳妆，悠悠送暗香。
水为伊品性，仙是尔同乡。

2005 年

慕　春

柳色偏宜对岸观，朦胧似梦复如烟。
春心正共芽初发，莫道人生又一年。

2005 年 3 月

奉和雷风兄新作《咏陶潜》

质性自然推五柳，樊笼误落几多春。
折腰岂肯事权贵，归隐惟求葆本真。
对酒座无名利客，躬耕伴是垅头人。

黄花依旧君何往，空见南山一片云。

2005 年 3 月

附雷风原诗：

咏陶潜

五柳先生何许人？拂夜返里事耕吟。
豪门觑得寒微贱，蓬屋情系黎庶深。
春艳桃源憎暴政，秋香菊圃亲素心。
荷锄归晚新诗就，闲把琴书酒自斟。

咏黄遵宪

苦经长夜度流年，游宦中华域外天[①]。
变法维新追日本，吟诗修史继先贤[②]。
念中未计身躯险，劫后惊摸首脑全[③]。
不忘先生启蒙训，万人犹自诵鸿篇。

2005 年 3 月 28 日于先生逝世百周年之际

---

① 先生作为清季外交官，曾先后出使日、美、英等国及新加坡，并有诗句云：“吟到中华以外天。”

② 先生撰有《日本国志》，诗集有《日本杂事诗》及《人境庐诗草》。

③ 戊戌变法失败后，先生曾受到清政府顽固势力的迫害，但考虑到他曾出使多国，担心造成国际影响，仅“从宽”予以“放归”，即削去一切官职。故先生时有诗句云：“劫余惊抚好头颅。”

黄遵宪先生逝世百周年，香港梁怡然先生来访索诗，爰试和遵宪先生七绝《到香港》作为纪念，书于梁先生编制之《黄学缘会》长卷

五访恰逢国难时，满腔忧愤迸为诗[①]。
明珠沦落哀吾土，终见紫荆上大旗。

2005年4月12日

附黄遵宪原诗：

到香港

水是尧时日夏时，衣冠又是汉官仪。
登楼四望真吾土，不见黄龙上大旗。

再咏长颈鹿

本是非洲客，来从华夏行。
身披霞彩艳，背负晓天青。
婉约含风雅，温柔见性情。
徘徊芳草地，举步重如轻。

2005年4月

---

① 黄遵宪先生曾五次访问香港。

玉渊潭杭州早樱绽放

风华初绽雪香肌，娟秀清纯绝代奇。
又见当年越溪女，京华泽畔试春衣。

2005 年 4 月

自京赴十渡途中，突泻暴雨，公路成河，即兴

大雨滂沱似有魔，车行缓缓渡洪波。
韩村一过天忽霁，喜览千峰秀色多。

2005 年 6 月

十渡晨步

鸡鸣空谷里，晨雾正茫茫。独起观山景，微觉晓气凉。
群峰何嵯峨，森然列大荒。绝壁似斧削，万仞入青苍。
拒马自西来，蜿蜒流幽光。依依不离岭，潺潺诉衷肠。
刚柔巧相济，动静自成双。美人纱橱里，丰姿半掩藏。
引我发遐思，空山久彷徨。林间鸟语碎，山野草花香。
不觉东山坳，熹微露晨光。妻友翩然至，谈笑乐无央。
爱此谐和境，物我浑然忘。天地皆我友，人间情义长。

2005 年 6 月

偕诸友登十渡孤山寨

一声犬吠紫霄开[1]，书画诗朋拄杖来[2]。
友爱更兼山色好，太行深处敞胸怀。

观十渡群峰，念平西抗日英烈

顶天立地势昂扬，奇峭峥嵘冠太行。
疑是抗敌诸烈士，化为巨岭镇家邦。

2005年6月

日本首相参拜靖国神社有感

——纪念抗日战争胜利六十周年

靖国神社庙门高，赫然灵位有东条。小泉首相勤参拜，甲级战犯变英豪。教科书上做文章，偷将血迹字底藏。百年侵华都不见，岂知欲盖反弥彰。军国阴魂久不散，石原知事吐狂言：一曰发动局部战，一曰抵制零八年[3]。我观此事非寻常，

---

① 十渡之七渡孤山寨有景名“狗守天门”，因山顶处巨岩对开似门，中有大石，形如犬，故名。

② 是日同游者有中国社会科学院秋韵诗社及书画社诸友人。众友平日相交弥笃，助我甚力，感我至深。

③ 报载日本东京都知事、极右翼分子石原慎太郎叫嚣对华发动一次“福克兰群岛式”的“局部战争”，并胡说2008年北京奥运会是1936年希特勒德国举办的柏林奥运会，煽动世人予以“抵制”。在此前后，现年91岁的日本侵华老兵本多立太郎先后在卢沟桥上和淞沪战争纪念馆内下跪，为其犯下的侵华行为谢罪忏悔。两相对比，何者光明磊落，何者可恨可耻，不言自明。

右翼举止太猖狂。反华篡史成时髦，欲引日本向何方？日本投降至于今，时光漫漫六十春。滔天罪行不知悔，逆施倒行实惊人。忆昔纳粹何汹汹，曾陷欧非血火中。一自战败投降后，德国认罪大不同。君不闻该国有总理，长跪受害犹太冢前呼不起。以史为鉴情意真，重获信任罪孽洗。知耻由来近乎勇，过而能改得宽容。岂有粉饰侵略能取信，欲获“入常”门票无乃太匆匆[1]！而今我谓小泉辈：悬崖勒马此其时，何不拜德为尔师？改弦更张犹未晚，休再将尔国民欺！炎黄子孙慎勿忘：自古立国赖自强。勿忘弱肉强食之痛史，勿忘落后挨打之巨殃。存忧患，齐兴邦！

2005 年 6 月

欧行剪影(诗十七首)

其一　黄昏抵慕尼黑

狂飙举我去燕京，欧亚穿飞一日程。
机降南德倦犹醒，人临西土喜而惊。
无边茂树遮郊野，万丈斜晖映古城。
奥运园中场馆异，酒乡街上步伐轻[2]。

其二　美因河畔法兰克福

几番来去太匆匆，再次亲临兴倍浓。

---

① 此处指日本正争取成为联合国安全理事会常任理事国。

② 1972 年，奥运会在慕尼黑举行，城内奥运村场馆宏大，皆呈马戏棚形，颇为奇特；慕尼黑又号称“啤酒之乡”，每年 9 月皆举办啤酒节。

罗马广场观古寺，美因河畔寄飞鸿。
歌德生地山川秀，欧陆名都气势宏。
昔日蛮族渡河地，而今三运五洲通[1]。

其三　莱茵河上

少读海涅诗[2]，莱茵常入梦。远在天之涯，欲往无途径。二十五载前，叶黄秋正好，与伊一见即相亲，斯特拉斯堡。今我来江上，华发人渐老。慕伊仍似少年时，出游天方晓。莱茵源本出阿山[3]，澄波如练势蜿蜒。德人呼之“命运河”，灿如银汉行九天。漫漫历史自伊出，堪称民族不竭泉。登舟泛中流，飘飘欲登仙。两岸何所见？谷深林暗无尽山。斜坡何所有？青葱万顷葡萄园。更点缀，古堡座座，教堂尖尖。又有岸旁城镇，小巧玲珑。村居民舍，绕绿映红。乡风淳厚，山川寂静，不比桃源逊几重。人在舟中，舟在江中，图画迁流变无穷。险哉洛累莱山[4]，直上云天。崖顶女郎安在？歌声何去不还？女郎归来兮，我愿作一船夫，凝眸仰望山头。看伊梳洗金发，听伊宛转歌喉。任彼险滩激浪，纵船毁人亡也风流。我愿化为白鸥，沿河飞舞览全流，冬夏春秋。此愿何时了，此念何时休！

---

① 蛮族，系指日耳曼民族之一支法兰克人。法兰克人原住于莱茵河右岸一带。在西罗马帝国衰落之际，发生日耳曼民族大迁徙，其中法兰克人渡过莱茵河大量进入高卢，加速了西罗马帝国的灭亡。按：“法兰克福”德文作 Frankfurt，意为“法兰克人的渡口”。“三运”，指海运、陆运、空运。

② 海涅（1797—1856），19 世纪德国杰出诗人。

③ 阿山，指阿尔卑斯山。

④ 莱茵河畔的一座山峰。传说中有一位名叫洛累莱（Loreley）的妙龄美女，日日在此山头一面梳理金发，一面宛转歌唱，引诱来往船夫仰望山头，忘却河中险滩，导致船毁人亡。后人遂以“洛累莱”命名此山。海涅曾有名诗《洛累莱》纪其事。

其四　游荷抒怀

国土多洼地，低于海面平。
围堤拦巨浪，造陆建都城。
河运纷成网，街市烂若星。
风车加木屐，发我思古情。

其五　阿姆斯特丹

运河交错绘奇观，两岸琼楼水面船。
北国通都原是海，修堤造陆创新天①。

其六　游布鲁塞尔老城

黄金广场大无边，玉宇琼阁忆旧年。
全赖及时一泡尿，至今犹念小于连②。

其七　卢森堡掠影

玲珑秀美著全欧，洁净清幽无与俦。
小国寡民多富庶，几番欲去又回头。

---

① 荷兰又称尼德兰（Netherlands），意即低地之国。境内约四分之一的土地低于海平面。许多地方是围海造陆而成。阿姆斯特丹（Amsterdam），意为“阿姆斯特堤坝”。该市共有运河160余条。

② 布鲁塞尔市中心有一大广场，比利时旧王宫、旧市政厅及一些古老工会的宏大建筑环绕四周，蔚为壮观。法国大文豪雨果曾誉之为“世界上最好的广场”。广场附近一条斜街的尽头，有一座不大的撒尿儿童的铜像。传说古时西班牙人入侵该城，撤退时正欲用火药炸毁全城，点燃了导火绳。在此紧急关头，一个名叫于连的男孩急中生智，撒尿浇灭了导火绳，拯救了布鲁塞尔。为此，他获得了布鲁塞尔城“第一公民”的荣誉称号。

其八　重到巴黎

故地重游廿五春，相逢已是鬓霜新[①]。
塞纳河水流依旧，圣母钟声喜再闻。
四海人奔凡尔赛，五洲客过凯旋门。
法中共有文明古，长使风光入梦魂。

其九　登埃菲尔铁塔

扶摇直上入虚空，锦绣巴黎一望中。
毕竟花都多浪漫，披襟指点兴无穷。

其十　写在凡尔赛宫法王路易十四御座前

璀璨恢弘甲千宫，风云叱咤一世雄。
太阳朝起终须落，寂寞唯余御座空[②]。

其十一　去奥地利途中顺访列支敦士登

天生奇石放幽光[③]，小国邮票著四方。
阿尔卑斯终岁雪，莱茵河水碧流长。

其十二　因斯布鲁克[④]

山城四面雪峰中，丰满因河自远空[⑤]。

---

① 1980年作者曾去法国进行学术交流，旅居数月。

② 法王路易十四（Louis XIV，1638—1715。1643—1715年在位），宣称“朕即国家”，实行绝对君主专制统治，号称“太阳王”。

③ 列支敦士登国名原作Liechtenstein，意为“发光的石头”。

④ 因斯布鲁克（Innsbruck），奥地利西部名城，蒂罗尔州首府。

⑤ 因河（River lnn），多瑙河支流。

天赐名都开奥运，地得圣水润芳容①。
琼楼金顶添古韵，绿野仙乡叹鬼工。
阿尔卑斯多变幻，驰驱千里兴无穷。

其十三、十四　水都威尼斯（二首）

运河水巷似张罗，宫殿神堂卧碧波。
游罢环球无数市，未如此地石桥多。

仙都浪阔远贴天，贡朵拉舟靠岸边②。
点水一篙撑将去，船夫小曲唱不完。

其十五　比萨斜塔

日暮奔忙到比萨，钟塔共与夕阳斜。
至今犹念伽利略，落体实验震千家③。

其十六　佛罗伦萨颂

才从奥国游，又来意大利。一只长靴向海伸，足踢西西里。罗马古国历史长，遗址辉煌无伦比。尔后僧俗专制凶，沉沉陷入中世纪。封建牢笼禁锢深，文艺科技久凋敝。漫漫长夜几时休，万众引颈盼天霁。突有众巨人，登高望大地。人文大旗迎风吼，文艺复兴自兹起。借问巨人起何方，佛罗伦萨居中

① 1964 年和 1976 年冬季奥运会两次在因斯布鲁克举行。

② 贡朵拉（gondora），系意大利威尼斯专有的一种平底狭长尖头高翘的小船，乡土风味十足。

③ 伽利略（Galileo Galilei，1564—1642），文艺复兴时期意大利物理学家，数学家和天文学家，近代自然科学奠基人之一。约在 1590 年，他在比萨斜塔上做了一次自由落体实验，否定了亚里士多德关于“物体下落速度与重量成正比”的传统论断，证明了物体下落速度与重量无关。

央。亚平宁，原野广。阿诺河，碧水长。江山信云美，文化放异光。城市古迹眩我目，数不尽巍巍殿宇，赫赫教堂。但丁生地屋宇老，大卫雕像名四方。更有达·芬奇、伽利略、马基雅弗利……思想、科学、文化、艺术万古吐芬芳。此身历经欧、亚、美，未曾见，群星灿烂荟萃似此乡①。昔人日已远，光焰永无穷。安得巨人似若辈，倚天挥巨帚，横扫华夏封建残渣净寰中。时光苦短，游兴无边。重过阿诺河，赤日已西偏。河上重桥座座，古寺遥衬蓝天。何日重来久住，文艺复兴摇篮！

其十七　游罗马古斗兽场感怀

断壁颓垣诉旧年，恢弘壮伟蔚奇观。
曾驱武士相角斗，又逼人兽互摧残。
奴死为博帝王笑，血流何碍庙堂安。
悲哉历史多重演，旧酒新瓶变万端。

以上作于2005年6月

三峡行（六首）

其一　雨夜乘船登长江大坝

江船夜雨入闸门，步步登梯不见痕。
暗里不知身位变，平明坝上看朝暾。

---

① 文艺复兴巨人达·芬奇、米开朗琪罗、伽利略、马基雅弗利及其先驱但丁等，均为佛罗伦萨人。

其二　宜昌三游洞瞰西陵峡口

纡迴小径上高冈，石洞天然古殿堂。
联袂同游三俊士，立亭刻记一欧阳①。
峡终山尽开平野，浪阔波宽入大荒。
绝顶放观何所见，大江东去楚天长。

其三　游三峡神农溪

峡川深处泛星槎，短桨长篙傍水涯。
两岸青峰夹野涧，一川碧玉鉴明霞。
棺悬绝壁原何姓？楼吊危岩是土家。
华夏由来多胜境，仙源未必唤“桃花”。

其四　巫峡

巨峰十二暗云天，神女朝云暮雨间。
头顶虚空余一线，峡中狂浪打千山。
杜陵妙笔抒秋兴，宋玉华章悦圣颜②。
杜宇开江传佳话，至今犹记郦道元③。

其五　过夔门

千峰壁立锁巴东，江水唯余一缝通。
峡底行舟稀见日，截流未改天下雄。

---

① 三俊士，系指唐代白居易，其弟从简及元稹。传说三人曾同游此洞，后人遂以“三游”为之命名。“欧阳”系指欧阳修。他曾在三游洞山顶筑亭，名“至善亭”。亭内并有他撰写的《至善亭记》，今碑刻犹存。

② 杜甫《秋兴八首》，有“玉露凋伤枫树林，巫山巫峡气萧森”“瞿塘峡水曲江头，万里风烟接素秋”等名句。宋玉曾撰有《高唐赋》，述巫山神女事。

③ 郦道元《水经注》记云：“江水又东，迳巫峡，杜宇所凿以通江水也。”

其六　重游白帝城

皇叔旧事话当年，太白轻舟过万山。
倘使二人今又见，应惊江水绕三边[①]。

以上作于2005年10月

香　溪

清流一带蜿蜒长，孕育佳人水自香。
竹掩农家村舍静，山围溪谷稻粱黄。
深宫久闭埋良玉，大漠遥行念故乡。
缥缈心随云远去，芳魂青冢祭王嫱。

2005年10月于湖北兴山县昭君饭店

登神农架风景垭[②]

垭口流云耳际飘，一虹飞跨两峰遥。
今非七夕佳期夜，何事天河现鹊桥？

2005年10月

---

① 白帝城本位于瞿塘峡口左岸之高山上，因修筑长江大坝，现已成为三面环水之半岛；待三峡水库蓄水足时，将为四面环水之孤岛。

② 山垭在神农架高处，此处与天门垭、燕子垭等地，海拔已在3000米上下，号称“鄂西屋脊”，风景绝胜。

游神农坛登板壁岩

谷底红黄叶正秋，岭巅大雪未曾休。
山中一日经双季，何处风流胜此游！

2005 年 10 月

武当山天柱峰

群峰簇拥上擎天，绝顶飘浮尽紫烟。
金殿忽闻仙乐起，恍观神女舞蹁跹。

2005 年 10 月

武当山紫霄宫

岫野林秋细细风，展旗峰下殿千重。
争夸太极神功好，欲觅三丰讯不通[1]。

2005 年 10 月

维也纳新年音乐会重听《蓝色多瑙河圆舞曲》

仙乐年年起奥京，谁人听后不心倾？
舟摇浪摆无穷意，化作弦歌万里行。

2006 年元旦

---

① 三丰即张三丰，明代著名道士，传云在武当山紫霄宫首创太极功法。

公园观黄雀表演，联想系之

只为求人米几粒，可怜南北复东西。
缘何不向深山去，任尔高飞任尔啼。

2006年春

邀子侄辈公园赏牡丹，迟至数日，已半凋矣

分明日昨尚姣妍，何以今朝已半残？
记取青春奔若电，攀登莫要负华年。

2006年5月初

赣东北行六首

其一　婺源星江

千迴万转静无言，一带澄江宝石蓝。
好捉迷藏时隐现，行行送我到仙源。

其二　登三清山遇台风“珍珠”

缆车举我觅三仙，足下迷濛万仞渊。
偏有此君来助兴，半空风雨打秋千。

其三　瓷都景德镇巡礼

鬼技神工信不差，薄如蝉翼灿如霞。
若行夏夜晴空里，欲采繁星眼已花。

其四 李坑行

三分田亩七分岭，尤爱山原世外春。
茶掩丘峦千垅翠，竹围村舍万竿新。
青牛啮草闲摇尾，黄犬眠街不避人。
何日重来游故地，白墙灰瓦度良辰？

其五 弋阳龟峰

双龟对卧向天穹，石柱丹霞气势雄。
宋桂唐樟碑刻古，看花走马太匆匆。

其六 泸溪河漂流

清江千折出武夷，绕岭穿谷到江西。危崖夹岸何所似，犹疑梦回九曲溪。买舟宜趁早，河上风光好。船姑操竿行若飞，矫若游龙身手巧。始知风光佳处秀女多，劳动孕育身姿妙。环顾两岸山，丹霞峰高欲摩天。数不尽仙桃、莲花、虎踞、龙盘……一任君想象驰骋无边。凝眸望山巅，道观迷濛云雾间。上有虹桥连别岭，似见仙人独往还。其下削壁三千仞，壁间处处有悬棺。谁告我，似这般半空洞穴，缘何而建，建在何年。莫非是，高葬灵魂可升天？空留下岩壁冷峭，洞迹斑斑，蝙蝠作穴，鸷鸟盘旋。行行见孤村，山麓水滨。木屋青瓦饶乡韵，老樟成荫竹成林。闻道说，此村气好香风爽，冬无霜冻夏无蚊。更休论，民俗淳厚，古风犹存。最难忘，舍舟登筏顺流下，竹筏飞轻泸溪滑。群山渐退身后远，重回首隐入烟霞。手掬江水足濯波，问君此刻意若何。但觉俗思凡虑都涤尽，此身欲舞口欲歌。忘却那，水泥森林，混浊天宇。远离那，浮躁虚夸，争名攘利。愿万类和谐天地宽，返回自然归真已。此番游，君须记！

以上作于2006年5月

寿振鹍兄八旬华诞

柳江桂岭携手忙，共事同窗岁月长。
每睹红楼晨练影，常明东厂夜读光。
率直方正孚公望，严谨辛劳著史章。
老骥八旬犹奋进，友情道义两难忘。

2006年6月

蜂

黄庆华学兄索字，适逢大作三卷本《中葡关系史》问世，书拙诗一首以贺之。

十年治史太匆匆，采尽百花外与中。
为酿人间无价蜜，此身何惧类转蓬。

2006年

长征胜利会师七十周年

赣江延水路漫长，二万五千又何妨。
血战重关成铁旅，身经烈火化金刚。
改革浪里民初富，开放声中国渐强。
愿借夕阳无限好，征途大步续新章。

2006年7月

桂行吟草(十五首)

其一　鹧鸪天·八桂重游

1951—1952年，作者曾参加中央土改工作团赴广西工作一年，至今已55年矣。

五十余年觅旧踪，欲将梦境看从容。山川形胜浑如故，都市繁华迥不同。

罗带水，玉簪峰，行吟能不忆韩公①！时光且与游人便：一去仙源难再逢。

其二　桂林象鼻山即景

赫然巨象下青苍，惊看清波汇两江②。
玉液甘滑饮未足，不觉已是万年长。

其三　桂林——阳朔舟中

万阕千篇古有诗，舟行如梦复如痴。
欲将秃笔留清韵，耗尽心思枉费辞。

其四　浣溪沙·桂林芦笛岩

巨石山腰古洞开，人间万象此中来。任君联想骋诗怀。
海底龙宫藏瑰宝，天街仙市起楼台，共惊造化巧安排。

① 韩愈《送桂州严大夫》中有句咏桂林山水云："水作青罗带，山如碧玉簪。"
② 两江指桂林之漓江与桃花江。两江汇合于象鼻山下。

其五　荔浦银子岩

芦笛观罢已心惊，未若兹岩动我情[①]。
洞贯十山风景异，穴罗万类鬼神惊。
路从银子堆中过，人在水晶洞里行。
出外天光迷客眼，犹思石笋列千兵。

其六　荔浦月亮山黄昏

黄昏峭壁立森然，一洞依稀透暮天。
遥见流霞边上走，宛如天际月儿圆。

其七　桂林大榕树景区漫步

群峰翠转紫，倏忽日将暮。斜光照幽谷，翩翩归宿鹭。小溪流潺潺，为我衷曲诉。丛竹齐点头，迎客山脚路。山野静悄悄，怡然共闲步。行行河滩前，忽逢大榕树。浓荫蔽两亩，平生未曾遇。春秋越千年，蓊郁宛如故。淅淅微风吹，淡淡清凉布。荫下久徘徊，忘却人间务。昔闻刘三姐，于此曾暂住。对歌众山鸣，欲止不得住。有男名阿牛，深将三姐慕。树下订终身，共把良辰度。三姐去已远，阿牛何所赴。唯余山歌声，缭绕不离树。我今来此间，豁然顿有悟。何不还真我，不为尘网误。长留此山中，躬耕趁朝露。奈何事难成，空余大榕赋。憾然登前程，苍茫劳回顾。

其八　中越边境观瀑

跨河有瀑号德天，三级悬空起白烟。
声动奔雷惊大野，光驰闪电落深渊。

---

① 芦笛指桂林芦笛岩。

江流滚滚千村对，山水绵绵一线牵。
手抚界碑抬望眼，翩翩浮想过心田。

其九　靖西通灵大峡谷一日

才观跨国瀑布还，又来通灵峡谷边。桂山峨峨翡翠绿，桂水悠悠孔雀蓝。入洞方知地穴深，胸中可藏百万兵。石笋钟乳千百态，全凭造化久经营。曲径纡迴入地远，洞尽峡开景乍明。初惧日色忙遮眼，徐观幽谷喜而惊。群峰夹峙接苍穹，游人恍如落天坑。时序渐秋深，谷中尚浓荫。众鸟相与乐，空山传好音。更有山溪潺潺，古木森森。原始树种，闻所未闻。似觉光阴倒回侏罗纪，众类日与恐龙亲。抬头望，悬空巨瀑落千丈，水入暗河失去向。形如白练挂虚空，逸似玉龙自天降。应是此峡通神灵，坐令诗人生狂想。出峡路有对歌台，八方少年闻讯来。僮女窈窕善歌舞，山歌唱得白云开。出洞回观思绪长，峡中一日度洪荒。明朝登程北海去，任他山重水复路茫茫。

其十　涠洲岛

此岛位于北海市北部湾海面，是湾内第一大岛，也是我国最大最年轻的火山岛。岛上风光，饶多野趣。居民以捕鱼种蕉为业，近年旅游业日盛，诗以纪之。

万里奔来岁正秋，踏波跨海到涠洲。
岛从北部湾中起，人在南溟画里游。
处处火山留胜迹，家家蕉树庆丰收。
往时寂寞孤悬地，今日八方客似流。

其十一　北海市即兴

都会濒临北部湾，珠还合浦史籍传。
地通宇内成良港，浪尽天涯是越南。
市净街宽银作厦，水清沙白玉为滩。
黄昏独步观大海，万顷波涛入胸间。

其十二　僮乡所见

姣柔僮女抬轿忙，大汗淋漓上险冈。
青壮打工都远去，独留弱妇奔小康。

其十三　桂行感怀

人言桂林山水甲天下，我道广西处处是桂林。澄江千条依山转，孤峰千万入青云，奇秀何处寻。我欲与君暂借，峰几座，水几弯，妆点京华好山川。待到奥运开过，定当完璧归还。何日可搬迁？

其十四　中越边境行

中越群峰间，崎岖多险路。山谷有界河，民居分两处。隔河可谈天，亲友两国住。河上泻飞瀑，半空大水注。奔驰何迅急，长驱若有赴。激浪势滔天，疑是天神怒。电闪复雷鸣，连山生雨雾。欲近心震惊，欲行又止步。爱此秀山川，徘徊不忍去。嗟此大奇观，人生能几遇。导游忒无情，频催上归路。临行何依依，回望知几度。

其十五　桂山（试用今韵）

万峰挺秀势冲天，独立峥嵘各不凡。

回念此行何所悟，作人当作桂林山。

以上作于2006年9月

附王礼琦和诗：

和刘存宽兄诗二首

一 桂林象鼻山即景

两岸群山献郁苍，天令巨象守漓江。
严防秀水遭污染，伫望清流万载长。

二 桂林——阳朔舟中

今古游人赋有诗，奇峰秀水见如痴。
欲书一带山川美，苦想冥思枉觅辞。

游石林峡二十韵

平谷石林峡，幽深秀无比。人在井底行，峰入白云里。
野径漫纡迴，前路似欲闭。蓦然绕山麓，别有新天地。
人生亦如斯，治学何曾异。万象虽各殊，相通同一理。
行行到天梯，石级拔地起。飞瀑下碧潭，长啸泻无已。
伟哉造化工，铸此山川丽。磅礴而峥嵘，增我浩然气。
时见少男女，直上如飞骥。似我幼年时，昂扬青云意。
生老人之常，衰病孰能避。幸能保壮心，知足长欣喜。
好友三五人，沿谷行复憩。放言论古今，谈笑析诗义。
秋老万柿红，冬近百草敝。山空泉水清，林静鸟声细。
美景加友情，和谐融一体。共享山野乐，远离浮世弊。
他日若重来，幸勿我相弃！

2006年10月

景山夜眺

为迎接2008年北京奥运，景山山脊五亭修葺一新。入夜华灯齐明，流光溢彩。余于望山书屋遥望之，颇具东方神秘之美，得此句。

西窗读罢倦思眠，起看繁星落景山。
应是秋深天上冷，故遣仙阙下人间。

2006年10月

观风筝

云淡天高好仲秋，鸢飞线引半空游。
任君直上三千尺，何似闲云自在流。

2006年10月

采　摘

太行秋老不山空，唤友呼朋入树丛。
苹果满园收不尽，村姑心似果儿红。

2006年10月

观菊展偶得

西风妙手剪绮罗，妆就云霞七彩娲。

仕女发型千万变，争如秋菊花样多！

2006 年 11 月初

为中国社会科学院老干部工作局贺寿卡题作

雪大知松劲，天高任鹤翔。
夕阳无限好，同庆寿而康。

2006 年 12 月

迎小妹存毅伉俪退休后来京定居宴会即兴

十人骨肉聚京华，满座儿孙尽可夸。
友爱融融春光暖，羡杀首善万千家。

2007 年春节

迎春绽放

今岁春姑醒最先，安排时令竟趋前。
金花人面相偎笑，已报百花欲满园。

2007 年上元

怀念黎澍先生

革命新闻献半生，弘扬学术未休耕。

为文最忌随人后，修己长怀报国诚。
沥血唯求桃李茂，求真岂顾宦运亨。
良师远去遗篇在，掷地犹作金玉声。

2007 年 3 月

六绝三首

其一　早春

观花要观欲放，看柳须看鹅黄。
留下些儿向往，换来无限春光。

其二　雪后

林中望天倍蓝，雪后观景尤鲜。
已是春回大地，依然银满空山。

其三　登南充西山绝顶

嘉陵逝兮渺渺，鸟鹊鸣也啾啾。
嗟古今之嬗变，乐林泉以无求。

2007 春定稿

风与柳

风赋柳以灵，
柳予风以形。

无风柳无韵，
无柳风何凭？
长相依，
共漫舞，
携手天涯兮齐飞腾！

2007年春

祝　愿

——中国社会科学院建院30周年

欣逢而立日当空，昂首青云气若虹。
学究人文成砥柱，志存邦国建殊功。
宜施雨露催花放，不教樊篱障路穷。
海纳百川方见大，繁荣重在创新中。

2007年3月

春　雨

一场春雨似琼浆，灌醉百花喜欲狂。
各逞风骚争献艺，赤橙白紫粉蓝黄。

2007年4月

苏浙行十六首

其一　金陵怀古

龙盘虎踞素仰名，六代繁华久凋零。
洪武奠都烦迁徙，天京内乱失太平。
神兵奋勇长江渡，“总统”凄惶宝岛行。
欲问历朝兴替事，钟山无语自青青。

其二　南京中山陵

陵园烟雨笼山川，人伴千松立肃然。
竖子轻狂欺圣哲，自有公论颂先贤。

其三　秦淮河

千古秦淮著万家，楼台画舫客如麻。
几人犹记前朝事？寂寞空开两岸花。

其四　金陵赴维扬途中

天生华夏巨无俦，北国粗豪此地柔。
细雨无声添翠色，送君一路到扬州。

其五、六　金山寺（二首）

山寺原来出水中，于今不与旧时同。
白娘许少肠断处，一曲高唱大江东。

寺源东晋久经年，屡建频焚历变迁。

殿宇九重繁信女，浮屠一柱起江天。
《白蛇传》出千家唱，法海名污万古冤。
雾笼长江添浩淼，伫观狂浪打孤山。

其七　扬州瘦西湖怀古

环肥燕瘦久齐名，桥畔箫声伴月明①。
杨广楼船阿杜梦，湖光旧事两关情②。

其八　苏州木椟古镇

弘历南巡曾六住，刘墉随侍两番行。
小桥流水深深院，走遍江南境最清。

其九　雨中游无锡灵山

何来大佛起山中，灌浴王儿有九龙③。
烟雨峰峦生紫气，一条柔线绘长空。

---

① 人们常将杭州西湖喻为杨玉环，将扬州瘦西湖比作赵飞燕，言其美也。又，本诗第二句系指杜牧《寄扬州韩绰判官》一诗中的名句：“二十四桥明月夜，玉人何处教吹箫？”

② “杨广楼船”，据《资治通鉴》卷一八〇载：“八月，壬寅，上（指隋炀帝杨广）行幸江都（即今扬州）……御龙舟。龙舟四重，高四十五尺，长二百丈……共用挽船士八万余人。……舳舻相接二百余里……”又按：杨广残暴淫佚，终为臣下右屯卫将军宇文化及所部勒死于扬州；“阿杜梦”，“阿杜”谓唐代诗人杜牧，“梦”指他《遣怀》一诗中的名句：“十年一觉扬州梦，赢得青楼薄幸名。”

③ 灵山一景曰“九龙灌浴”，演绎太子释迦牟尼出世场景。当乐声响起，巨型莲花花苞即徐徐绽放，此时太子由花苞内冉冉升起，同时四周有巨龙九条自口中喷出巨大水柱，为太子灌浴。太子于莲花内徐徐自转一周后，乐止水停，花瓣徐合，太子复隐退莲花中。此表演颇为新奇壮观。

其十　去周庄体验江南田园风光，扫兴而返

水乡幽韵冠八方，孰料人潮似海洋。
诗样田园成闹市，翻疑此地是周庄。

其十一　枫桥闲步

虎丘几度访，名园多游遍。不入寒山寺，偏来枫桥畔。三吴古韵多，亭台次第现。运河自北来，万里路漫漫。夹岸柳成荫，杂花相与间。清风知我心，吹将暑气散。解我羁旅乏，怡然竟忘返。悠悠动遐思，沉沉怀古远：忆昔春秋时，吴越相交犯。江南锦绣地，屡罹血火难。杨广开运河，楼船浮宫殿。暴戾复骄奢，终遭扬州难。张继官云小，诗名何灿烂。沦落此地泊，钟声鸣夜半。弘历下江南，百官争相伴。浩浩拥千夫，登此杨柳岸。历史有盛衰，起伏呈曲线。姑苏故事多，引人每兴叹。忽闻汽笛声，河上声声唤。船舶似穿梭，往来奔如箭。翘首新园区，雨后春笋现。高尖科技精，令我双目眩。幸能具卓识，筹策顾两面：开今不忘古，爱古亦求变。发展乃根本，生态不能乱。天人合而一，古今融一片。东方威尼斯，前途未有限。谋和谐，路无限，了却老夫平生愿。

其十二、十三　钱塘二咏

新安奇秀富春娇，一路青山伴水遥。
行至杭州波肆大，奔流到海会惊潮。

欲同西子斗妖娆，流过千年韵未消。
最是销魂新雨后，六和塔边望江桥。

其十四　西湖柳

十里连绵树万千，柔条细缕挂重帘。
欲从湖上窥西子，怎奈摇曳影如烟。

其十五　品茶

湖面轻风岭上花，梅家坞里试新茶。
一杯龙井心神爽，不忘清香送越娃。

其十六　西子湖畔中国丝绸博物馆观时装表演

云霞万朵拥西施，正是春花烂漫时。
南国女儿多妙韵，翩如岸柳袅如丝。

以上作于2007年初夏

香港新界漫兴

新界何地也，新安之农村。山川饶秀色，四季尽芳春。早在秦汉际，记载已周全。唐置屯门镇，云集外洋船。绵延至清季，管辖二千年。鸦片战争起，灾难大如天。局势日陵夷，国破难守边。光绪廿四年，列强肆瓜分。英法德俄日，群狼齐来奔。撕裂我疆土，神州天地昏。英帝岂落伍，南北两地吞。北疆据威海，南扣新界门。名之曰“新界”，强租九九年。于英固为“新”，于我则不然。江山易颜色，志士岂心甘。村民不为奴，誓死保家园。武装抗强敌，冲锋争向前。长矛对机枪，土炮对军舰。舍身杀寇贼，一身都是胆。奈何势悬殊，英敌操胜算。统治近百载，咫尺天涯断。致使华夏儿，热血胸中燃。

戮力图自强，收复好河山。幸得国运转，中华换新天。昔日沦陷地，陆续多收还。九七香港归，喜将好梦圆。我生固平常，碌碌事科研。潜心治港史，不觉已多年。但求实与信，不写一事偏。于人或有助，于我尚心安。今我来新界，感慨起万端。百年沧桑变，一一过心田。开会于屯门，暮宿元朗边。朝夕经上水，专程访锦田。遗迹多走遍，宗祠去复还。史料相印证，乐在我心间。驱车访义冢，稽首先烈奠。肃然拜公局[①]，暗将英魂唤。似回百年前，亲身历血战。眼见亲与友，一一饮敌弹。挺身斥狂贼，虽死无悔怨。又思我先烈，九泉应无憾。鲜血未白流，换来紫荆绽。且自回归后，民富地亦安。稻野万亩绿，林木满丘山。昔日村墟地，大厦起平川。自忖此番行，于我非一般。长年梦萦地，一朝到眼前。模糊变真实，亲切又自然。父老皆淳厚，纷纷来身边。一见即如故，问暖复嘘寒。待我以茶点，饱我以家筵。俄而探囊取，示我以拙篇[②]。咸言新界史，赖此始周全。蓦然闻此语，我心感而欢。非为声名故，实乃得慰安。我虽非港人，视港如视川[③]。今朝将离去，别情总缱绻。惟将感激意，前对父老言：各自多珍重，相期待来年。

2007 年 6 月

① 指“太平公局”，1899 年 4 月 10 日成立于元朗，为同年新界人民自发抗英武装斗争的指挥机关，今遗址尚存。

② 指拙著《租借新界》一书（1995 年香港三联书店有限公司出版）。

③ 按，作者为四川南充人。

贺庾德昌兄诗词集付梓

病悟催君返自然，回春三度近园田。
豆棚瓜架摘佳句，毕竟知足乐无边。

2007 年 6 月

游西湖岳王庙感赋

西子湖畔岳王庙，万众瞻仰人争道。历史无情辨忠奸，终见民贼遭恶报。入内但见古木森，岳王精忠贯青云。秦桧长跪齐唾骂，皆因祸国又殃民。卖国求荣残害忠良诚可耻，唾沫横飞遗臭万年亦自寻。转念赵构身为宋帝责至重，何以惩罚不及此人身？复思日本侵略决策自天皇，缘何甲级战犯名单无裕仁？百思千想不得解，夜阑犹自相逼问。辗转床席求回答，一束清光出方寸：原来天子至尊罪应讳，责罪从来不及神。历史自古惩帮凶，长为帝王掩罪痕。从犯烹，主犯存。首恶罪，走狗吞。劝君六字须铭记：人贵蠢，言须慎！

1991 年 4 月作，2007 年 7 月改定

闲　情

忘我自然少挂牵，林中独坐好参禅。
流云一霎珍珠雨，打破平湖万点圆。

2007 年 7 月

月下独步

僧帽峰头露半规，清辉浴我影相随。
此身既许为孤月，无悔今宵两鬓衰。

2007 年 9 月

东北行十一首

其一　重返长春

卅年不见费遥思，喜看春城焕异姿。
十万楼中寻旧址，难回金色盛年时。

其二　伪满旧皇宫咏史

把玩傀儡计谋高，逊帝加冠裹御袍。
作戏岂能欺大众，几多金玉砌为牢！

其三、四　偕华田长春净月潭重游（二首）

曾来潭水边，年富兴无前。
爱子时方幼，伊人韵独鲜。
相携湖畔走，相戏莽林穿。
少小何知倦，夕阳送我还。

今朝来故地，能不忆华年！
潭影深如许，松林静似前。
沧桑曾几度，冬夏又频迁。
但幸人康健，相携志益坚。

其五　游吉林市

青山绕作半圈弧，江水萦为太极图。
舟泛松花添妙赏，何时一钓雪江孤？

其六　自吉林市赴长白山途中

乌拉南去向白山[1]，一路秋光色渐斑。
露重初催霜叶赤，稻熟不让老农闲。
车从桦树林中过，人往青松岭上攀。
惯住尘嚣贪野趣，荒村夜宿倍开颜。

其七　长白山地下森林公园

一从盘古始开天，沧海桑田几变迁。
平野升腾隆峻岭，密林沉陷落深渊。
赤松满谷遮空暗，栈道游龙绕地旋。
此境绝非尘世有，凡人到此也登仙。

其八　延边行

长白一路过延边，草茂林深似地毡。
鹿苑熊园观未足，参棚蜂舍喜流连。
家家富裕喧鸡犬，片片丰登满稻田。
椴蜜打糕饶滋味，车行一去竟不还！

其九　过牡丹江

稻米香醇作贡粮，几番选秀入宫墙[2]。

---

① 吉林市古称“吉林乌拉”。
② 有清一代统治者喜在牡丹江一带选秀入宫。

长怀壮烈思群女，为国捐躯勇投江①。

其十　镜泊抒兴，兼以谢中国社会科学院老干部局诸友人

太古玄黄，火山喷灼。岩冷烟消，化而为泽。
牡丹江水，绕岭穿壑。天长地久，汇为镜泊。
镜泊何在？长白之脚。湖光潋滟，湖面寥廓。
千里来奔，欣赏领略。舟行簸簸，波光烁烁。
放眼四岸，指点亭阁。乐以忘忧，谈笑自若。
落日沉西，舍舟入庐。夜眠嘉墅，依山枕湖。
一宿好梦，气爽神苏。信手卷帘，波摇窗前。
良辰美景，岂能弃捐？携妻呼友，徜徉岸边。
湖中有亭，曲桥相连。来此亭上，极目东天。
冉冉初日，跃出东山。霞光映水，气象万千。
如入仙境，灿烂澄鲜。更谢我院，敬老尊贤。
嘘寒问暖，照顾周全。动有人扶，行有人搀。
百般关爱，润我心田。天人合一，融入自然。
无限温暖，充满人间。我心感动，何以得宣？
豪情似海，诗兴如泉。

其十一　苏幕遮·长白山天池

顶峰高，天宇阔。万转千弯，直上摘星月。大野无垠风景绝。漫漫寒冬，半载凝冰雪。

火山休，湖水冽。神女翩翩，认此为宫阙。大美由来皆圣

---

① “群女”指“八女投江”中之八女。1938年10月中旬，我抗日民主联军妇女团为掩护大队转移，于弹尽粮绝时宁死不屈，毅然投入牡丹江支流乌斯浑河，壮烈殉国。8名女英雄的名字是：冷云，杨桂珍，胡秀芝，安顺福，郭桂琴，黄桂清，王惠民，李凤善。又，今牡丹江市江畔有“八女投江”雕塑，纪念她们的英勇事迹。

洁，闪闪蓝晴，静把尘寰阅。

以上作于2007年9月

夜梦谈诗，寤而记之

写皮入骨乃为诗，贵在形神两备之。
似似非非方妙境，每于字外见灵奇。

2007年9月

近代史研究所诸友人赴顺义郊游即兴

金风送爽正中秋，唤友呼朋共野游。
夕照恰如圆月好，人和国泰老无忧。

2007年9月于安利隆旅游山庄

嫦娥一号发射圆满成功

谁人能不慕清晖？多少痴人夜忘归！
奔月千年终是梦，嫦娥今日始腾飞！

2007年10月

盛 会

——为中共十七大召开而作

盛会集群英，大计同探讨。畅言话兴邦，崛起争分秒。回首廿余年，神州焕新貌。祥云起冉冉，旭日升杲杲。人民创伟业，运筹赖大脑。丰功照汗青，何用自言好。自古国运昌，每每伴烦恼。内有艰险生，外必强敌扰。宜以史为鉴：国破如山倒。常存忧患心，防危须及早。腐败与失误，岂可不思考。民主与法制，立国不可少。重在振国魂，奋进无时了。险阻尽可越，奇迹皆可造。行看中华龙，壮飞凌天表。全民奔小康，放歌迎春晓！

2007年10月

柿林秋晚

寒初晴好度深秋，霜叶飘零果待收。
为报园丁终岁苦，金球满树压枝头。

2007年10月

老友李庆龄兄八旬华诞

至友庆龄，余二十世纪五十年代中国人民大学外交系研究生时之同窗，为人朴实敦厚，心地善良。与夫人史素霞毕生献身教育事业，不遗余力，成绩斐然。近岁退休迁京定居。五十余年后重聚，喜何如之。欣逢庆龄八旬华诞，特献诗志禧，恭祝伉俪二人百年好合，福寿无疆！

相知半纪梦长同，海角天涯两意通。
人世得君心已足，阔别老友又重逢。

2007 年秋

袁隆平颂(三首)

院士岂闻似老农，毕生扎在稻田中。
风霜烈日长为伴，奉献从来不计功。

杂交水稻赛天工，仓廪充盈肚不空。
人类万般粮是本，先生恩望更无穷。

物欲横流处处同，羡君学品两为雄。
吾虽人老心犹壮，甘奉余生永效公。

2007 年 10 月

冬　月

骚客争夸秋月好，我言冬月胜三分。
夜阑雪霁凭窗望，一片孤清入梦魂。

2008 年 1 月

严冬过牡丹园

朔气欺人数九天，含芳众卉未休眠。
劝君慧眼勤观赏，春在冰封雪压间。

2008 年 1 月

丁亥“大寒”之日喜雪

北国多干旱，今朝雪满窗。
漫天飘似羽，入地化为粮。

2008 年 1 月 21 日

寿陈春华兄七旬华诞

明珠藏大海，璞玉蕴深山。
不教光华露，何辞鬓发斑。
诚心昭日月，慧眼辨忠奸。
译著通中外，攀登视等闲。

2008 年 1 月

《盛世和光》展观后

1978 年 9 月，于兰州参加中俄关系史学术讨论会后，赴敦煌参观莫高窟，曾赋有《敦煌怀古》一诗（载于拙著《望山书屋诗词》）。孰期30年后，又有中国美术馆《盛世和光》之敦煌文物盛大展出。余闻后即前往参观，倍感亲切，恍如故友重逢，流连终日，归而得句。

曾因宝库献诗篇，灿烂辉煌照大千。
孰料春秋三十载，莫高迁到舍门前①。

2008年1月

同心

——抗击南方雨雪冰冻灾害（二首）

一

天将大难试衰强，半壁江山逞暴狂。
路断八方车不进，电停万户夜何长。
冰封雪压呈瘫痪，地毁林残酿祸殃。
锦绣之乡成北极，羁留归客盼爹娘。

二

天灾岂独祸南方，举国同心苦共尝。
上下救援奔若电，军民奋战志如钢。
几多血泪哀英烈，无限关怀汇海洋。
雪怪冰妖都除尽，喜瞻前路满阳光。

2008年2月

---

① 时余家住东黄城根公园左近中国美术馆南不远处。

赠白天鹅

白羽清波照娉婷，浮游水上类飘萍。
天生自有高格调，何用浓妆慕艳星。

2008 年 3 月

迎春花

——赠北大同窗老友杜光兄

黄金万盏对朝阳，敢与严冬较短长。
众卉沉沉眠未醒，独君绝早报春光。

2008 年 3 月

再咏白海棠(二首)

一

海棠观赏此其时，西府垂丝各有姿。
唯独此花难舍弃，平生长恨邂逅迟。

二

白玉香苞淡染红，春光写尽韵无穷。
清纯素雅谁得似？寂寞嫦娥在月宫。

2008 年 4 月初

丁香林下

——献给秋韵诗社

单株乍看本寻常，及至成林韵转长。
白紫堆云香欲醉，全凭团队吐辉光。

2008 年 4 月

多花蔷薇

偏于春暮放鲜妍，耻与群芳较后先。
探出墙头花万朵，平常姿里见婵娟。

2008 年 5 月初

汶　川

戊子孟夏，四川汶川大地震，连日梦绕魂牵。七绝一首记所感。

大难空前痛死伤，震波唤起国魂昂。
爱心浩荡长江水，人性辉煌日月光。

2008 年 5 月

汶川大地震感怀

天公无端起暴怒，地维断绝天折柱。

祸发汶川霎时间，震波遥及天尽处。
方圆千里尽罹殃，山崩地陷逃无路。
座座城镇夷废墟，死伤同胞计无数。
千万童稚变孤儿，多少男女失亲故。
瓦砾堆下叫声哀，瓦砾堆上雨如注。
地暗天昏鬼神惊，无边惨状不忍睹。
三十二年忆唐山，更比唐山甚千度。

国家有事众心牵，一方有难八方援。
灾祸无声皆号令，千军万马赴西川。
为首大将知是谁？书记总理临阵前。
十万大军速出动，陆海空警尽齐全。
医护百姓不甘后，救援队伍勇争先。
人群宛如钱江潮，势能倒海又移山。
筑起长城坚似铁，看尔灾魔能翻天。
为惜人命争分秒，通路通电排万难。
废墟深处救死伤，饥寒危倦夜不眠。
后方人民心似火，揪心度日有如年。
捐钱捐物累百亿，抢献血液用不完。
海外侨胞伸援手，遑论港澳与台湾。
个个自称汶川人，血肉灵魂本相连。
说不尽　感人故事催泪下，
道不完　英雄事迹万万千。
此时亿万儿女皆一志：全心全意救汶川。

国无忧患国恒亡，自古多难可兴邦。
二〇〇八诚非易，天灾人祸排成行：

雨雪冰冻祸南国，非法暴乱扰西疆。
列车奔撞震天下，为时不及半年长。
此番又遭汶川劫，泰山压顶孰可当？
中华自古多磨难，百炼千锤坚如钢。
任尔压力千钧重，未尝低头向魔王。
以往人祸天灾都驱尽，人民伟力自来数最强。
闻汽笛，断肝肠，
哀逝者，慰残伤。
恤孤苦，心悲怆。
祝愿重建家园早起步，定教灾区异日倍辉煌。
更喜大难铸得民族凝聚紧，
珍惜生命闪耀人性光，
国魂大振日初上，爱心普润似海洋。
继崛起，奋自强。创和谐世界，万国同昌。

2008 年 5 月

荷 塘

盛夏逐清凉，闲步荷塘畔。晚风动柔枝，飘飘杨柳岸。荷叶翠欲滴，险将客衣染。或露尖尖角，或擎亭亭伞。时有流云过，稀稀抛雨点。嗒嗒打叶声，天鼓传乐感。余滴似珍珠，滚滑戏伞面。又如天使泪，晶莹光闪闪。复观密叶中，挺挺出菡萏。红黄粉白紫，参差五彩现。幼者苞初萌，生机何饱满。中者似含羞，半开还半掩。余者正华年，风姿毕露显。灿灿黄蕊鲜，淡淡清香远。端庄而自持，绰约又清婉。忆昔有周公，偏将此花赞。名篇绝古今，捧读未曾厌。今我来荷塘，重见君子面。悠悠入遐思，忽忽生灵感。俄顷日西沉，斜照渐收敛。冉冉月初升，银光泻湖面。荷影转朦胧，此心益恬淡。寻思天地间，众类何丰赡。每过宝藏前，易作平常看。方知度人生，休徒事浏览。美在万物中，识别须慧眼。

2008 年 7 月

月季花

众芳摇落尽匆忙，屈指花期尔最长。
借问何能春久驻，试将心态保平常。

2008 年 7 月

迎奥运感咏（五首）

一

人逢盛事喜如狂，游罢鸟巢观水方。
白塔无言知奥运，也临太液照新妆。

二

歌声起落浪无边，涌出豪情火样燃。
翁妪不觉年齿迈，彩绸漫舞效飞天。

三

2008 年盛夏，东黄城根公园紫玉兰重放。时逢奥运开幕前夕，似有兆焉。

曾哀玉殒委尘埃，未料名花二度开。
何路仙家施法术，重招紫气自东来。

四

东方鱼肚天欲晓，夏日林间晨练早。
三三五五笑语归，总因今年奥运好。

五

昨夜疾风吹雨劲，消暑驱炎祛百病。
呼朋唤友竞登高，纵览乾坤若明镜。
西山连日隐迷濛，快哉一浴何澄净。
八旬老翁不示弱，登临绝顶如赴命。
游人到此尽开怀，指点京华兴无竟。
咸言精诚感苍天，赐我甘霖迎大庆。

2008年6月至8月初

纪念改革开放三十周年

忆往昔，三十年前，不曾流血，未动兵器，和平中，暗经历、翻天覆地。弃绝迷途奔康庄，改革开放大纛举。人非神，“两个凡是”成敝屣，全凭实践验真理。阶级斗争岂是纲，建设中心在经济。砸破重关开国门，解放思想观广宇。商品市场通五洲，公私兼营奋双翼。迷信除，观念变，枷锁碎，民大喜。冲天热情，风发意气。无穷伟力乍迸发，十万火山无可比。经济腾飞冠环球，人间处处祥云起。如此奇迹非子虚，事比神话更惊异。

看今朝，三十年后，贫弱落后旧光景，骎骎乎雾散云消。城镇萌发似春笋，乡野农舍竞妖娆。市过三月不识路，人隔半年另眼瞧。昔日“病夫”办奥运，盛况空前难比超。万国健儿齐竞技，列邦首脑聚鸟巢。况复有，“嫦娥”登月期不远，文化复兴势如潮。看不尽，国运昌隆千般好。赞不绝，改革开放决策高。

望明天，又三十年。中华将何似？吾非巫师难妄言。但继往开来，观今知后，瞻念前景路必宽。惟指望，待民富国强，勿令狂人启战端。四海之内皆兄弟，创和谐世界，重任在我肩。更切盼，休因胜利忘忧患，应知前路有万难。社会矛盾须缓减，民主法治待周全。改革开放千古事，固雄心，莫懈怠，排除艰险永争先！

2008 年 8 月

江 上

1941 年，余年仅十二，因避日机轰炸，南充县立初中迁至嘉陵江对岸（东岸）之白塔寺。余亦寄居校内。是年秋，某夜，突闻慈母病重，心急如焚。翌日凌晨，早起，独往嘉陵江畔，欲渡，船工未至。乃独自解缆开船，冒险摆渡。行至江心，水流湍急，船只失控，顺流飞下，几及号称“十龙过江”之险滩，人船危在瞬息。在此千钧一发之际，幸逢一渔翁相救，始得转危为安。2004 年 4 月，余偕兄弟姐妹十人返乡，漫步嘉陵江畔，忆及此事。往日渔翁责骂、急救之情景，宛如昨日，不禁心潮澎湃，热泪盈眶。感恩之心，油然而生，咏此以记其事。

晨光方熹微，少年踱江边。翘首望对岸，五内似火煎。

传言母病危，亟欲渡江还。恨不插双翅，迅飞母榻前。

奈何卵石岸，惟系一空船。有舟归不得，船夫犹酣眠。
情急生愚勇，岂顾危与安。解缆撑将去，奋力自驾船。
行行至中流，白浪滚滚翻。江流奔似箭，驱舟近险滩。
少年惊失措，力竭心焦烦。船若失头蝇，江心乱打圈。
千钧一发际，忽闻骂声传："谁家小娃儿[①]，胆大欲包天。
乳臭犹未干，竟敢独驾船。水火两无情，岂能当戏玩。
不惧一眨眼，人死船又翻！"环顾骂者谁，声自打鱼船。
渔翁驾轻舟，飞速来救援。舟迅奔如电，冲入激流间。
矫健出钩竿，钩定我船舷。猛力操双舟，挣出鬼门关。
俄顷碧波静，我心转安然。宛若履平地，悠悠到岸边。
翁知家事急，催我快回还。鞠躬谢老翁，未及出一言。
载急复载奔，早至病榻边。所幸母稍愈，双抱泪湿衫。
今我返故土，低徊嘉江边。昔日毛桃子[②]，今已耄耋年。
回首忆往事，朦胧恍如烟。惟独渔翁骂，耳际犹盘旋。
渔翁何姓氏？家住在何边？当时几多岁？生计定贫寒！
悔我时年少，更因母病牵。应问未曾问，诸事尽茫然。
欲报无从报，遗恨大如山。惟记慈祥面，鬓发已微斑。
周身古铜色，水性非一般。打鱼趁天早，未得一日闲。
更自蛟龙口，夺回小"咪宽"[③]。施恩不求报，为善不计还。
默默度一生，伟大出平凡。最念责骂声，一语胜千言。
此中有大爱，充塞天地间。人类赖以存，人性赖以全。
渔翁归来兮，骂我似当年。我爱此责骂，于兹得真传。
声似仙乐美，味比饴糖甘。与白塔同秀，共嘉江碧蓝。

作于2004年4月，2008年9月改就

---

① 蜀语称男孩为"小娃儿"。

② 蜀语称未成年之男孩为"毛桃小伙子"。

③ 自幼同学昵称我为"咪宽"，蜀语"咪"即"小"之意。

神舟七号飞船颂

一团烈焰贯长虹，中国男儿步太空。
辟地开天成伟业，舍身忘我识英雄。
固知宇宙遥无际，终信银河路可通。
跃马扬鞭齐奋进，再将灿烂写苍穹。

2008 年 9 月

平谷山中(六首)

一

奇峰异谷叹天工，万类悄然静息中。
独有白云闲不住，山巅来往自匆匆。

二

破晓秋来意转凉，群峰簇拥献青苍。
无边爽气扑人面，胜似春花十倍香。

三

纱围暮色渐朦胧，犬吠平添野谷空。
落日已藏峰外去，惟将余照染山红。

四

峡隘峰高昼早终，夜来正好望星空。
满天钻石幽光灿，隐隐群山睡梦中。

五

悲秋岂是养生方，诗友同游话更长。
难忘天高云淡日，且吟且语上崇冈。

六

书画诗友聚一堂，挥毫泼彩气昂扬。
歌吟直上云天去，转教黄昏现曙光。

2008 年 9 月

重九近代史所众友人偕游北京西山大觉寺

寺古山幽万虑空，千年银杏尚葱茏。
人间天国知何似？美景友情两相融。

2008 年 10 月 7 日

望山书屋观夕阳即兴

落日含山剩半规，万春亭侧把窗窥。
染得粉壁如玫瑰，不爱黄昏更爱谁？

2008 年 10 月

游昌平银山塔林

危岩累卵上虚空，古寺曾经烛火熊。

剩有塔林风物在，无边秀色夕阳中。

2008年10月

满城汉墓[①]

冀中原野广无边，独有高岭起平川。
西望太行惟雾霭，东观沧海只云烟。
凿岩作墓安而固，缀玉为衣美且坚。
血泪换得空窟在，宫灯孤照两千年。

2008年11月

保定直隶总督署游后

督署衙门气势雄，清明吏治在于公[②]。
名臣众望经曾李[③]，难挽分崩哭路穷。

2008年11月

---

① 即西汉中山靖王刘胜暨其妻窦绾之二岩墓，凿于满城石山“陵山”上。二墓工程浩大，墓道长，墓室广，各有二耳室。1968年部队国防施工时偶然发现。墓内有前所未见之金缕玉衣（两套），长信宫灯、错金博山炉等稀世文物，弥足珍贵。按刘胜为汉武帝刘彻之同父异母兄，死于公元前113年。

② 衙署牌坊南面刻有宋黄庭坚手笔“公生明”三个大字，盖与“偏生暗”相对而言也。（一说北面所刻戒石铭：“尔俸尔禄，民膏民脂。下民易虐，上天难欺。”方为黄庭坚所书。——编者注）

③ 曾国藩、李鸿章曾先后任直隶总督，后者任期达25年之久。

八旬随想(二首)

一

莫叹人生蜀道难，劫波历尽境界宽。
胸中自有阳春在，笑把风雷视等闲。

二

老迈犹怀少小狂，引得众友唤刘郎。
但求赤子心长暖，日吐新诗八九行。

2008 年 12 月

己丑迎春，适逢改革开放三十周年，诗以贺之

无边焰火起京都，夜半迎牛换旧符。
卅载回眸惊巨变，满怀春兴上征途。

2009 年元日

重庆颂

贤侄李莲自渝来电索字，作七律一首书以赠之。

城郭自古甲东巴，锦绣渝州一朵花。
水汇双江归大海，峰拥三峡冠中华。
昼观巨厦起千岭，夜看繁星落万家。

月异日新兴客叹，西南重镇路无涯。

2009 年元月

贺李彦文兄诗词大作付梓

乐山乐水襟怀宽，寻梦人生竟日欢。
端赖无眠追妙句，遂得笔下起波澜。

2009 年 2 月 20 日

春 信

——喜迎新中国成立60周年

上元焰火寂，佳音纷来早。
岸柳摇金丝，墙脚生青草。
冰消漾微波，水暖来野鸟。
减衣忙姑妹，曝日聚翁媪。
百花蓄芬芳，万物舒怀抱。
六旬正华年，前路无穷好。

2009 年 3 月

清 明

曾经长夜忘先祖，空令孤魂守野坡。
同是杂花生树日，喜观祭扫队成河。

2009 年 4 月

京郊野鸭湖

北倚燕山险，西南近太行。
巨泽滋大野，淑气育群芳。
杂鸟飞何乱，天鹅泳不慌。
京都诚有幸，赖此水云乡。

2009 年 4 月

延庆古崖居

从无记载见文书，石洞穿岩百有余。①
最是教人猜不透，燕山深处古崖居。

2009 年 4 月

白　云

纤尘不染浩无涯，谁把长空付画家？
才绘征鹏展白羽，又观织女弹棉花。

2009 年 6 月

---

① 该地悬崖高处共开有石洞 147 处，此等洞穴系何人所开，开于何时，做何用途，皆茫然不知，因并未留下任何文字记载或迹象可资查考也，实属神秘之至。

欣闻《中国社会科学报》创刊

创刊社会科学报，勇把千秋重担挑。
振奋精神兴伟业，弘扬学术立高标。
百川容纳方称海，四面沟通乃是桥。
寄语神州齐努力，人文新圃育春苗。

2009 年 7 月 2 日

海　贝

伟哉大自然，平生所至爱。
南溟拾贝归，狂喜出望外。
玉质含丰腴，浑圆富形态。
苟非潮汐功，焉得此风采？
一日三摩挲，心广连大海。

作于 2003 年 3 月，2009 年 8 月改定

打油二首:布告

报载某公交车张贴布告，提示乘客云：“请把痰吐车外，提高个人素质。”余闻后不禁捧腹大笑，但旋即悲从中来，得此句。

一

“提高素质”励清规，出语堂皇意反卑。
如此奇文天下少，教人啼笑两皆非。

二

未知尊意欲何为，高调无钱尽管吹。
乘客若听君教导，定当黏液满街飞！

2009年9月

林中奇遇

日出山林静，霞光透树鲜。
不知闲客至，野鸟落人肩。

2009年9月

观舞

旭日初升淡笼烟，林间仙子舞翩跹。
皆因无虑心神爽，只为多情笑貌妍。
轻若行云飘海隅，婉如流水绕山边。
此身入梦随君去，一路盘旋上晓天。

2009年深秋

遥贺善生八十大寿

人生何为贵？贵在情义真。万里不为远，百年宛若新。忆君少壮时，忘我献青春。为官重清正，名利不沾身。人如熏风暖，心似水晶纯。更将公余暇，关切众友亲。嘉德孚众望，大爱惠众人。

十年魔怪舞，神州蔽烟尘。泰然对浩劫，梅开二度春。奔走保名胜，勿使再沉沦。西山陈寿馆，纪信忠义臣。灿然光故土，实赖君耕耘。感人事如许，纸笔难具陈。

往事去不返，君忽已八旬。何以表我怀，持之献吾君？自古仁者寿，愿君如大椿。千年枝叶茂，果城布清芬。伉俪同康健，三代共欢欣。旧情每入梦，思念时随君。惟将欲穿眼，长望巴山云。

2009 年 9 月

酬赠李林栋君

报载李林栋君大作《人生的秘密花园是美丽的——读存宽先生诗词有感》一文，读后感慨万端。余不敏，去林栋君之期冀远矣。然而大作字字珠玑，真诚感人，洵知己之言也。口占一绝，以谢林栋君伉俪。

奇文满纸寄殷勤，探入私园醉几分。
一缕诗魂谁解得，茫茫人海喜逢君。

2009 年晚秋

参观某展览会有感

九重天阙住安然，遍地行宫独占全。
为教小民习艰苦，破衫敝屣满厅悬。

游园偶感

二园鸡犬本相闻，跨水虹桥楚汉分。
桥北摩肩人似蚁，桥南林静月黄昏。

京城大雪

朔风驱雪送秋残，十日三番未有闲。
涤荡山川清腐秽，阻绝道路断车船。
旅人蹙首嗟前路，农父开心盼丰年。
遍览人间多少事，甜中有苦苦中甜。

2009 年 11 月

题华田画《峨嵋》

仰攀绝顶逸尘嚣，俯视人寰胆气豪。
万壑林泉皆梦幻，千峰竞比白云高。

2009 年 11 月

送　别[①]

冬夜寒星陨九天，划破长空向谁边？

---

① 二妹存德于 2009 年 12 月 10 日夜 10 时病逝，享年 80 岁。生前为国内著名植物生理学家，中国科学院植物研究所研究员。本诗即为她送别之作。

忍抛骨肉先离去，临行匆匆竟无言。
是赴彼岸陪二老？是发卫星到酒泉？[1]
料知此行路漫漫，孤魂一去不复还。
顿觉人世空且冷，缘何热泪伴无眠？
皆因手足难离弃，缺一生命无依攀。
昨夜梦魂惊夜半，往事历历过眼帘。
似返儿时螺溪畔，又上嘉江小木船。[2]
挥别渝州下三峡，倏过江汉抵燕山。
北大红楼苦读夜，沙滩登榜早秋天。
献身科学不知倦，春蚕丝尽六十年。
首将植物送宇宙，又令蔬果百日鲜。[3]
淳朴真诚性良善，爱心普被天地宽。
刘家“大姐”众争羡，人生至此应心安。
兴盛衰亡寻常事，送往何必咒逝川。
庄生齐物一生死，五柳自祭有遗篇。
纵浪大化委运去，应尽须尽顺自然。
长记斯人亲切影，且趁斜阳演奇观。

2009 年 12 月

---

① 吾妹生前因工作之故，来往于北京与酒泉卫星发射基地之间，艰苦备尝。

② 1950 年夏秋之际，余自北京返乡，接二妹、华田来京报考北京大学。三人一行自南充乘小篷船出发，经重庆，下三峡，再过宜昌、武汉，乘京汉铁路火车抵京。翌年二人双双考中，妹入北大生物系，华田入北大医学院。回首三人沙滩红楼之岁月，不禁感慨系之。

③ 二妹被公认为我国“将植物送入太空第一人”。又，二妹对我国蔬果保鲜科技有卓越贡献，中央文献纪录电影制片厂曾拍《从隔夜愁到百日鲜》一片以表彰她的功绩。

伤　逝

蓦地梦魂惊夜半，幽光如水泻窗前。
问伊我妹知何往，冷月无声只泫然。

2009 年 12 月

冬至日枕上作

年年今日短，自此昼时增。
任尔风雪厉，不废一阳生。

2009 年岁杪

论诗(之三)

代代诗歌有变更，创新岂可拒传承？
共存互补兼诸体，今古和鸣是正声。

2009 年岁杪

答客问

问君何故醉而痴？浅笑无言我自知。
阅尽人间无限美，此身似欲化为诗。

2010 年元月

听　歌

某日在公园听一男一女唱蒙古歌曲，令我兴奋不已，口占一绝。

放歌一曲浩无边，入耳依稀见草原。
牛壮羊肥呼伦水，天高野阔敕勒川。

2010 年 1 月

无　题

大千世界万千姿，诱我歌吟醉复痴。
道似诗歌生此老，却疑此老化为诗。

2010 年 2 月

景超兄近作暨方约兄和诗读后

“临风吟啸对斜阳”，二叟风流老更长。
最是心灵交会处，无边异彩出华章。

2010 年 2 月

藏　獒

报载某市一贵妇得纯种藏獒一只，空运抵市，该妇竟出动“奔驰”三十辆往迎。噫，我国尚有成千万人不得温饱，做人之不如犬也！

谁家少妇笑颜开，三十“奔驰”一字排。
疑是远方元首至，却迎天际藏獒来。
贫而冻馁谁之耻？富至炫财人可哀。
一自孔方成主宰，犬居人上何怪哉？

2010 年 2 月

中山公园唐花坞

弥天大雪久封门，每梦群红带露痕。
今日偶从坞里过，超前一月度芳春。

2010 年 3 月

梦回三峡代神女吟（今韵）

巫峰高处近苍穹，迤逦三峡一望中。
绝巘巉岩千嶂堵，惊涛骇浪万雷轰。
当夸望帝开山智，堪笑愚夫拦水穷。
伫立沧桑观数变，依然滚滚大江东。

2010 年 3 月

春　兴

迎春一夜漫山开，惊醒群芳次第来。

只为冬长春益好，未因年老兴先衰。
静观众物探奇妙，直上孤峰骋壮怀。
愿布浓荫贻大地，八方儿女共徘徊。

2010 年 4 月

西山今昔

昔日愁眼望西山，汹涌升腾起毒烟。
而今刮目看西山，灿然一片碧蓝天。
涤荡山川非易，澄清社会尤难。
终须庶民做主，横扫腐吏贪官。

2010 年 4 月

游春一瞥

穿林晨鸟任低高，谁遣连翘映碧桃。
多少女郎留倩影，花甜人笑两妖娆。

2010 年 4 月抄

参加院老年工作会议吟赠院老年合唱团

山势嵯峨类犬牙，雁栖湖畔欲为家。
谁言年迈歌喉老，唱醉林禽驻晚霞。

2010 年 5 月

近代史研究所六秩大庆

一峰挺秀上冲天，史苑蜚声六十年。
板凳不嫌长坐冷，学风应许永开先。
行观硕果今超昔，更喜英才后继前。
今日良辰容暂醉，犹思秣马再加鞭。

2010 年 5 月

赏花，念及台海情势

一堵篱笆百丈长，蔷薇月季斗芬芳。
两花本是同科种，水乳交融味更香。

2010 年 5 月

元大都土城赏西府海棠

身定眸凝宛若痴，游朋三唤了无知。
润红嫩白谁得似，恰似杨妃半醉时。

2010 年 5 月

观踢毽

小小毽儿艳似虹，穿飞左右舞晴空。
引得一片开怀笑，欢悦源于忘我中。

2010 年 9 月

银杏林秋晚

朔风一夜满林黄，更照晨曦琥珀光。
不是天公勤点染，怎得秋色美无双。

2010年11月初

养生歌

养生之道，养心为先。
人之大患，在于求全。
知足常乐，无求自安。
上善若水，大德如山。
顺逆何异，齐物等观。
忘我助人，大爱无边。
感恩宽容，海纳百川。
轻松宁静，顺其自然。
神龙出海，鹏鸟翔天。
自由自在，益寿延年。
乘化归去，散入云烟。

2010年11月

医院小景(二首)

云收雾散晓气开，阵阵清风入我怀。

唤起病翁开口笑，白衣天使打针来。

素衣素帽正华年，奉献从来未有闲。
如此高风何所似，不闻春早白玉兰？

2011 年 5 月

赠北大一院干二病房全体医护

淡雅高洁豆蔻年，无声奉献未得闲。
白衣白帽知何似，二月枝头白玉兰。

2011 年春

游南锣鼓巷

老柳依依列两行，玲珑小店散幽香。
京华访古休他去，闲步寻诗兴味长。

2011 年 10 月

禹田弟京津冀鲁游[①]

禹田弟来京探望，一路观光劳甚，诗以赠之。

① 标题系编者所加。

万里奔来月正秋，京津鲁冀任遨游。
只缘天地宽无限，故令骅骝走未休。

2011 年 10 月

皂角树

读雷风兄诗作，颇有同感。予在景山，亦曾见此树，因成此诗。奇哉，诗友之心，何契合之甚也。

徘徊景山麓，弯弯羊肠路。斜光照五亭，忽焉日将暮。宿鸟知时刻，归飞林间住。叽喳奏鸣声，引我暂停步。天籁荡我怀，幽景劳四顾。群芳因冬歇，松柏森然布。更喜众木间，邂逅皂角树。六十五载不见君，一朝相遇如亲故。依然芒刺缀满身，但有心结似欲诉。忆昔少年时，肥皂尚稀少，洗浴兼浣衣，皂角不可少。举世皆称赞，日用有姑嫂。咸云皂角树，一身都是宝。芒刺又何妨，益民便为好。回观今日世，此木音信杳，孑然僻野中，孤凄无人晓。权贵有隐畏君刺，百姓全身避君早，遂使此木萧然度残生，沉沦坐守空山老。吁嗟乎，此木何罪，罹此不平？奈何冷落复打压，只因心慈貌狰狞？安得广植此木遍华夏，换取普天之下醉者醒，污者白，浊者清！

2011 年 12 月

附雷风诗：

皂角树

你不似弱柳的依依，也不似高杨的潇洒，更不似谦卑的苍松长枝低桠。皂角树啊，你棘刺朝天，长刀高挂。模样儿怪怪的，总教陌生人望见害怕。

你我是老相识了。自小儿我就认得你。在我家的后园里，傍着井台就有一株，高高大大，俯视着满园的枣杏桃李，巍然挺立。

乡亲们都对你怀有好感。因为你的长刀能够涤清洗白、能够祛污除垢。关于你帮助正义战胜邪恶的故事，虽然荒诞无稽，却为庄稼汉长志气，意味醇厚。①

七十多年了。自从我离开家乡，南国北疆，走过多少地方，在别处再没有见过你。渐渐地，我似乎忘记了你的模样。

今天，在这杂花丛生的地方，我忽然见到了你。真是他乡遇故知啊！我又惊又喜，又夹带着一丝丝细微的忧伤。

我久久地伫立，细细地端详。你虽然不如我家乡的那一株高大茁壮，你的刺、你的刀，仍勾起我对童年的追忆、对故乡的依恋、对逝去的亲朋的怀想。

我祝愿你快快长大起来！

故乡的皂角树还在吗？在我的心里，他是那么亲近，又是

---

① 山西运城地方，从前每到阴历四月初一日，家家户户都在院门上悬挂皂角树叶辟邪。传说蚩尤阴魂不散，又来河东盐池作乱。关公征集当地庄稼汉的梦魂儿与蚩尤作战。蚩尤能作五里雾，使关公难辨敌我。庄稼汉们想出了解决问题的办法，就是让自己的人把皂角树叶插在发髻上做标志。蚩尤错以为那是槐树叶，命令他的人马都把槐叶插在头上。槐叶很快就皱巴了，皂角叶却总是平平展展的。敌我因之越发分明，结果是蚩尤大败，关公大胜，庄稼汉们做了一场大战蚩尤的梦。大家梦醒以后，恰是四月初一。这就流传下了四月初一挂皂角叶的习俗。

那么遥远；他是那么真切，又是那么渺茫……

禹田弟承德避暑山庄旅游纪实

避暑山庄帝王宫，一脉温泉出园中。山川如画宫室美，引来游客聚若蜂。禹田吾弟好游冶，万里奔来兴正浓。遍览京华席未暖，即驭飞龙趋行宫。行车浏览思飘然，走马观花顷刻间。出门观光不嫌贵，门票竟索五十元。行行驱车到湖边，近岸泊有大游船。湖波潋滟云影乱，松青枫红秋正酣。又见船头兀立一莽汉，手把竹篙插水边。若问莽汉何所似，满脸横肉腰膀圆。见客粗声喊，声响上九天："游船收费够便宜，绕湖一圈只要五十元！"乘客纷纷拥上船，为览胜景咬牙关。其中有人怨价高，心中不平发牢骚："垄断名胜欺游客，何异宰人抡大刀！"莽汉闻言，怒火冲天，面对游客，高论连篇：一曰"我等只谢康熙、乾隆爷，修筑山庄让我赚大钱。我撑船，你交钱，公平交易，理所当然"。二曰"我等不请尔自来，一个愿宰，一个愿挨，彼此心甘情愿，有何怪哉！"三曰"山庄北地半岁冻，冬春无客园林空，正好趁机磨刀斧，等待夏秋生意隆。此时不宰你，空负半年磨刀工！"乘客闻高论，惊诧噤无言。莽汉讲得唾沫横飞理直气又壮，声调激越恬不知耻心坦然。此时游船靠岸人分散，又有新客涌上船。一篙撑去船渐远，莽汉消失在暮烟。独彼杀气腾腾之余音，在余耳际久盘旋。众闻禹田讲述毕，笑得前仰又后翻："此人表演真精彩，堪称幽默大师，滑稽演员！"俄顷举座转沉寂，笑容顿失眉宇间。莽汉自私冥顽诚可笑，但见话中磨刀霍霍刀光寒。呜呼，此中人性本真今安在，吾实不欲重听此狂言。更恨类此世风非个别，孔方铜臭味熏天。何时借得滔滔不尽热河水，涤荡天下污秽，横扫瘴气乌烟！

作于2011年10月，2012年2月改定

香港大学百年校庆志喜

今岁适逢港大百年校庆，又值大学新厦落成，香港大学内地校友联谊社嘱余代本社歌以贺之。

百年母校庆辉煌，润物无声育栋梁。
中外交流结硕果，更添新厦满阳光。

2012年元月

奉和星彭先生咏雷锋诗

胸怀天下复何求，灿若星辰焕九州。
借问蝇营贪腐辈，扪心清夜可知羞？

2012年2月

附梁星彭原诗：

一生光彩照千秋

日行好事感神州，不锈“螺钉”严自求。[①]

① 雷锋说：“一个人的作用，对于革命事业来说，就如一架机器上的一颗螺丝钉。……我愿永远做一个螺丝钉。螺丝钉要经常保养和清洗，才不会生锈。人的思想也是这样，要经常检查，才不会出毛病。”

"傻子"精神甘舍我[1]，一生光彩照千秋！

五绝一首书赠刘丽[2]

芳心存大爱，奉献忘晨昏。
润物思甘雨，催回万象春。

小 草

耻与群芳斗岁华，岂逐浮艳自矜夸。
悄然破土无人问，不愧初春第一芽。

壬辰春日

附梁星彭先生和诗：

依韵敬和存宽先生《小草》诗

争先破土冒春芽，枯死还生众口夸。
合力相携荫大地，绣茵青翠吐芳华。

2012年3月

---

① 有的同志不了解雷锋，说他光攒钱不花，是"吝啬"，是"傻子"。原来，雷锋是把省吃俭用攒的钱都支持了灾区和地方建设。雷锋在日记中说："有些人说我是傻子，是不对的。我要做一个有利于人民、有利于国家的人。如果说这是'傻子'，那我是甘心愿做这样的'傻子'的。"

② 刘丽同志为中国社会科学院近代史研究所离退休人员管理办公室主任。2011年余卧病期间，曾偕同时任我所所长的步平同志多次前往医院慰问，令我感念至深。

夜　雪

昨宵好梦到天涯，谁遣银辉亮万家。
惊起夜空寻皓月，满城唯见散梨花。

壬辰春分

大病初愈，喜而赋诗

百战阎罗奏凯归，人间毕竟有钟馗。
凤凰浴火重生后，化作祥云自在飞。
自在飞，远翥长鸣布春晖。

原作于2011年5月
2012年3月改定

附孙景超和诗：

和存宽兄《大病初愈》

读大作，对老兄乐观精神深受鼓舞。归来，步原韵，成拙诗一首，奉上，聊表心意。

欣看祥云自在飞，
诸翁赞叹喜扬眉。
余生不坠巡天志，
重振诗风兴未衰。

贺吴宗钫兄《唾香吟草及其他》付梓①

诗人自幼喜吟哦，宇宙风云尽入歌。
军旅人文都咏遍，激情辞采溢江河。

壬辰孟夏

① 标题为编者所加。

词曲联

卜算子·别母

门外旧屋边，挺挺梧桐秀。刻字痕宽树已高，今日儿将去。　　儿去到燕山，牵痛娘心肉。从此朝朝暮暮情，望断归来路。

1946 年 4 月，时年十七

浣溪沙·三人赴京

1950 年夏，自北京返川接二妹及华田来京报考北京大学。翌年，二人皆如愿以偿。时余正在北大肄业。

结伴相携去故园，渝州匆渡又巫山。大江东去几时还。
乳燕三飞初试羽，前呼后应入云间。何愁前路阻重峦。

1950 年 10 月

浣溪沙·北戴河二阕

其　一

仰卧沧溟望碧天，涛声起落浪儿颠，心轻神往乐思眠。
独步沙滩浑忘返，霞消光褪月儿圆，河横斗转夜将阑。

其　二

水远天长树密荫，鲜桃肥蟹竞尝新，欢歌亮处尽游人。

连岁折腾无事扰，神销鬼灭世回春，洪波不倦趁良辰①。

1978 年 8 月

西江月·乾陵

1978 年 9 月，自敦煌返京途中，应西北大学之请前往讲学，得便前往陕西乾县武则天墓一游，咏此。

虎踞梁山嵬峙，登临气象非凡。碑碣无字话当年，女界豪杰堪叹。　墓穴铜浇铁铸，皇陵唯此独全。雄风依旧傲秦川，渭水长流不断。

西江月·巴黎

1980 年 10—12 月，余以学术交流名义赴法国访问三个月。时正值改革开放之初，首出国门，倍觉新颖。

塞纳风微波细，重桥飞跨长堤。妖娆多少世人迷，圣母晚钟声里。　四处花香鸟语，林深日暗城西。布洛涅妹试轻骑②，不见茶花少女③。

1980 年 10 月

① 时在北戴河中国社会科学院休养地休息。虽云“良辰”，然经过“史无前例”“革命”之后，已届天命之年矣。

② 布洛涅（Bois de Boulogne）为巴黎西部的大森林，清晨常有金发碧眼的妙龄女郎在森林中练习骑术。

③ 传说布洛涅森林是法国小仲马的著名小说《茶花女》中主人公常往散步之地。

清平乐·枫丹白露宫咏史[1]

白云秋树，漫漫宫廷路。醉叶贪杯酌晓露，红落阶前无数。　　当年叱咤欧非，空留殿宇崔嵬。故物斑斑依旧，斯人踪影谁知。

1980年10月

醉花阴·卢浮宫

维纳斯雕稀世贵，臂断何伤魅。蒙娜丽莎前，浅笑轻颦，神秘无穷味。　　艺海茫茫迷客醉，万美卢宫汇。应谢有心人，战火纷飞，完璧存精粹[2]。

1980年10月

浪淘沙·凡尔赛宫

玉殿映明霞，禁苑奇葩。长渠水远到天涯。雕塑成林惊鬼斧，竞展风华。　　路易纵言夸，朕乃国家[3]。煌煌帝业堕流

---

① 枫丹白露（Fontainebleau）宫原为法国国王的最大行宫之一，距巴黎65公里，后为拿破仑的王宫。1814年拿破仑的退位书即在此宫签字。

② 第二次世界大战期间，法国政府未雨绸缪，将数十万件卢浮宫艺术珍品转移藏匿起来。纳粹占领后一直搜索这批珍品，毫无结果。战争结束后，这些珍品得以完好无缺地运回卢浮宫。此事长期被传为佳话。

③ 路易指法国波旁王朝国王路易十四（1638—1715，五岁即位，1661年亲政），在位时是法国封建专制鼎盛时期，不设首相，实行“朕即国家”的绝对专制统治，人称“太阳王”；好大喜功，不断对外征战；建造凡尔赛宫，导致国库空虚，使法国波旁王朝由极盛开始转衰。

沙。专制由来难久远，休怨休嗟。

1980 年 11 月

菩萨蛮·景山白皮松

兴衰阅尽颜如故，高洁每教群芳妒。过眼百花残，独伊寒更鲜。　　秋清星斗密，人定尘嚣寂。月色漏林间，无求心自闲。

1982 年 10 月

长相思·丘园[①]

泰水[②]清，淀水清。塔影石狮华夏亭。平添故土情。草青青，树青青。异木奇葩展画屏。名园闻鸟鸣。

1983 年 10 月

浣溪沙·西伯利亚途中

1986 年 10 月，去莫斯科访问苏联科学院。为亲睹西伯利亚风光，特坐火车前往，于途中得此阕。

---

① 丘园，即英国皇家植物园。因位于伦敦西南一个名叫“丘”（Kew）的地方，故又名“丘园”。丘园濒泰晤士河，面积甚大，风光极佳，系仿照中国园林建成。

② 即泰晤士河。

白桦连天照眼明，孤村寂寂路斜横，平畴无际水难行①。谁道朔方终岁冻，牛羊在野草犹青，罗衣少女步轻盈。

捣练子·克里姆林宫

1989年访苏期间，苏联国内局势已相当混乱，已出现国家解体的征兆。此阕系参观克宫后写于苏联科学院宾馆。

宫院古，广场红，猎猎旌旗送晚钟。阅尽兴亡多少事，塔楼依旧傲苍穹。

清平乐·新疆天池

瑶池何处？漫漫天山路。水漾琉璃峰砌玉，王母当年曾住。　　博格达上虚空②，冰封不到飞鸿。爱此清凉世界，环湖万壑松风。

1991年10月

浣溪沙·春雪

侵晓天扉迤逦开，白衣仙子下凡来，漫抛脂粉净尘埃。　　不是暮春飞柳絮，更非夜月浸楼台，为迎花事早安排。

1992年2月

① 西伯利亚一些地方的广大原野，因地势过平，河水流动舒缓难行。

② 博格达指天山第二高峰博格达峰。“博格达”系蒙古语，其意为“天”。

菩萨蛮·肇庆七星岩

七星岩上观南粤，七星岩下波光澈。骤雨洒西江，农人争渡忙。　　争夸端砚好，水底割珍宝。撷取紫云精[①]，伴君勤笔耕。

1992年10月

浣溪沙·妻骤病

鞭炮声声不是春，苍天无眼祸斯人。摧肝裂胆内如焚。
自信好心得好报，安将吾体代伊身？人间至爱本难分。

1993年春节

菩萨蛮·儿归

一苇在美居留多年返京，携回小孙，喜何如之！

久居异国心思返，别来又恨停留短。翘首望东天，大洋波笼烟。　　清晨闻扣户，惊喜言难述。入室唤双亲，携来乖小孙。

1994年5月

---

① 李长吉诗《杨生青花紫石砚歌》有句云：“端州石工巧如神，踏天磨刀割紫云。”据《端溪砚谱》称，端州“有山曰斧柯，即砚岩也。下岩之中有泉出焉，虽大旱未尝涸”。按，此山所产之砚即端砚。

忆秦娥·偕北大老校友游张家界

云梦阔，湘资沅澧窗前越。窗前越，武陵源上，万峰森列。　　画廊十里风光绝，巉崖斜挂金钩月。金钩月，清溪弄影，梦般颜色。

1994 年 5 月

忆江南·昆明(四阕)

昆明好，远在白云边。轻暖轻寒春永在，乍晴乍雨九月天。和气满山川。

昆明美，最美是西山。日照群峰开画卷，雨发滇池掩珠帘。长在梦觉间。

昆明秀，最秀是滇池。涵育众生滋沃野，吞云吐雾映霞晖。笑纳百川归。

昆明喜，最喜是黄昏。雨打江山梳洗净，满天星斗万千层。闪闪欲亲人。

1994 年 9 月

忆秦娥·大理

风景绝，舟行洱海波光澈。波光澈，苍山弄影，镜湖摇月。　　南诏故国空城阙，三塔直上浮云白。浮云白，蝴蝶泉畔，小姑如雪。

1994 年 9 月

大理行(自度曲)

苍山峻，洱海宽，峰峰都在白云间。烟雨舟行一百里，含羞不肯露芳颜。

洱海澄，苍山霁，平波万顷流碧玉。轻烟袅袅绕山腰，渔帆点点没天际。

上下关，山海间，物华天宝好平川。风花雪月人间美①，何须劳神觅仙源。

大理城②，自古名，依山傍海势天成。斜阳芳草说唐宋，三塔如剑刺天青。

金花女，彩云衫，雪肤花貌舞翩跹。山歌直上青云外，欲去还休总流连。

大理梦，五十年，万里奔临鬓毛斑。归去应添相思恨，夜夜梦魂到滇边。

1994 年 9 月

采桑子·南澳岛③

林幽岭峻青烟绕，海路雄关，襟带台湾，封禁难隔商旅船。　悠悠往事沧波渺，鸥鸟翩翩，宋井依然，渔妇滩头

---

① 大理人有“下关风，上关花，苍山雪，洱海月”之说，故称“风花雪月”。

② 史载唐南诏和五代至宋时大理国曾建都于大理古城，其地位于洱海之滨，遗址尚存。

③ 南澳岛位于广东汕头市东，台湾海峡南口，踞海路要冲。宋景炎元年（1276 年），南宋小朝廷端宗（赵昰）在元军追击下，由福建经海道南走泉州，又走潮州，曾到过此岛，至今岛上仍留有当时使用过的水井，曰“宋井”。

售海鲜。

1995年1月

贺淑姐七十华诞联

大姐古稀华诞志喜

长姊胜半母，扶老携幼，无私方见心灵美

一人携全家，殚精竭虑，有事倍觉骨肉亲

弟 宪邦 存宏 岳武 存宽
妹 存德 全光 存毅 华田 敬贺

1995年2月11日

浣溪沙·南戴河

沙软风柔夜雾轻，星光渔火伴人行，浅吟低唱和涛声。

志与苍天争壮阔，心随溟海任亏盈，磅礴浩荡乐平生。

1995年8月

蝶恋花·黑龙江泛舟

1995年8月，中国中俄关系史研究会在黑龙江省同江市举行学术讨论会，得以在黑龙江泛舟观光，于舟中填此阕以纪其事。

黑水松花相慕早。天外来奔、携手谈无了[①]。美酒生鱼尽君饱，赫真店女开怀笑[②]。　　破浪中流观浩淼。岭际白云，江上青青岛。嬉岸俄童追问好，舟行渐远音容渺。

浪淘沙·尼亚加拉大瀑布

1995年10月旅居美国期间，与妻及女儿圆圆全家由俄亥俄州哥伦布城驱车前往尼亚加拉大瀑布，在瀑布城住一日。瀑布之壮美令人震撼，让人没齿难忘。得长短句以纪此行。

大水落云端，地坼天翻。甲兵百万鼓角喧。四海五湖都泻尽，直下深渊。　　独自久凭栏，虹起足边。买舟欲近瀑边沿。股战耳聋魂去也，不是人间！

菩萨蛮·红雀[③]

北风一夜摧残叶，暗铺三尺鹅毛雪。千里断人行，开窗闻鸟鸣。　　羽衣红似火，银野飞花朵。慈爱布人间，心温轻岁寒。

1995年12月于美国俄亥俄州哥伦布城赛阿托湖滨寓所

---

① 黑龙江、松花江两江在同江会合。

② 赫哲族，史称赫真。同江居民中有不少赫哲族人，他们喜食生鱼。

③ 红雀（Cardinal bird）为俄亥俄州州鸟，全身羽毛赤红，头有凤冠，美丽而威严。

减字木兰花·冬越阿帕拉契亚山[①]

层峦堆玉，数九严冬飞柳絮。林密无边，几度迷途苍莽间。　此番何去，国会山前临海处。为睹芳姿，越陆漂洋鬓染丝。

1995 年 12 月于俄亥俄赴华盛顿途中

鹧鸪天·华盛顿

国会楼高美玉光，白宫院静草花香。伟堂拔地追先圣，巨柱擎天镇广场。　甲富庶，踞金汤，大国风貌固泱泱。休将独厚得天地，妄逆潮流称霸王。

1995 年 12 月

忆王孙·初到圣迭戈[②]

南国三九不知寒，碧树繁花秀可餐，玉女金童戏浪间。好沙滩，水远山遥天地宽。

1996 年 1 月

① 此山为纵贯美国东部的大山脉，是自中西部至东部的必经之地。
② 圣迭戈（San Diego），美国加州南端太平洋岸港口城市。

渔歌子·圣迭戈(四阕)

华府归来感兴多，萍踪又寄圣迭戈。临大海，傍嵯峨，无冬无夏好山河。

玉宇琼楼竞秀奇，繁花碧草斗芳菲。尘不染，路人稀，翩翩野鸟傍窗飞。

爱女雏孙伴老妻，异国相聚总依依。拉霍亚[①]，度佳期，海豚跳浪海鸥啼。

寓所偏临大海东[②]，平沙白浪戏熏风。孙女跑，老妻从，天伦之乐乐无穷。

1996 年 3 月

如梦令·洛杉矶

海上云舒云卷，压岸摩天楼满。人涌好莱坞，黑发棕肤蓝眼。伊甸，伊甸，客到暮山别馆。

1996 年 4 月

① La Jolla，西班牙语，圣迭戈著名的海滨公园。

② 圣迭戈濒临太平洋东岸，向南距墨西哥约 20 公里。

忆秦娥·舟山公祭三总兵大会

1997年6月，应邀参加舟山市举行之公祭三总兵大会，赋此以资纪念。三总兵者，葛云飞、郑国鸿、王锡朋是也。1841年10月1日，英国侵略军于鸦片战争中重犯定海。我三总兵率部英勇反击，壮烈殉国。遗迹犹在，堪为后世师表。

波翻雪，岛浮东海千帆列。千帆列，普陀山上，海天佛国。　　当年岭表腥风烈，残阳故垒忠魂血。忠魂血，金瓯洗净，港防如铁。

浣溪沙·贺大姐存淑伉俪金婚

灯满长街乐满园，金婚恰在回归年[①]，国欢家庆喜空前。贵在毕生携手好，难得百事苦争先，人和天佑两平安。

1997年7月

浣溪沙·八人同游

老去休将俗事牵，平民远比帝王闲。昆明湖畔醉八仙[②]。

① 指香港回归祖国。

② “八仙”，指在京之兄弟姐妹八人，曰存淑、存宽、存德、存宏、干成、华田、宪邦、全光。八人皆已离退休，三人年逾八旬，余五人已逾古稀，彼此亲密无间，时常相携出游，纵情山水。所至受人称羡，故自称“八仙”。

友爱恰如春色好，长堤信步见西山。波光笑语柳含烟。

1998 年 4 月

南乡子·母校北京大学百年大庆

襟抱比沧溟，并蓄兼收好指针，引领风骚达世纪，长青。化雨春风总系情。　　变法剩伶仃，德赛先生大纛擎。惹起民贼多少恨，难平。不废江河万古行。

1998 年 5 月 4 日

捣练子·圣迭戈德尔玛尔高地公园

郊野静，晓风鲜，西望汪洋东看山。水远天遥应有尽，相携相伴不知年。

1998 年 6 月

鹧鸪天·宰恩峡谷[①]

身在悬崖紫雾间，谁开隧洞上青天？林幽路险渊无底，水响淙淙不见泉。　　山外夏，谷间寒，穿峡绕岭万千旋。斜阳劝我勿归去，故染群峰似火燃。

1998 年 9 月

---

① 峡谷位于美国犹他州南部。

忆王孙·怀乡

人间何事最关情？老大离家异域行。天外如闻呼唤声。阻沧溟，望断斜阳梦不宁。

1998年9月

忆秦娥·海外中秋(四阕)

云天淡，千丘万壑无穷变。无穷变，车行百里，起伏千遍。　　林青草碧花争艳，澄鲜明净沧波远。沧波远，遥山似近，手伸可揽。

白沙岸，海湾若月山如扇。山如扇，老翁观海，女郎开宴。　　落霞似火烧天满，奇光异彩回眸变。回眸变，画师摇首，诗人兴叹。

梁上燕，嫣红姹紫独家院。独家院，白云作侣，小孙为伴。　　涛声墙外沧溟湛，停读坐看云舒卷。云舒卷，影来如梦，影消如幻。

秋方半，星稀月满天河淡。天河淡，清辉似水，斗牛如钻。　　年年夜梦频相见，今夕聚首情何限。情何限，共此光影，大洋东岸。

1998年中秋于圣迭戈

破阵子·犹他州布赖斯峡谷

足底千岩耸峙，谷间小径绵长。鸟兽虫鱼齐献艺，僧道神仙列殿堂，天然好画廊。　　莫道峡深路险，几番欲去彷徨。借取残阳如血火，娲母荒山炼石忙，漫天尽赤光。

1998年10月

忆秦娥·过内华达州大沙漠

生灵绝，骄阳似火岩将裂。岩将裂，黄沙路远，碧云天阔。　　昔年矿井空陈迹，华工夜泪他乡月[①]。他乡月，赌城如梦，彩灯如血。

1998年10月

生查子·卡纳布城黄昏[②]

小城踞要冲，投宿天将暮。落日照丹崖，环镇生红雾。
悠悠市井居，慢慢行人步。即此羡闲怡，何用思归路。

1998年10月

---

① 19世纪中叶以后，大批华工漂洋过海到美国加州淘金，其中一部分到内华达州矿山充当苦力，时称“猪仔”，状况极为悲惨。

② 卡纳布城位于美国犹他州南部。

临江仙·泛舟包威尔湖

1998年晚秋，去科罗拉多大峡谷，途经犹他州南部之包威尔湖，停一日。此湖系拦截科罗拉多河水而成。河上有大坝，湖水汪洋浩大，湖中山峰成阵，岩石皆为红色。日光映照，蔚为壮观，爰得是阕。

一坝齐天擒巨水，汪洋浪里千峰。争奇负势竞峥嵘。沧波淹不尽，总是火般红。　　潋滟澄鲜波弄影，白云苍狗长空。舟徐峡隘道疑穷。行行忽有路，路在巨岩东。

诉衷情·探亲

老夫性本乐漂流，寻女客加州。儿时笑貌依旧，一见解千愁。　　花月好，海天悠，复何求。异邦春梦，故土情怀，望里归舟。

1998年于圣迭戈

浣溪沙·外孙女Ellen(奕林)四岁生日

小脸团团秀发垂，长睫大眼放星辉，人间天使更属谁！　　一见蛋糕开口笑，歌声唱彻彩云飞，今宵烛火任伊吹！

1998年11月21日于圣迭戈

渔家傲·科罗拉多大峡谷

1998年晚秋，自洛杉矶驱车经加州、内华达州、犹他州入亚利桑那州，参观科罗拉多大峡谷。峡谷为科罗拉多河亿万年冲刷、侵蚀、深切而成，两岸巨崖壁立，直入云天。谷底幽深莫测，势极雄伟，洵大自然之奇观也。人多以为科罗拉多大峡谷在科罗拉多州，非也。此峡谷实在亚利桑那州，因科罗拉多河流经其地，故名。

绝壁重峦拔地起，危梯欲向苍穹去。阻断朝云遮暮雨。渊谷底，丘峦若蚁川流细。　　造化奇功孰可比？鬼神到此惊失语。十万峡山藏肚里。风景异，血崖残照烧天地。

醉花阴·德尔玛尔晨昏（三阕）[①]

傍海依山郊镇小，覆岸青青草。街市净无尘，少女娉婷，遛犬天初晓。　　散尽霞光星月皎，山影青缥缈。爱小径弯弯，秋露微微，一路秋虫闹。

坡上人家坡底道，绿绕仙童校。野兔戏草茵，掠树穿花，尽是蜂蝶鸟。　　豆蔻梢头春正早，碧眼盈盈笑。袅袅弄秋千，直上云端，金发飘夕照。

阴也不湿晴不燥，四季春长妙。浩浩海云乡，出水芙蓉，

① 德尔玛尔为美国加州圣迭戈市郊一地名，原文作 Del Mar，系西班牙文。因历史原因，美国加州地名常保留西班牙文名称。

戏浪无时了。　　物阜民殷风物好，好梦知多少。纵两鬓斑斑，三代融融，忘我何知老。

1999 年 5 月

浪淘沙・巨杉[1]

巨木满深山，立地参天。风骨壮伟列森然。恰似三军齐待命，瀑下泉边。　　任雨弹风鞭，流翠溢丹。沧桑阅尽不知年。庄子大椿犹在否[2]，此树独鲜。

1999 年 5 月

清平乐・访赫斯特城堡[3]

谁家宅院，俨似王侯殿。虎踞巅峰凌海岸，极目汪洋一片。　　赏心悦目林园，奇花异木争鲜。人世豪华享尽，何惜金逝如川。

1999 年 5 月

---

① 巨杉（giant sequoia），产于美国加州和俄勒冈州南部，树形奇伟，高可达 120 米，树龄可达 5000 年，为美洲最大的树。

② 《庄子・逍遥游》："上古有大椿者，以八千岁为春，八千岁为秋，此大年也。"

③ 城堡位于美国加州圣西蒙太平洋岸山顶，为美国故报业大王赫斯特（Willam Randolph Hearst 1863—1951）之私邸。

浪淘沙·优胜美地国家公园[1]

伟矣内华达[2]，造化奇葩。加州东望尽烟霞。千里龙蛇何所去，直走天涯。　　纵岭险沟狭，巨瀑堪夸。垂空白练挂婚纱。更有斜晖天际照，灿烂光华。

1999 年 5 月

西江月·写于斯坦福大学校园

塔唤胡佛飞峙，路名棕榈婆娑。莘莘学子似穿梭，草地林间疾过。　　学府清幽独好，珍藏若海尤多。求真莫拒费奔波，恨不千车读破。

1999 年 5 月

菩萨蛮·飞越阿拉斯加

1999 年 5 月，自美国返京。途中飞越阿拉斯加，下瞰冰雪世界，奇美无比。感而有作。

莽原万里眠千古，冰河雪岭无穷数。白玉铸山川，海天相

---

① 优胜美地国家公园（Yosemite National Park）位于美国加州东部内华达山内。园内多瀑布，以优胜美地瀑布（Yosemite Falls）最为著名。该瀑布落差达 181 米，水量充沛，蔚为壮观。“优胜美地”，土语意为“灰熊”。

② 此处指加州的内华达山脉，非指此山以东的内华达州。

映蓝。　　云端观岛小[1]，极地人烟少。净土世间稀，鲲鹏胡不归[2]。

1999年5月

菩萨蛮·厦门

经年滨海留鸿爪，闽南秀色钟兹岛。巨港系八方，人船来去忙。　　日光岩上望，街市翻新样。鼓浪近金门，相思空断魂。

1999年5月于鼓浪屿

蝶恋花·武夷山

久慕芳泽今始至。万里来奔、极目江山异。拜罢大王趋玉女，尘心早被风吹去。　　水碧山青人俏丽。瀑泻泉鸣，将尔灵魂洗。一叶竹筏漂九曲，此身似欲飘飘举。

1999年5月

浣溪沙·永安

1999年6月，中国社会科学院老干部游厦门返京途中，大雨断路，停永

① 指阿留申群岛（Aleutian Islands）。

② 《庄子·逍遥游》："北冥有鱼，其名为鲲。鲲之大，不知其几千里也；化而为鸟，其名为鹏。鹏之背，不知其几千里也；怒而飞，其翼若垂天之云。是鸟也，海运则将徙于南冥；南冥者，天池也。"

安二日，得此阕。

路断沙城客不还，暂将鸿爪寄永安。燕江如画逝潺潺。岭峻林深山气爽，民敦物阜笋菇鲜，不期而遇到桃源。

鹧鸪天·泸沽湖

1999年7月，香港大学内地校友会于昆明召开理事会，乘便去丽江，登玉龙雪山，又去泸沽湖一游。泸沽湖者，我国摩梭人聚居之女儿国也。其地通行走婚制，民俗淳厚独特，别有风味。

岭抱林幽别有天，澄澄一泊跨川滇。红尘世上多污染，女国仙乡水最蓝。　　波潋滟，桨飞翻，摩梭少妇打鱼船。对歌篝火熏人醉，舞罢情人趁夜阑。

1999年7月某夜于泸沽湖畔摩梭人木屋

渔家傲·昆明世界园艺博览会

滇省百年开盛会，万邦花木一城汇，各展风骚夸秀媚。迷客醉，人潮滚滚来天尾。　　人与自然相映美，长春之国添鲜翠。海外风情华夏味，齐荟萃，徘徊独恨落霞晦。

1999年7月

一剪梅·成昆道上

1999年7月，偕妻自昆明前往攀枝花、西昌探望海田兄、良田弟。火车沿金沙江而行，风光绝美，诗兴盎然，咏此。

横断山高巨壑深。河水流金，野树生云。桃源世外打鱼人。何姓乡亲？何代遗民？　　电掣风驰势万钧。滚滚车轮，漫漫江滨。巨龙咆哮走成昆。春到边村，路改乾坤。

菩萨蛮·二滩水电站

雅砻江水奔流去，穿峡破岭无回顾。大坝锁雄关，巨龙擒二滩。　　悬空飞瀑下，咆哮惊雷咤。动地复摇山，晴空生雨烟。

1999年7月

西江月·西昌邛海泛舟

浩浩澄波似镜，环湖叠翠堆螺。蜀西胜境最堪歌，水映残阳似火。　　万里睽隔聚少，一朝相会言多。泸山秀色任消磨[①]，惜取同舟共坐。

1999年8月

---

① 泸山在邛海之滨，山势高峻，上有佛寺九重和汉唐古柏。

醉花阴·珠海“澳门历史与发展学术研讨会”即兴

面海扼江临港澳，中外交通早。灵地孕先驱，长夜鸡鸣，啼血催天晓[1]。　　濠镜回归心绪好，难忍眉间笑。共议古谈今，旧友新朋，旦暮无时了。

1999 年 11 月

虞美人·庆澳门回归祖国

南疆胜景春长好，桥跨青青岛。八方宾客醉熏风，不尽琼楼玉墅海天中。　　捧珠渔女心花绽，应喜沧桑变。澳门今日庆回归，喜看同梁双燕入云飞。

1999 年 12 月于珠海

西江月·贵阳花溪

九曲清溪献酒，千重园岭呈桃。良宵风月共逍遥，大块筵前醉倒。　　谁谓黔中独苦，无穷碧水青山。奇军突起大西南，月异日新巨变。

2000 年 8 月

① 近代中国名人、中国近代化先驱、中国留学教育之父容闳，民国第一任国务总理唐绍仪、革命家苏兆征、著名作曲家冼星海等均为珠海市人。

蝶恋花·福州

尽道榕城多绮丽。闽水闽山、窈窕钟灵气。朱子文章申奥义，风流更有林公继。　　台海一峡分两地。咫尺天涯、欲渡舟难济。望断碧波迷雾里，谁人能会诗人意。

2000年11月

蝶恋花·淇澳岛[①]

滚滚珠江金水道。地扼咽喉、波捧青青岛。背负羊城临港澳，烟云过眼知多少。　　一过零丁丞相老。千古悲歌，浩气天涯绕[②]。教化村民驱鬼佬[③]，杀声尚作惊涛啸。

2001年10月

浣溪沙·圆圆返美

天使离家倍念家，为探父病返京华，人间最喜是爹妈。
自古良辰偏恨短，哪堪银燕入云霞，又牵亲梦到天涯。

2002年1月4日

---

① 淇澳岛位于珠江口，岛东为零丁洋，该岛现为珠海市所属的一个区。

② 1278年（南宋端宗景炎三年），文天祥领兵抗元，在今海丰北五坡岭兵败被俘。元将张弘范使写信招降张世杰，遭坚拒，书所作《过零丁洋》诗以明志。

③ 1833年，淇澳岛居民曾掀起自发的武装斗争，抗击来犯的英国鸦片贩子，并将其击败。此事发生在鸦片战争前七年，值得重视。笔者曾撰文详细考订此事。又，“鬼佬”为当地村民对英国鸦片贩子的蔑称。

采桑子·华田七旬华诞

难忘故里初相见，豆蔻春风，憧憬无穷，共渡云山几万重。　　五十余载匆匆去，一样春风，一样情浓，共喜今宵烛火红。

2002年6月27日

浣溪沙·北京申奥成功

莫市今宵喜讯传，神州无处不狂欢，人民十亿未成眠。
喜看“病夫”逐逝水，更期国运上中天。同肩大任待斯年。

2002年7月13日子夜

鹊桥仙·哥伦比亚号宇宙飞船失事

迢迢皓月，茫茫宇宙，人驾飞船曾渡。造福人类建殊勋，更创献，奇迹无数。　　霹雳乍响，环球忍睹，血染长空归路。苍天泣涕与同悲，顿洒落，流星如雨。

2003年2月

生查子·井冈山五指峰

横空出五峰，林木遮天翠。欲去禁登攀，遥赏偏多味。
井冈尔至尊，应睹沧桑异。往岁炮声隆，今日游人醉。

2003年9月

鹧鸪天·连战宋楚瑜大陆行赞

世事崎岖喜弄人，小峡一水阻重深。逆孙欲弃炎黄远，志士岂容疆土分。　独立梦，虎狼心。血缘文化本同根。此行自应垂青史，跨越时空振国魂。

2005年6月

欧行剪影(词六首)

其一　一剪梅·巴伐利亚村庄小憩

多瑙河边山岭横，原野青青，溪水盈盈，浓荫深邃绕空坪。几缕风轻，几响钟鸣。　农舍林中晓气清，绿满园庭，花满窗棂，白墙红瓦巧经营。诗样幽情，梦样安宁。

2005年6月于因戈尔斯塔特城郊一小村

其二　清平乐·博帕德小镇[1]

背山临水，浸透莱茵味。白玉教堂双子对[2]，小镇清幽独美。　葡萄似海肥多，坡坡满蔽藤萝。河面游船点点，仙源谷底穿梭。

其三　水调歌头·瑞士

隧洞穿山险，曲涧落山深。登临世外仙境，景色转清新。

---

① Boppard（博帕德）镇位于美因茨附近莱茵河畔，是德国葡萄酒生产中心之一。此地仅在一面山坡上，即至少种有150万株葡萄。

② 此教堂名为“圣塞韦林教堂”，有双子塔钟楼，洁白如玉，予人以圣洁之感。

农舍星星点点，城镇恬恬静静，处处有鸣禽。教会钟声动，嘹亮入青云。　岭巅雪，岭下草，岭腰林。伟哉造化，三界神力判然分。卢塞恩湖云水，阿尔卑斯冰帽，应与我知音：协力保生态，休使母蒙尘[①]。

2005年6月于巴塞尔

其四　风入松·卢塞恩湖[②]

平湖似镜水连空，绝巘万千重。雪峰倒影随波漾，映落霞、淡紫轻红。更有廊桥卧浪，时观帆板摇风。　半生虚度太匆匆，血雨伴腥风。来兹谧静祥和地[③]，羡民殷物阜昌隆。何日根除战火，不分南北西东。

其五　浣溪沙·恩格堡

四面冰峰竞比高，小城嵌在半山腰，玲珑街市绝尘嚣。　草地牛铃声隐隐[④]，林间幽径路迢迢，呼来天使共逍遥[⑤]。

其六　生查子·梵蒂冈圣彼得大教堂

身临梵蒂冈，感慨知多少。仰望殿堂高，俯视生灵小。　沧桑尔历经，艺术伊独妙。历史共文明，相映无穷好。

以上作于2005年6月

① “母”者，大自然也。

② 旧译“琉森湖”。

③ 瑞士为永久中立国。

④ 瑞士人通常在牛的颈部系上铜玲。

⑤ 恩格堡又译英格堡。原文（德文）为Engelberg，意为“天使之乡”。

生查子·仲夏之晨(二首)

赤光流火时，晨起偏宜早。漫步出家门，四顾天方晓。　　蓝蓝玉宇清，静静行人少。露湿草花鲜，气爽心神好。

昨宵雨似倾，洗净园中道。湖涨柳拂波，日出林禽吵。　　我心固已闲，逸似白云渺。偶尔遇知音，谈笑无时了。

2005 年 7 月

满江红·神舟六号发射成功

自古中华，有神话，嫦娥奔月。飞天梦，醉迷多少，俊才英杰。奈国破家亡灾重，叹民穷力微路绝。幸云开雾散展晴空，奋超越。　　太空志，何壮阔。登月计，情方切。喜神舟六号，电驰风掣。万国人人皆仰望，九州处处同欢悦。待探察，宇宙奥无穷，休停歇。

2005 年 10 月

浣溪沙·青藏铁路通车

雪域今非是天涯，铁龙首越唐古拉，风驰一路到拉萨。
神女巫山翩起舞，黄河壶口笑相夸：人间仙路在中华。

2006 年 7 月

太常引·山居秋兴

小楼夜雨洒凄清，晨起乐新晴，扑面爽气迎。郊野静，秋和景明。　　几多老友，隔篱相唤，谈笑话生平。联袂入山行。林禽唱，如歌友情。

2007年10月初

青玉案·参加国家清史纂修通纪学术研讨会重访承德避暑山庄

当年曾是龙居地，直冲斗牛王气。盛世康雍乾继起，九重仙阙，半朝清史，国运谁堪比？

奈何好景长流徙，御驾仓皇遁天帝，蔓草荒烟狐兔戏。幸得重振，群英嘉会，畅论谈兴替。

2007年10月

啄木鸟·赠公安英雄

橐橐竟日不得停，锄恶擒奸喙若钉。

幸赖无私勤奉献，换来林木万山青。

2008年1月

【北曲越调】天净沙·景山万春亭登临怀古

白云黄瓦红墙。平湖伟殿华堂。不尽登场退场。相伏相倚：祸福悲喜兴亡。

2008 年 3 月

【正宫】小凉州·松鼠

玲珑小巧尾粗长。镇日瞎忙。林梢草地迅如光。从天亮，嬉戏到斜阳。[么] 天真烂漫无杂想。馋坚果，其乐无央，随己意，任来往。恰如旧日，身是少年郎。

2008 年 3 月

鹧鸪天·第二十九届奥林匹克运动会在京开幕

梦想百年圆此宵，人流汹涌势如涛。列邦元首集嘉会，一片欢呼撼鸟巢。　　逢盛典，庆今朝，中华文化古来高。包容万象开怀抱，中外交流架鹊桥。

2008 年 8 月 8 日

挽存德二妹联

存德二妹千古

善良为心，忠厚待人，长将遗范垂后世；

蔬果保鲜，太空育种①，永布恩泽惠斯民。

横批：不负此生

存宽、华田率一苐、雨虹敬挽

2009年12月

采桑子·蕙芳园赏兰怀朱老总

兰花本生南国，北地罕见。自20世纪60年代起，经朱德同志倡导，北京中山公园开始大量种植此花（内有朱总所赠之花千数百盆）。此后我国北方地区随之普养兰花。总司令如此爱兰赏兰，岂偶然乎。记所感。

幽篁深处芝兰室，徐吐芬芳，暗吐芬芳，无愧人间第一香。

功成伟业身先退，养晦韬光，乐晦韬光，任尔风雷卷大江。

2010年3月

---

① 妹首倡蔬菜水果保鲜科技，惠及大众，中央文献纪录电影制片厂曾为她拍制《从隔夜愁到百日鲜》一片以纪其事；又，在我国我妹首次将植物送入太空，进行科学试验，被公认为“将植物送入太空第一人”。

菩萨蛮·送春

人间春暮芳菲歇，牡丹憔悴丁香绝。雨后雾如烟，蔷薇带露鲜。

万般皆有竟，何事空悲命。放眼看前程：冬残春又生！

2010年5月

虞美人·偕雷风、明甫、景超、荣进、星彭诸友人游云蒙山国家森林公园

骄阳似火煎三夏，喜度清凉假。无边青翠锁群峰，书画诗朋相聚乐融融。

连床夜语天将晓，倾吐无终了。奈何归去又匆匆，空令梦魂长绕此山中。

2010年7月

鹊桥仙·观吴冠中画纪念特展

巨星陨落，画坛光黯，回首九旬苦度。探索独创献平生，怎畏避，荆棘密布。

融合中外，贯通今古，幻出仙葩无数。大师风范总关情，最难忘，江南归路。①

2010年8月

① 吴冠中先生有名画，题名“又回江南”，余尤喜之。

虞美人·善喜兄九旬大寿

羡兄恰似春江水，一路添青翠。助人不倦献平生，伫望九旬更迈百年程。

而今回首沙坪坝，相会当初夏。送飞小弟入云天，未料举家齐聚在幽燕。

2010 年 8 月

亲情四章

喜宴偶成

2011 年秋，余久病出院，诗友、亲友多次设宴相庆。友情至浓，相聚甚欢。感念之余，偶得此篇。

缘何今日喜难支，梦想成真竟若斯。
美酒蟠桃王母宴，欢歌笑语醉翁诗。
舟浮沧海摇星月，身驭飞龙拜旭曦。
劫难倍知生命贵，放歌须趁再春时。

2012 年 3 月改定（原作于 2011 年 6 月 27 日）

虞美人·赠华田

刘郎困卧床褥久，万事劳伊手。奔忙半载太匆匆，多少情意尽在不言中。

嘉陵江水净如练，梦里分明见。木船今日向何方？曾载山盟海誓万年长。

2011 年 6 月 27 日

菩萨蛮·别女

越洋万里天涯路，为探父病奔三度。天使降人间，见儿心自安。

未及相絮语，儿又匆匆去。天际白云横，谁解思女情。

2011年6月23日

浣溪沙·病中赠儿

惯把深情肚里藏，晨昏侍守未曾忘，父危显出好儿郎。

长夜渐离身后远，病榻今始露晨光，二人携手练功忙。

2011年7月3日

虞美人·太空追吻

天宫神八相倾慕，欲会云端路。酒泉一阵巨雷轰，电驰风掣追吻在长空。

梦中星际交通站，身影依稀现。中华有志建神功，定教条条大道遍苍穹。

2011年11月

西江月·双喜

2012年6月，神舟九号飞船升空，在完成与天宫一号之自动及手动交会对接后，安全返回。与此同时，我蛟龙号潜水器在太平洋之马里亚纳海沟潜海深达七千余米。此二者皆我国航天及海洋科技之重大突破。双喜临门，发为此篇，与国人同庆也。

才见蛟龙潜海，又观神九飞天。联翩盛事喜空前，举国欢声一片。　硕果光华灿烂，更知山外有山。人间正道是登攀，待把群星踏遍。

2012 年 7 月

新体诗

颂　歌

——祝大姐存淑古稀华诞

白塔高，
嘉水蓝，
十字街旁小店。
往事如烟，
茫茫银汉远，
却分明
近在眼前。
儿时的最初记忆
只剩下爹娘和您。
一条永恒的纽带
把我们相挂相牵。

当我第一次背上书包
踏上入学之路，
是你拉着我的小手
跨入附小的门槛。
那书包
红字绣青缎，
是爸的设计，
妈的针线，
把你们的深情和希望填满。

稍晚稍晚

你正当豆蔻年华，天真烂漫。
那聪慧秀美的风姿，
清妙婉转的歌喉，
将我引入，真善美的境界。

更难忘，你勤学苦练，
榜上期期状元。
那状元
也不时略施小计，
与弟弟争食胡豆茗干。

抗战正酣，
你负笈重大，弟入建华。
在我年少的心中
大学比天高，
渝州隔海远，
诱出了几多艳羡企盼。
你回乡度假
是全家的良辰盛典。
你捎回的冠生园糖果，
比蜜还甜。

十七岁
弟离乡远行
只身闯关山。
你和大哥
倾囊倒柜，

实指望
弟前程无限。
秋风飒飒沙坪坝，
苦叮咛万语千言。
此情此景永相随，
哪怕是海枯石烂。

又悠悠，
五十年，
大地风云变，
幸姊妹弟兄齐争先。

劫波历尽身犹健，
留得青山在，天高地宽。
同喜同忧
五家三代
心心相连。
莫道七十古来稀，
看今朝济济一堂，
高举杯，低敬礼
齐欢唱，尽开颜。
愿大姐大哥，
百年偕老，福寿无边！

1995年3月18日

春日偶成

沉睡的湖面化作碧波粼粼，
成行的岸柳露出鹅黄隐隐。
柳丝苗条柔嫩，是怀春少女的腰肢；
湖水澄鲜丰盈，是多情少男的眼睛。
波光闪闪，向柳丝倾诉思慕。
柳丝摇摇，朝湖面悄悄延伸。
柳丝渐长水渐盈，
挡不住形影相近，
终于，一缕微风做媒
诱发了轻柔飘逸的初吻！

1995年4月10日

红　雀①

无边银白的宁静，
淹没一切色彩和声音，
覆压城市，原野，
阻断道路，桥梁，
四下无人……

屋外湖畔，

---

① 红雀（Cardinal bird）。——编者注

一只鸟儿蓦然出现：
黑首凤冠，
周身火红似烈焰；
玲珑秀美，
端庄又威严，
却怎么降临此间。

是视察您主管的广大领域，
把爱与美洒向人寰?
是用炽热点燃冰雪，给人温暖?
是用晚霞的富丽，
将白色的大地妆点?
是唤醒万物的沉睡，
让芳春早回人间?
鸟儿不语，
只以忙碌不停的飞鸣，
诉说他的向往和心愿，
掠过草地，丛林，湖面，
直到远方，
闪动那永恒火红的一点……

1995年冬于美国俄亥俄州哥伦布城

喜 雨

贵客从天而降，
洗淡了紫罗兰，

洗青了树林草地，
灌饱了田野山川，
冲刷了屋顶马路，
涤荡了尘世的一切！
毫无偏私，
让千家万户享受一次大淋浴，
驱走酷暑，
让清气充满人间。

小河发出欢快的奔腾，
昆明湖像充满乳汁的年轻母亲，
挺高了胸脯。
一切是那样的丰盈，
　　那样的翠绿。
一切是那样匆忙，
　　奔向何处？
奔向祖国的江河水库。
你把粮食、财富和希望，
　装满了祖国的仓库。

冲走了人们思想上的混乱、失望，
冲亮了人们的眼睛，
让人们胸中装满了新鲜空气。

约2000年

在巴音布鲁克大草原上

我走进天山群峰的莽莽。
我走进群峰环抱中大草原的青青。

我曾走遍几个大陆，
航行几个大海，
寻找心中的梦境。

啊，巴音布鲁克，
你使我终于找到
如此弥漫一切，
浸润一切，
包容一切的
辽阔无垠；
终于懂得，
什么是
天人合一，和谐宁静。

我恣肆地仰卧在大草原，
像穴居野处的先民，
无思无虑，
任由幻想驰骋：
在无穷无尽的绿色之上，
是无底的蓝天，
偶有几片白云。

那是，行驶在大洋上的帆影？
还是，神女绮罗飘扬的衫裙？

在天地混同的曚昽远方，
有无数絮球蠕动隐隐。
那是飘落草原的云团？
还是升腾天际的羊群？

去问吧！
去问天边闪亮的冰峰。
去问斜光投射下的云影。
去问草原上蜿蜒的小溪。
去问森林环绕的湖泊。
去问从星星点点毡房出来的
骑马的牧人。——
他们是
乾隆年间从伏尔加河远道归来的
土尔扈特英雄渥巴锡的幸福子孙。
去问……

作于2001年秋，2008年4月定稿

伴 侣

清晨醒来，
睁开双眼，
第一个见到的，

是你。

夜深人静，
解衣欲睡，
最后一个见到的，
是你。

一团经线，
一团纬线，
交织成
漫长曲折的人生。

一首乐曲，
一篇歌词，
共谱成，
至爱幸福的乐章。

月光般温柔，
春阳般灿烂，
大海般辽阔，
慈母般温暖。

当暴风雨来临，
你是航船最安全的港湾。
当死神敲门，
要夺我而去，
你的柔弱，

顿时化为力大无边，
将那魔爪一斩两断。

黑暗已经过去，
霞光映照蓝天。
你守护在我身旁：
哼着欢乐的歌。
又在我康复的病榻四周，
洒满玫瑰花瓣。

日复一日，
年复一年，
我欠缺的一切，
由你来填满。
我不曾想到的一切
常萦绕在你的心坎。

一切是如此寻常，
却又那样奇妙。
一切是如此平淡
却又永远新鲜。

啊，我梦想的现实，
现实的梦想。
你就像故乡那条
嘉陵江水，
长流在我的心间，

默默无言……

2005 年 1 月

歌　声

她爱唱歌——
当我们青春年少，
无论在嘉陵江边的家，
还是在莲花池畔的学校。
那歌声曾飘过白塔之巅
落在螺溪的青石板桥。
它记录了一个动人的故事，
赞颂着生活的万般奇妙。
她仍爱唱歌——
历经人生的风雨飘摇。
白发改不了她年轻的心，
岁月抹不掉她甜蜜的笑。

我曾浪迹天涯海角，
为多少中外名曲倾倒。
但惟有你的歌声，
隔着高山大海，
成为我人生的主调。
那亲切熟悉的声音，
唤起往日的回忆。
那涤荡灵魂的旋律，

长伴我青春不老。

歌声啊，歌声，
尽管已刻下岁月的年轮，
尽管不时有些儿沙哑走调，
然而啊，
在一切歌声中，
依然是，
你的最好！

2006年6月27日

银杏林下

——献给老年朋友们

西风阵阵，
万木凋敝，
叶落纷纷……

有的人哀叹时序的更替，
有的人轻蔑桑榆的无能，
有的人……

独有你，以
挺挺的身躯，
累累的白果，
灿灿的黄叶，

昭示人们：
秋天是金。

作于2006年重九老人节

松　鼠

缓缓的小山坡上，
有一片核桃林。
林中住着几只小松鼠，
又可爱又亲人。

那轻柔乖巧的身躯，
拖着毛茸茸的大尾。
还有晚星般明亮的眼睛，
和闪电般敏捷的腿。

我常坐在核桃林下，
看他们追逐嬉戏，奔跳如飞。
神出鬼没，乐不思归。
好一帮快活的精灵！
好一帮顽皮的小鬼！

又是深秋，
核桃熟了，缀满枝头。
面对漫长的严冬，
精灵们开始，

未雨绸缪。
他们从树上衔下一个个核桃，
埋在灌木丛下隐藏。
他们是如此辛苦奔忙，
积累过冬的生命食粮。

一个獐头鼠目的汉子，
静静地站在一旁。
脸上露出狡猾的冷笑，
贪婪的心里有了主张：
他伸出贼一般的黑手，
将松鼠的存粮，一个个盗入私囊。
他只顾自己的提包又鼓又胀，
全不管松鼠的生死存亡。

松鼠啊，
可怜的小松鼠！
不知道什么原因，
此刻我的心中，
充满现实的联想，
愤恨而悲伤。

缓缓的小山坡上，
有一片核桃林，
林中住着几只小松鼠，
又可爱又亲人……

2006 年深秋

寄大洋彼岸

什么东西，
是浩瀚的大洋，
隔不断的？
什么东西，
是岁月的长河，
冲不掉的？

它很遥远，
但近在咫尺。
它很长久，
但永远新鲜。

它无形，
但能触到
它的温暖。
它无声，
但能听到
它的呼唤。

人类赖以永存，
生命因以灿烂。

啊，它是什么？
它是什么？

不用言语。
它永远存在
你我的心间。

2007年2月

榴火

无边的苍翠中
惊见榴花红点点。
那不过是
沧海之一粟，
是浩浩太空中
几颗星儿闪闪，
却为何
这般引人流连？

那绝非寻常的花儿。
那是
志士的鲜血。
那是
燃烧中的火焰。
那是
哲人智慧的闪光。
那是
夏夜迅雷的呐喊。
那是

真善美的讴歌。
那是
拥抱生活的呼唤。

你不曾忘记
你是大地的女儿，
是绿色所生，
绿色所产。
你的存在
仅仅是为了
给这绿色的大地
增添光华璀璨，
让炽热的爱
洒满人间。

2008 年 6 月

难忘 1949

那一年，
我年方二十，
曾两次淌下热泪——
幸福与欢乐的热泪。

那年 2 月 3 日
在北平正阳门

中国人民解放军举行入城式检阅，
我加入了
人山人海的欢迎人群。

当人民子弟兵的队列
驾坦克，乘军车，
从永定门入城，
浩浩荡荡，
威风凛凛，
到前门接受检阅的时候，
人们如大旱见云霓，发狂了。
一股无形的力量
驱使我爬上坦克，
摇旗呐喊，
一面流下热泪……

同年10月1日
在天安门广场几十万人的开国大典现场，
我见证了宣告新中国的诞生。
当五星红旗冉冉升起的时候，
百年民族屈辱一齐涌上心来。
看着看着，
我又一次淌下热泪。……

两次热泪，
记录了我人生最幸福的时刻，
两次热泪，

铸就了我献身祖国和人民的钢铁决心。

尽管在往后的漫长岁月，
祖国曾经历过无比荒唐的折腾，
被苦难、浩劫，搅得地暗天昏。
但我始终坚信，
坎坷曲折将换来宝贵的教训，
祖国将从失落中站起重振。

看吧！
改革开放三十年，
祖国飞速崛起，
面貌日异月新，
纵然前路有艰险，
历史终归要前进。

六十年了，六十年！
生活告诉我，
1949 年的两次热泪，
并没有白流。
我无怨无悔，
以耄耋之年，
满怀希望与信心，
愿竭微弱之力，
助祖国这艘巨大无比的航船
走向更光辉广阔的前程！

2009 年 3 月

紫　藤

公园藤架上
堆满大团紫云，
已是暮春。

每当我走过藤架，
总想起大洋彼岸的
另一团紫云。

两个大陆，
两株紫藤，
相隔烟波万里，
却如此诱发联想，
互相牵引。

远方的人儿啊，
此时此刻，
你是否坐在
那边的藤架下，瞭望远方
和我一样出神？

2009 年 4 月

《蓝色多瑙河》歌词汉译

黯然眼神，
叹息轻轻，
她将远行，
细语叮咛：
“多瑙碧蓝，
将送我，重见君。”

但她一日不还，
我心渴望不宁。

蓝色多瑙河啊，
快带她上归程。
她一日不还，
我心渴望不宁。
蓝色多瑙河啊，
快带她，上归程！

2010年3月

附歌词原文

Soft were her eyes,
And light were her sighs,
She went away,
I heard her say:

"Danube so blue,
Will take me to you."

But till she returns,
My heart yearns…
Oh, blue Danube,
Bring her home.
Till she returns,
My heart yearns…
Oh, blue Danube,
Bring her home.

庚寅春日戏作

今年春姑娘脚步不慌不忙，
盼得人眼欲穿脖颈变长。
陡然间又随兴从天而降，
急得那百花烂漫盛开欲狂。
昨日里人们还穿棉着袄，
今儿个少男女已换夏装。
奉劝春姑娘莫再乱开玩笑，
镇日里与人们戏作迷藏，
好让我从容地领略你的辉光。

2010 年 5 月初

阿斯帕大妈

哈萨克大妈阿斯帕，
世代游牧在阿尔泰山下。
大妈本是普通牧民，
没有多少文化。
但她有一颗朴实善良的心，
平凡中见出伟大。

大妈有十九个儿女：
十个收养，九个亲生。
那收养的全是各民族的孩子，
共组成团结友爱的
民族大家庭。

也不知经历过多少风风雨雨，
也不知献出了多少劳苦艰辛，
她不分子女是哪个民族，
也不问是收养还是亲生，
都付出同样无私的母爱，
将一个个抚养成人。

而今子女们都已结婚生子，
子又生孙，
大妈家已有一百八十三人。
儿孙满堂，

相爱相亲。
多么幸福和美，
多么热闹欢欣！

若问这一切从何而来，
它来自大妈的满头银发，
采自她饱含笑意的满脸皱纹，
和那颗大海般广阔的心。

大妈的爱不是一般的爱，
它超越血缘，
超越民族，
充塞宇宙，
包容无限。
那是浩淼无穷的
人类之大爱，
在她心灵的体现。

大妈对记者说：
我的众多儿孙，
“不分民族，
全是我的血脉”。
这是何等崇高的境界，
何等宏伟博大的胸怀！

大妈只是一个普通牧民，
但又是顶天立地的巨人。

在她的面前，
那些煽动人类仇恨，
挑起民族纷争，
发起不义之战的败类们，
该显得多么卑劣低矮！
他们罪恶的心灵里，
挤满了私字，
却单单缺少一个爱字，
难道不觉得自己，
十分可哀！
让人人都学习阿斯帕大妈吧，
尽管她只是边疆的一位普通牧民。
但她那伟大的爱，
和冰清玉洁的心，
将指引人类
走向和平，
让和谐社会，
和谐世界，
早日来临。

2010 年 5 月

海棠花溪

暮春时节，
携妻偕友，
漫步在

海棠花溪。

十里土城，
一条御河，
两岸花树，
双双情侣，
装点这春色
分外绚丽。

几千株啊
几千株，
数不尽的西府海棠
嫣红嫩玉，
云霞拥起，
将影儿
一股脑投入
春风涟漪，
陶醉得人们
万般如意。

这里曾是
元大都的城墙，
这里曾是
大帝国的心脏。
忽必烈曾展露他的英武雄姿，
耶律楚材曾朗吟他璀璨的诗章。

虽然历史曾让
土城倾圮，一度荒凉，
看今朝
繁花似锦，
万人空巷，
喜上眉梢，
四处欢唱，
好一片
空前的繁华景象。
来吧，我的朋友！
莫悲叹人世沧桑，
快来到海棠溪旁。
你的春心啊，
将和那溪水一样，
丰满绵长。

2010年5月

瞬　间

林间空地里，
一群晨练的翁媪
正有节奏地
呼喊着做拍手操。

一对白发夫妻
静静地在附近遛早。

老翁要去那林间，凑凑热闹，
老妻说，
“我不去，那里太喧嚣！”
老翁说，
“那里有许多人为你鼓掌，
岂不更好?!”

两人相视而笑，
手挽手走向通往林间空地的小道。

一瞬间，我窥见寻常中的奇妙。
我的心啊，
也跟着微笑。

2010 年 10 月

依 恋

小时候，
我依恋母亲，
依恋大自然，
因为母亲给了我生命，
大自然是我的摇篮。

长大，
我迷恋诗歌，
因为那是母亲的呼吸，

是大自然的召唤。

而今，
我历经沧海桑田，
尝尽苦乐辛酸，
更悟到，
母亲是众爱之本，
大自然是万物之源，
诗歌是他们的儿子，
生命的真谛即寓于其间。

为了这“三位一体”，
我愿化作一只啼血的杜鹃，
时刻警示人性与大自然的双重污染，
将人类大爱，自然大美，
唱遍万水千山。
伟大的“三位一体”啊，
我的至爱，
我永恒的依恋！

2010年12月

无　题

清晨，
严寒，
窗外飘舞雪花，

纷纷洒洒。

老妻打开龙头，
将刺骨的冰水，
放入几个大盆中。

水声引来老翁：
“这一大早，
你为何如此忙忙匆匆？
存放几大盆水，
到底何用？”

老妻回答：
“下午小郭要来帮忙，
存放几大盆水，
免得她洗衣时双手冻僵。”

老翁陷入沉思。
他看看盆中澄净的水，
又望望窗外冰清玉洁的雪花，
喃喃自语说：
“这就是她。”

2010年12月

试拟终曲

吾来自无何有之乡兮，
将返于无何有之野。
曾经沧海之横流兮，
又历人生之至美。
幸不负于此身之洁净兮，
献赤心而不悔。
乐浪子之还家兮，
浩长歌其无已！

2010年12月

终曲(英诗试译)[①]

兰　多

我从不与人争，
也不屑于与谁争。
我爱大自然，
其次是爱艺术。
我就着生命之火
烤暖我的双手。
火熄了，

---

① 本译文参照并局部调整了杨绛先生之译文，原译见《杨绛散文》，浙江文艺出版社1994年版，卷首题辞（兰多又译兰德，刘存宽先生对这首诗的喜爱可参看本书中圆圆《博学　智慧　正直　善良——忆父亲》一文。——编者注）。

我也准备离开了。

附 Walter Savage Landor 原诗

Finis

I strove with none, for none was worth my strife.
Nature I loved and, next to Nature, Art:
I warm'd both hands before the fire of life;
It sinks, and I am ready to depart.

友情颂[①]

人间有真爱，友情最难忘。
人而无朋友，荒漠独彷徨。
友情是阳光，照我人生之旅暖洋洋。
友情是雨露，滋润万物共吐芬芳。
友情是纽带，凝聚社会融和人群，
促进人和乐无央。
友情是灵药，无声无形助人长寿保安康。
友情是力量，足以摧枯拉朽创造伟业。

噫，友情之功大矣哉！我愿登上昆仑之巅，高呼友情伟大声震寰宇山呼海应万年长。

友情无时间地域限制。

中华自古重友情，多少动人故事彪炳史册，千古流芳。管

① 标题为编者所加。

仲与鲍叔牙，伯牙与钟子期，更有李杜、杜工部与魏八处士，李白与汪伦。民胞物与，四海之内皆兄弟也。大同，人不独亲其亲，不独子其子，海内存知己，天涯若比邻。

大洋的雾(散文诗)

清晨，二人携手登山。脚下，太平洋碧波万顷，茫无际涯；身后远处，是内华达山的千层巨浪。

天空万里无云，地上万里无尘。一轮旭日从东山升起，光焰万丈，洞察一切，穿透一切，普照一切。我们欢呼雀跃兴高采烈，尽情享受这初夏的晨光。

猛然间，大洋异常。她宽阔的胸脯急剧起伏，呼吸急促，喷吐出无穷无尽的白色浓雾。那浓雾，汹涌，升腾，膨胀，扩散，急如星火，迅似雷电。巨如天网，笼罩万物。吞噬一切，天昏地暗。太阳失去光辉，群山顷刻不见，连大洋本身、岛屿、船舶、海岸也都不见了。浓雾填满脚下的山谷，又以排山倒海张牙舞爪之势包围我们所在的高岗。顷刻间，高岗上的房屋、草木、广场，连同上下山岗的陡峭石阶全部消失，伸手不见五指。近在身旁的老伴也消失了。浓重的湿雾使我们变成盲人，窒息呼吸，压迫身躯，禁锢心灵。我们上不沾天，下不着地，飘飘忽忽，进退失据。我曾亲历过重庆、伦敦、旧金山的弥天大雾，但如此次的大雾，则平生未见。难道这就是救世主许诺给人们的天堂？难道这就是众仙腾云驾雾的天地？却为何使我感到蒙昧混沌，寂寥孤苦，恍如身陷炼狱，坠入深渊，沉沦不起？然而我绝不相信有什么世界的末日。我挣扎，我呐喊，我奋斗，我抗议。我不要如此渺茫可怕的仙境，我只求恢复鲜活真实的大地……

又是猛然间，浓雾消失了，魔鬼世界在众人和我的诅咒声中悄然绝迹。大洋的辽阔重新展现，朝阳也露出前所未有的灿烂。海浪挑逗着与海岸嬉戏，身后的群山再次绽放欢颜。蓝天、白云、杂花、茂树打扮得绚丽无限，海豚们又开始在海上迸跳出半圆形弧圈……

我们继续登山。方才的一切在沉思中隐隐浮现。难道我在攀登中曾身陷涿鹿之野，被蚩尤的大雾围困三天？难道我像浮士德一样，被魔鬼诱出书斋，去领略那鱼龙混杂、无奇不有的大千世界？难道大自然母亲要让我阅尽一切好与坏的世界奇观，教我知道，生活中不只有太阳的光辉，还存在迷雾和黑暗，要我遍历一切真善美、假恶丑、顺与逆、升与降、苦与乐、祸与福的永恒曲线，将我的灵魂千锤百炼，向更高的境界登攀？

如今我走过人生的大半曲线，历经了无数困苦磨难，也饱尝了人生的多姿多彩，幸福无边。我站在一座高岗上俯瞰，只觉得众山渐小，天地愈宽。我感谢大自然与人生的无限美好，也宽容甚至感谢一切风雨雷电、邪恶黑暗。是它们，将今日的我冶炼，一正一反，剔除杂质，回归自然。我毕生望山登山，深知山的性情。尽管山外有山，攀登不完，但只要坚持不懈，却定可一步步接近峰巅。大洋的雾啊，你再来吧！经过上一番洗礼，我坚信你始终掩盖不住太阳的光辉，也挡不住我永恒的登攀！

1998 年 6 月于美国加州圣迭戈

诗论诗评

传统诗词写作之我见

一　万事精于热爱

我对古典诗词的爱好是自幼在家父和老师的诱导培养下产生的。

我出生在四川省嘉陵江畔的南充市。那里山川秀美，丘陵起伏，江河众多，物产丰饶。南充是陈寿的故乡，《三国志》就是他在南充（时称安汉）撰写的。南充向来是川北的首府。虽交通不便，但文化相当发达。南充人好中国古典文学，好书法，好唱歌，民风热情奔放，率真淳厚，人们的性格中自然也少不了一些辣椒味。记得四五岁的时候，父亲就教我背诵“一去二三里，烟村四五家，亭台六七座，八九十枝花”和李白的《静夜思》等诗词。初中一年级的一次郊游中，见石壁上刻有白居易写的一首诗：“千里嘉陵江水声，何年重绕此江行？只应添得清宵梦，时见满江流月明。”渐渐地，我对充满音乐节奏感，充满缤纷图像和无穷内涵的古典诗词入迷了。高中入张澜先生（南充人）创办的南充建华中学，受业于章太炎先生的高足钟稚琚（正楙）教授，学写诗填词，习格律音韵。时日机不断轰炸重庆，间及南充。南充无高射炮，干等着挨炸，惨不忍睹。一次写作文，钟师令作五绝，我写了一首：“国破民涂炭，敌机日犯川，血流盈巷陌，残体挂枝端。”不久因多次目击国民党抓壮丁及虐待士兵致死之惨状，感忿至极，又成五绝一首，曰《壮丁墓》：“寂寞一孤冢，沙黄草未青。残阳哭碧水，户户怨抓丁。”以上的诗表达了一个天真少年对国难的悲痛，对日寇的谴责和对社会不公的抗议，得到家父和钟师的夸奖。此后我对古典诗词的爱好更甚。家父亦不时加以诱导，每于黄昏散步于螺溪（嘉陵江支流）之滨时，相与背诵历代名篇。虽时逢抗日战争，得书不易，仍多方求索。偶有所得，即如获至宝，反复吟诵玩味，直至倒背如流方休。我也不时写些诗词。

1946 年来北京大学学习后，对古典诗词的兴趣不减。1949 年以后，政治运动不断，加以忙于工作和思想改造，身不由己。夸父追日，“紧跟”尚且不及，诗兴索然。偶尔涂抹几行，犹有“不务正业”之讥，亦觉寡味，大半不存。“文化大革命”时读李商隐诗集，竟遭工人宣传队之诘问。后以毛主席喜爱“三李”诗作答，始得免罪。在此十年浩劫中，虽然偷读了不少东西，然因缺乏创作灵感，极少动笔。

“文化大革命”以后，我和古典诗词的“不正当”关系合法化了。长期受压抑和排斥的热情如火山爆发，一发不可收拾。二十余年来，除大量阅读外，共得诗词数百首。已发表于书刊者，多为旅英、法、俄、美、港、澳的题材。

由此我体会到：万事精于热爱，古典诗词亦如此。唯爱始能勤，勤始能精。热爱是无穷无尽的原动力。热爱产生自动，自动能将 Work 变成 Play。如果没有对古典诗词的热爱，没有对生活的热爱和二者的紧密结合，是写不出好的作品的。

二　诗词源于生活

德国大诗人歌德说过，“理论是灰色的，只有生活之树是常青的”。生活是一切文学创作，包括古典诗词创作取之不尽、用之不竭的源泉。没有生活，就没有文学，也就没有古典诗词。生活五彩缤纷，包罗万象。自然之美，山川之雄奇秀丽，树木花草虫鱼之丰富多姿，日月星辰雨雪风云之瞬息万变，社会生活、民风民俗之五光十色，国运家事、世界大势之变幻莫测，个人之是非成败，穷达荣辱，悲欢离合，喜怒哀乐，亲情友情，男女之爱，系乎人而动乎心，由是而生情，有不得不发之于言者，诗词是也。司马迁于《报任少卿书》写道："屈原放逐，乃赋《离骚》。"又在《屈原列传》中写道："屈平疾王听之不聪也，谗谄之蔽明也，邪曲之害公也，方正之不容也，故忧愁幽思而作《离骚》。"又如杜甫名篇《闻官军收河南河北》一诗，即他寓居蜀中梓州时，听说史朝义兵败缢死，河南河北相继收复后的无限惊喜之作。此诗淋漓酣畅，一泻千里，欢快之至，极富感染力。《茅屋为秋风所破歌》是他困居成都草堂时所作，以己之偃蹇贫困而及于人者也。其悲天悯人的博大胸怀，令人仰止。又如《石壕吏》，是杜甫借住河南陕县农家，见县吏夜抓夫役有感而作，字字声泪，摧人肺腑。以上名篇佳制，皆因有深厚之生活基础，故能有如此巨大的艺术震撼力！

反之，如果没有丰厚的生活感受与积累，如应制应酬之作，宫廷诗词之属，或并无实感，勉强去作，其作品必然是苍白无力，肤浅乏味，不能卒读。

有生活不一定有好诗，但好诗必须要有生活。这本是老生常谈，路人皆知。然而这个十分浅显的道理，却往往为人们所忽略，或是没有给予足够的重视。我个人在古典诗词创作中体会到，生活是诗词的母亲。因此，每当对自己的作品感到不满时，我就会自问，是不是生活的原料有所欠缺？是否应该更多地投入生活母亲的怀抱，去充充电，吸收更多的营养？我的这个体会，至少使我在个人的诗词创作中获益匪浅。

三　佳作出于真诚自然

已故世界音乐家协会主席梅纽因说过，"音乐是最真诚（Sincere）的东西”。完全对。其实，一切形式的文学艺术，包括古典诗词在内，何尝不是如此。诗词的写作完全要出于真情。真诚是诗词的生命。没有真情，必无佳作。奉命作诗，矫情之作，标语口号式的东西，人家一眼就看破，又何必要去做？诗词创作，来不得半点虚假。您自己没有那个感情，怎能引起他人感情上的共鸣？诗词以情为审美对象，缺乏真情，何以言美？试想，古往今来那些矫情虚饰之作，例如我们经历过的“写诗运动”中的绝大多数作品，有多少流传下来？唯其不真，故而不美，甚至令人生厌。王国维在《人间词话》中论及诗词之“隔”与“不隔”，认为“真”则“不隔”，涂饰则“隔”，可谓一语中的。少陵写诗“直取性情真”、郑板桥“直摅血性为文章”，正符合了诗词创作的本质。屈原的《离骚》，少陵前引诸诗，以及古诗十九首等佳作之所以如此深挚感人，皆源于真。即以板桥而论，他在山东潍县知县任内写了一首脍炙人口的诗：“衙斋卧听萧萧竹，疑是民间疾苦声。些小吾曹州县吏，一枝一叶总关情。”这首诗好，就好在它是真的郑板桥。他的书法，他的画兰画竹，和他的诗完全是统一的；统一于真诚，即“只写天真”。又如范仲淹的《渔家傲·秋思》：“塞下秋来风景异，衡阳雁去无留意，四面边声连角起。千嶂里，长烟落日孤城闭。　浊酒一杯家万里，燕然未勒归无计，羌管悠悠霜满地。人不寐，将军白发征夫泪。”

西北边陲的寥廓苍凉和作者本人的文韬武略，博大胸怀，跃然纸上，成为千古绝唱。这也是真正的范仲淹。

文如其人，字如其人，画如其人，音乐如其人。同样可以说，诗词如其人。所谓“如其人”，包括一个人的人生历程与际遇，个人的品格，胸襟，境界，性情，学问及多方面的修养水平。而优秀的古典诗词，乃是作者其人最集中的综合体现，是作者人格气质的外化。人的经历各不相同，能力有大小，认识有高低，技巧有工拙，但如能下笔出于真情，则近乎诗矣。

与真情密不可分的是“自然”。古今绝妙诗词，未有不出于自然者。但唯真情始能自然。真情是自然的源泉，自然是真情的体现。所谓自然，就是不做作矫饰，不涂抹雕琢，一切全出于真情的流露，其必然结果乃是真切流畅。《古诗十九首》工于抒情状物，唯其真，故能毫不勉强，自然流畅。陶靖节的“采菊东篱下，悠然见南山”，司空曙的“雨中黄叶树，灯下白头人”等名句，可谓自然流畅之至，似天籁之自发，无人力之干预，得来似乎毫不费功夫。然此中真意，实在是“欲辩忘言”。

四　诗词贵在神韵

古典诗词与其他文艺形式有别，表现形式各殊，但也有许多相同相通的东西。格律，平仄，声韵等是它的特征和形式，而神韵是它的本质与灵魂，是它和其他文艺的共性。任何形式的文艺，如果缺少神韵，则丧失其存在的价值。任何好的古典诗词，都是上述个性与共性巧妙结合的产物，即以其特有的艺术形式传诗词之神。前者是手段，后者是目的，前者为后者服务。

诗词要有神韵，有意境，需要有一番抓住、掌握事物本质即精神的功夫，善于从事物纷繁错杂、千变万化的表象中抓住最核心的东西，这就需要十分敏锐的艺术洞察力和高度的艺术概括力。在这一点上，古典诗词和其他艺术形式乃至自然科学和社会科学是相通的。在此基础上，加上主观能动的艺术加工，往往能出现好的诗词。

古典诗词写事状物，不只要形似，而且要神似。如果仅仅做到形似，不能传神，则与照证件照片无异，根本谈不上艺术。举体皆似，不能传神，作实际应用犹可，不能称为艺术摄影。艺术摄影的基本要求是要传神，即捕捉人的内在气质和精神，其有极大的穿透性和概括性。古典诗词写作也是这个道理。

重在神韵，并非说不细致观察事物的形象。只有对事物的形象十分熟悉，并掌握其特性，才能传事物之神。事物的表象是入门，是依据。而神韵，出于表象又高于表象，外于表象，进而可以脱离表象，是一种立足于形象实体而又超然于实体之上的艺术美。作诗填词，要做到传神是很不容易的。"画虎画皮难画骨"就是这个道理。只能画出皮肉，那不是好的诗词，唯能画出骨来，方见精神。贝多芬的《月光奏鸣曲》，约翰·施特劳斯的《蓝色的多瑙河》，是月光和多瑙河之魂的流露。达·芬奇的《蒙娜丽莎》，不是那位妇女简单的形似，而是她的气质和风韵的物化。同样，张颠作草，笔走龙蛇；曹霸画马，"一洗千古凡马空"；板桥画竹，也不是一般的竹子，有高风亮节存乎其中，那是竹的真魂。

拿古典诗词来说，在创作过程中，伟大的诗人词人无不达到一种心与物会，情与境融，物我两忘，精神飘没的极高的艺术境界。正是在这种物我交融，忘乎一切的集中的创作状态中，才会出现神来之笔。王维《终南山》一诗的"白云回望合，青霭人看无"名句，高度概括了终南山云气变幻的本质。他的《山居秋暝》一诗，以极浅近的语言，勾画出一幅山居秋暮的活生生图画。李白号称诗仙，传神之诗不胜枚举。东坡《题西林壁》一诗，以 28 个字捉住庐山的要害，而且悟出了"当局者迷"的理趣。其中奥妙，可意会而不可言传。

五　插上想象的翅膀

想象力是一切创造之母，诗词尤然。一切科学的创造发明（包括自然科学），皆离不开想象。在这一点上，诗词与科学在一定程度上也是相通的。哥白尼日心说的提出，牛顿万有引力的发现，爱因斯坦相对论的问世，皆源于想象力。比如建筑学，悉尼歌剧院濒临大海，它使人想起翩翩飞舞的海鸥，与建筑四周的环境完全和谐，浑然一体。香港的中国银行大楼则鹤立鸡群，如一把倚天长剑，拨开白云，直刺苍穹，雄奇无比。其巨大艺术效果，实源于超凡的想象力。

艺术想象力包括幻想、联想、触类旁通，由此及彼，由形到神，由无到有，在原有感性形体基础上创造出新形象的心理过程和能力。它源于生活又高于生活，在生活中不现实但在艺术上可以更深切、更真实地被感知，具有无穷的感染力。同样一个“愁”，在李白那里是“白发三千丈”，在李煜那里是“恰似一江春水向东流”，在李易安笔下是“只恐双溪舴艋舟，载不动，许多愁”。太白描写庐山瀑布云：“飞流直下三千尺，疑是银河落九天。”听蜀僧濬弹琴：“为我一挥手，如听万壑松。”李长吉诗云：“黑云压城城欲摧。”在实际生活中，香炉峰瀑布并非银河落自九天；谁也长不出三千丈白发；无论愁苦多深，也不致使船只载不起；无论黑云多么浓重，也不会令城墙摧坍，如此等等。这些在实际生活中都不存在，但通过诗人的如许想象、幻想、联想和夸张而产生的新形象，却如耳闻目睹，伸手可触，何其贴切，何等真实！它们不仅可以为人们所接受和感知，而且以千百倍的艺术魅力和震撼力让人拍案叫绝，难以忘怀。

丰富的想象力是矫健的羽翼，有助于我们自由翱翔于古典诗词的天空。

六　风格、特色、个性

一切文学艺术的生命力在于有独特的风格与个性。没有特色和个性的文学艺术是文学艺术的否定。每个作者都须有自己的风格和个性，创作不能千篇一律。

以雕塑而论，米开朗琪罗不同于罗丹。音乐：贝多芬不同于莫扎特，冼星海不同于聂耳。绘画：达·芬奇不同于拉斐尔，凡·高不同于伦勃朗，齐白石不同于郑板桥、张大千，马奈不同于毕加索。论字：颜、柳、欧、苏，均自成一家，风格各异，个性鲜明，独辟蹊径，如群星灿烂，各领风骚。

古典诗词亦然。自古以来，流派众多，或雅正，或闲逸，或豪放，或婉约，百花竞艳，各具其美。各大名家，风格气象又自不同。渊明之质朴自然，少陵之沉郁博大，太白之飘逸奔放，长吉之奇幻诡异，商隐之婉约，元白之晓畅，各自异军突起，独树一格。逮至宋朝，永叔、东坡、荆公、弃疾、务观、易安、石湖、白石……名家辈出，诗词鼎盛。各家皆以独自的特色，凸显不同的个人风格，显示作者专有的神态与气度，气象万千，一言难尽。有时同一个作者，譬如东坡，如自不同作品、不同角度观之、亦有“横看成岭侧成峰”之感。

试想，如果古今诗人词人，没有各自独特的风格与特色，统统“舆论一律”，风格一致，不能去熟生新，言前人所未言，或一味模仿他人古人，了无个人的创造与新意，更无个人的风格，那么古典诗词怎能有如此的丰富与神奇？岂非一潭死水，令人掩鼻而过？

齐白石对后之学画者有句警语：“学我者生，似我者死。”这是告诉人们作画不可依样画葫芦，这样做的结果必然是画虎不成反类犬。白石道人云：“人所易言，我寡言之；人所难言，我易言之。”这也是教人写诗填词从内容到形式，要切忌老一套，要有自己独有的风格、特色和创新。

七　古典诗词四忌

明白以上诸点，古典诗词创作应该避免什么就不难理解了。拙意以为有以下四忌：

一忌矫揉造作。若无真情实感，切切不可动笔。生活素材不足，激情不够，没有捕捉到诗魂，强自为之，作无病之呻吟，必无好的效果。

二忌直露过满。写作不能把话说尽，否则会言尽意亦尽，是不给读者保留想象、回味和思考的空间。缺乏曲折、朦胧、深邃之美，未必合于文艺的本质。重要的是要言不尽意，言外有神、有趣，言有尽而意无穷，富于无言之美。齐白石名画《蛙声十里出山泉》，画面中并无一只青蛙，只有一群蝌蚪，但却使您仿佛听见群蛙的纷然聒噪，余味无穷。这可以作为曲以达之充满暗示的含蓄美的一个典范。元稹的《行宫》一诗："寥落古行宫，宫花寂寞红。白头宫女在，闲坐说玄宗。"不直言唐史，仅写白头宫女寂寥行宫的忆旧，却给人以世事沧桑、兴替无常的苍凉之感，发人无穷之遐思。引而不发，一笔点到，戛然而止。而开元、天宝遗事，尽在不言中。这种含蓄，丝毫不妨害其真，而是一种提高、扩大、升华了的真。

三忌浮泛冗散。所谓浮泛，就是停留在事物的表象描写，缺乏内在的美。或者说，情不称景，神不称形。这种诗词，即使把事物写得惟妙惟肖，无懈可击，十分形似，终因缺乏意境创造而不具感染力。

所谓冗散，就是在内容与形式上缺乏高度的集中与概括。古典诗词这种文学形式，篇幅极其有限，因而在谋篇布局、遣字用词上要求高度概括集中，浓缩凝练，力求以最省最少之字句表达最多最广之内容与意境。凡与主题无关或关系不大之内容与字句，须断然割爱，毫不可惜；而应在立意、炼句、炼字上刻意推敲，下大功夫，惜字如金。譬如罗丹雕像，一块顽石，一堆石膏、黏土，只需胸有成竹，意在行先，将其无用之部分统统去掉，遂成巨制。此事看似寻常，说来容易，然实际做来，却至为艰辛。柳宗元《江雪》一诗"千山鸟飞绝，万径人踪灭。孤舟蓑笠翁，独钓寒江雪"，以短短的20个字，勾画出三九严寒，大雪纷飞，人鸟绝迹，笠翁孤舟独钓的极为广阔的画面和丰富的内涵，更暗示了他谪贬永州后孤寂失意的心情。似此概括洗练、浓缩集中、字字珠玑之作，可谓古今独步。

四忌陈旧俗熟。凡前人已得之意，已有之佳句，应力避重复。亦不可改头换面，新瓶装旧酒，以飨读者。如果写出来的东西似曾相识，迹近复制，又何必去写？读者又何不去读前人原作？总之，古典诗词与一切文学艺术一样，贵在有自己的东西，贵在创新，这是关系到作品成败的关键问题。

2001年3月

传承创新，重振中华诗魂

2011年1月19日《光明日报》刊出马凯同志《复兴中华文化，不能少了格律诗》一文。文章以鲜明的观点和精辟的论断，引起了文化界尤其是诗界的广泛注意和共鸣。但自马文发表一年多以来，国内书刊也陆续出现一些不同的声音，有人以“创新”为名，全盘否定传统诗歌，拒绝传承，甚至鼓吹“当代旧体诗词不宜入史”，就是说，要把“旧体诗词”（特别是格律诗词）统统革出教门，赶下诗坛，以近代白话自由体诗歌独家取而代之，并断言这一取代是“历史的必然结果”。

以上两种意见，一个说传统诗歌“不能少”，一个则宣布它“必然”死亡，可谓针锋相对，势不两立。那么，中国传统诗歌到底是否还有存在的理由和传承的价值？何谓诗歌的创新？怎样创新？以及与此相关，什么是重振中华诗魂之道？这是本文试图讨论的问题。

一　诗歌发展离不开传承

诗歌发展到底需不需要传承？这似乎是一个不言而喻的常识问题。然而百年以来，它却梦魇般困扰着我国文化界，尤其是诗界，引起无尽无休的争论，至今没有得到较好解决。在这个关乎文化发展、包括诗歌发展的重要问题上，出现一些不同意见或争论，本是正常现象，不足为怪。然而正因为其重要，在我国面临文化大发展、大繁荣任务的当今，澄清这个问题亦可谓当务之急。

1919 年五四新文化运动，掀起了重新估价中国传统文化的高潮，近代白话自由体诗歌兴起。这是我国诗歌发展史上的一次大变革。它顺乎时代潮流，以通俗易解的白话诗形式异军突起，迅速广为流传，涌现出许多杰出诗人和大量优秀作品，对此应该予以充分肯定。然而时至近百年后的今天，我们应该冷静地看到，当这一诗体冲决堤防、狂飙突进之时，也出现了某些不容忽视的负面因素，其中最主要的就是藐视过去，否定传统，拒绝传承。这一有害因素更由于极“左”思潮在我国长期肆虐及其后市场经济的冲击而继续泛滥成灾，得不到纠正。

本文拟先从理论和实践两个方面，来说明该倾向的错误和有害，以及诗歌的发展繁荣何以离不开传承。其理由有四：

1. 颠倒了传承与创新之间的辩证关系。一部中国诗歌发展史，说明传承与创新的关系是互相依存、互为因果、互相补益、互相转化的。如将这一关系错误理解为势不两立，有我无你、互相对决的关系，坚持“坏就是绝对的坏，一切皆坏，好就是绝对的好，一切皆好”的极端思维方式，这不能不说是理论上的严重缺失。

2. 强调支流，忘却本体。全盘否定传统诗歌的论者，强调传统诗歌在音韵、平仄、对仗等格律问题上要求过于严格，“束缚思想”，从而认定应将其一概推倒。与此同时，却完全忘记了中国诗歌数千年来让国人引以为自豪的真善美优秀传统。诚然，传统诗歌的某些作者确实存在过分拘泥格律，以词害义，需要改进的缺点，然而这比起辉煌的中华诗歌传统而言，孰为主，孰为次；孰为重，孰为轻，于理至明。以此立论，实为理论上的扭曲，断难成立。

3. 背离中国诗歌发展的规律。我国是举世公认的文明古国，在漫长的思想文化发展历程中，铸就了博大精深、海纳百川、兼容并包、多元一体的文化精神。这是中华文化赖以长盛不衰、不断向前发展的根本保证，是中华文化的灵魂。众所周知，我国思想文化史上，长期存在儒、释、道三大思想体系，其中儒与道二家是土生土长的，但一为入世，一为出世。释家则纯为外来学说。然而在漫漫历史长河中，三家学说却是并存互补、互相吸收、互相融合的。这种博大包容的文化精神，也贯穿于中国诗歌发展史中，成为规律性的东西。即：一方面，诗歌演进代有更新；另一方面，每一种新的诗歌形式的出现，基本上并不排斥、否定以往传统的诗歌形式，而是与之并存和共同发展。

我国诗歌先后出现过诗经、楚辞、五言古诗、近体诗、词、曲等诗体，每句字数从四言、五言、六言、七言到杂言不等，形式体裁千变万化，但彼此不仅并不互相排斥，而且正如盛唐、北宋之际的情况，越是诗备众体，包容宽松，诗歌往往有大的发展。可见，诗歌创造力的孕育，完全离不开包容与多元的环境，而那种一概排斥传统诗歌、鼓吹一律以新代旧、以新灭旧的一元独举之说，只能把诗歌引入歧途。这里，我们不妨听听人称“汉语拼音之父”、现年 107 岁的杰出学者周有光先生的有关意见。他在百岁后出版的名著《朝闻道集》和《拾贝集》中，反复阐明他的“双文化论”，反对文化上的“轮流坐庄”，他写道：“为了现代文化，不是就不要传统文化了。现代文化和传统文化是并行不悖、相互补充的。现代人是‘双文化人’，既需要现代文化，也需要传统文化。”寥寥数语，可以认为是这位百龄智者的不易之论。

4. 人为割断了当前诗歌与我国优秀诗歌传统的有效对接。如果全盘否定传统，就必然使诗歌的发展脱离正常发展的历史轨道，丧失发展的本源、前进的基础和生长的土壤，导致诗歌既不来自民间，又不产生于中国，不问良莠，一切跟着西方的潮流走，从而出现严重的非民族化和脱离人民大众的致命倾向，既严重危害传统诗词的发展，将其边缘化，又使近代白话诗的发展偏离正轨，先天不足，后天失调，丧失对各种不良诗潮的免疫力。

以上四端，充分说明全盘否定传统诗歌的主张，在理论上是完全不能成立的，是错误有害的。

其次，全盘否定传统诗歌之说经不起实践的检验，即经不起百年来诗歌发展的实际进程和人民大众选择的检验，而这种检验，正是确定该理论是否正确的唯一标准，拥有最终的发言权。

如上所述，1919 年五四新文化运动兴起以后，传统诗歌长期处于颓势。然而，只需稍加注意，即不难发现，即使在那个困难岁月，近代白话体诗歌也未能完全掩蔽它的光辉。人们对它的兴趣与热情并未减退，无论在写文章、发表演说、甚至日常闲话中，往往会引用几句古典诗歌的名句。这一切是如此自然流露，漫不经心。而类似现象，却极少出现于近代白话诗中。这说明传统诗歌早已深入人心，成为国民精神生活不可分割的一部分，具有无穷的魅力。

此后，随着新文化运动渐趋平稳，国内一些有识之士渐觉全盘否定传统诗歌之偏颇欠妥，开始“勒马回缰写旧诗”（闻一多语）。以鲁迅为代表的一些新文化运动先驱者们，创作出许多堪与前贤媲美的传统体诗章。再后，经过“文化大革命”之类极“左”思潮的肆虐，传统体裁诗歌更难以抬头。然而物极必反，1976 年春，人民大众以传统诗词与“四人帮”进行了坚决的斗争。“文化大革命”结束后，人们对以往否定传统文化的现象进行了认真的反思、重新审视和估价，对其错误及危害的认识愈益深化。这一思想观念上的拨乱反正，直接导致了传统诗歌的复苏、复兴和重趋繁荣。1987 年中华诗词学会的成立可以认为是中国传统诗歌回归和复苏的一个重要标志。尔后二十余年间，它以不可阻遏之势迈上了复兴和日益繁荣之路。2010 年 5 月，召开了中华诗词学会第三次全国会员代表大会，多名中央领导人出席或致贺，充分肯定了传统诗词在我国文化中的极其重要的地位。学会负责人在大会致辞中指出：目前，“旧体诗词的创作和传播，开始受到人们的重视，呈现着文体复兴，人才辈出，百花齐放，异彩纷呈的局面”。另据报载，目前中华诗词学会全国总会会员已达1.8万人，加上各省市县的分学会和分会，会员数已超过200万人。据老诗人周笃文介绍，在旧体诗词创作队伍里，中青年诗人正迅速成长为主力军，“传统诗词创作出现了大井喷”。凡此种种，有力地证明了传统诗歌仍具有强大的生命力，而那种全盘否定传统诗歌、认定它“必然”“灭亡”、拒绝传承的主张不仅理论上是谬误的，在实践中也是经不起检验的。诗歌的发展、繁荣，时代的需要，正呼唤着传统诗歌的回归及其精神的传承。

二　诗歌传承有待于创新

本文以上着重论述了诗歌发展离不开传承的道理，但这丝毫也不意味着应该忽视或反对创新。恰恰相反，我们强调传承的必要性，正是为了更好地创新。

“流水不腐，户枢不蠹”，“万物皆流，万物皆变”，诗歌亦然。创新是诗歌的生命，诗歌的发展繁荣有赖于创新。反之，诗歌不能创新，停滞不前，其生命必将萎缩甚至终结。这个极为简单的道理，现已成为人们的共识，无须详加论证了。

然而从另一角度观之，创新并不是不存在问题，相反，目前是问题十分严重。这主要表现在什么是创新和如何创新的混乱认识上。不澄清这方面的认识，创新就必然迷失方向，误入歧途，并使之脱离诗歌真善美的本质，背弃诗歌的真魂，无视并拒绝作为创新之基础的传承，炮制出种种诗歌新花样来。这种现象，目前在近代白话诗领域表现尤为明显。例如，有的人认为，诗歌只要是不重复前人，不重复他人，不重复自己，就是“创新”，一味猎奇求异，不计内容与社会效应；有的人脱离生活，独居斗室，异想天开，“生产”出种种谁也看不懂，谁也消化不了的“产品”来；有的人迷信外国，丧失对民族文化的自尊心和自信心，唯外国文化马首是瞻，不问外国诸诗歌流派何者为精粹，何者为糟粕，不加分别地盲目引进，生搬硬套，致使所谓“后现代主义”之类的诗歌洋垃圾在诗坛泛滥成灾；有的人经不住市场经济时期的物质引诱，文风败坏，将诗歌当成谋取个人名利、达到功利主义目标的工具，粗制滥造，贩卖劣品。一段时间以来，网络诗歌迅速兴起，大大拓宽了诗歌的生存空间，打开了诗歌更加贴近现实生活和人民大众的又一扇窗户，使以往诗歌写作和传播的方式发生巨变，对此我们应该衷心欢迎，予以充分肯定。但是与此同时，应该指出，许多网络诗歌写作中带有太多的随意性、娱乐性和口水化倾向。一些人把写诗当儿戏，随意涂抹，为所欲为，写出的东西低俗不堪，难怪有人面对此等现象，哀叹“诗歌已经死亡”。

以上种种，貌似新颖，实则绝非创新。毋宁说，是以“创新”之名，行伪创新之实，是以新奇掩盖陈腐，是对诗歌精神的践踏。因此，为了诗歌创新，首先必须明白创新的真谛，正确对待创新。

到底什么才是真正的创新呢？在此，不妨引用19世纪法国杰出批判现实主义作家巴尔扎克的一句名言：“创新，不管在哪一方面，就是受尽煎熬。”（《皮埃尔·格拉苏》）这句一字千钧的话，很值得我们深省：（1）诗歌创新是一件十分严肃认真的事，绝非轻而易举，需要人们作出巨大的努力，付出艰苦的劳动。那些不下力气、不费工夫而轻言“创新”的人，是对诗歌及其发展史的无知。（2）传承是创新的前提与基础。任何真正的创新都必须建立在对传统深刻了解的基础上，而不是对传统的简单否定。不知旧，焉知新？不传承，怎创新？这个道理，不言自明。所谓知旧，就是要明白传统诗词中何者为精粹，应该传承；何者因时间前进，已不合时宜，而应该予以调整更新，以适应时代和大众的需求。而要做到这一点，确实是要经过苦苦“煎熬”的。（3）诗歌创新不能离开诗歌真善美的本质，必须排除多种伪创新的干扰，坚持真创新。

为了进一步说明问题，我们不妨回顾一下改革开放以来我国诗界为重振中国传统诗歌所作出的重大努力。在此期间，传统诗歌经历了一个自我调整、自我完善、自我更新的过程，其实质从任何意义上说都是一次重要的诗歌创新，主要表现为：

（1）思想观念上的更新。以往多数传统诗歌的反对者指责它“过时”时，多从其形式和体裁出发，很少涉及内容，这并没有抓住事情的关键。诗歌的形式与体裁固然十分重要，然而判断一种诗歌过时与否，决定的因素在内容而不在形式。一个诗人如果思想陈旧，则无论他用何种诗体从事创作，其作品都将是过时的，怎么也新不起来。令人高兴的是，近年来，绝大多数传统体诗歌的创作者十分重视自己思想观念的转换，作品内容也力求反映现实，贴近生活，与时代同步。

（2）形式上“求正容变”。传统诗歌爱好者们考虑到时代前进、社会环境变化和语言变迁等因素，在坚持诗歌优秀传统的同时，又容许对传统诗歌的形式作一些必要的调整。以音韵为例，诗界有人在正确反对废除格律诗的同时，提出创作格律诗必须严格用平水韵，以保证诗的“原汁原味”。对此，诗界多数人不表赞同，原因是，自平水韵通行以来，历经金、元、明、清、民国，以迄于今，年代久远。其间汉语语音已发生巨大变化，如原来的平、上、去入四声中，入声已经在现代汉语普通话中消失，转入其他声部。鉴于当代国人懂得古代声韵者甚少，因而坚持写格律诗必须用平水韵就不太合时宜了。我们当代人写诗不是给古人看的，而是给今人、后人看的，因而在音韵上必须“容变”，允许适当变通，使用今韵。于是《诗韵新编》、《中华韵典》之类尝试今韵的韵书应运而生，并为相当多的作者采用。如过去一些传统体诗词好用僻词，堆砌僻典，在平仄、对仗等方面要求过苛，导致以词害义等弊端，近年来也发生了巨大变化，绝大部分新创作的传统体诗词遣词造句渐归于通俗平易，使用僻典者锐减，在对仗上也力避以词害义，允许适当变通。凡此种种，皆大大扩充了传统诗歌创作、传播、阅读、欣赏的空间，大有助于它的复兴和日趋兴旺。

（3）捍卫了诗歌优秀传统。传统诗歌的自我创新并非是没有原则的。对于那些有利于弘扬传统文化的更新，它积极响应；但对于那些一概否定传统诗歌的主张，则予以坚决抵制，绝不做自我抛弃文化传统的事，并以求真务实的行动维护了多元包容，诗备众体，共存互补的优秀诗歌传统。它允许在音韵、平仄、对仗等问题上适当调整变通，但绝不允许动摇传统诗歌的基础，予以解构。例如音韵问题，它允许使用今韵，但断然反对废除音韵；它在平仄、对仗等方面不赞成过分拘泥，但不主张废弃平仄、对仗；等等。

以上三点，可以毫不夸张地认定，是给传统诗歌注入巨大生命力的诗歌创新。令人遗憾的是，某些侈谈“创新”的论者，对于让人眼花缭乱的诗歌伪创新视而不见，而对正在卓有成效进行创新的传统诗歌大唱挽歌。难道这是真正主张创新吗？

三　传承创新，重振中华诗魂

上文着重讨论了诗歌传承与创新的问题，目的非他，就是为了繁荣中华诗歌，重振中华诗魂。只有弄清这两个问题及其相互关系，方能觅得中国诗歌发展的正道。这个正道就是：既要传承，又要创新，二者不可偏废。传承是创新的基础，创新是传承的必然发展，彼此互相依存，互相补充，互相转化，迁流不息。

首先，何以说传承是创新的基础？因为创新如无传承，必然成为无源之水，无本之木。如大军远征，无出发之基地；大树参天，无坚实之根基。“现今宜鉴古，无古不成今。”不知古，焉知今？不传承，焉创新，空中楼阁，终属虚幻。袁行霈教授曾在一篇论国学的文章中指出：“传统文化是一个民族的根，是一个民族的标志，也是一个民族的骄傲。传统文化关系到每个民族对自己身份的认同感，归属感，以及伴随这种认同感和归属感而来的文化尊严感。传统文化又是民族凝聚力的源泉。……一个民族的文化被人灭绝了，或者自己抛弃了，则万劫不复！”中国传统诗歌是中华传统文化极为重要的组成部分，因而这段话也完全适用于中国诗歌。它告诉我们必须摒弃那种对传统诗歌“怀疑一切，打倒一切”的虚无主义态度，根除一切对民族文化自暴自弃的自卑心理，增强对民族文化的自尊心和自信心，重视对中华诗歌优秀传统的弘扬和传承。

其次，何以说创新是传承的必然发展？这是因为天下万事皆流，万物皆变，一切皆在发展之中。随着时间的前进和环境的变迁，生活本身必然要提出新的问题、新的要求。从这个角度出发，世界上绝无尽善尽美的东西。中国古典诗词亦然，它虽是中华传统文化的瑰宝，而且至今仍有强大的生命力，但也必须随着时空的变化而不断丰富自己，完善自己，更新自己，与时俱进。相反，如果坚守一些显然已不合时宜的东西不放，食古不化，泥古返古，则即便是近乎完美的文化瑰宝，也必将停滞不前，枯萎下去，最终丧失生命力和存在的依据。

为了更好地具体说明传承、创新及二者的关系，我们不妨重温一下唐代伟大诗人杜甫对待这个问题的态度。他是一位十分重视传承的诗人。“不薄今人爱古人”、“转益多师是汝师”，是他的终身信条。为此，他“亲风雅”，“攀屈（屈原）宋（宋玉）”，对汉魏诗人，以及庾（庾信）鲍（鲍照）、二谢（谢灵运、谢朓）、阴何（阴铿、何逊）、唐初四杰（王勃、杨炯、卢照邻、骆宾王）等均持敬畏仰望、学习和认真继承的态度，范围包括诗经、楚辞、汉魏、南北朝、以迄初唐等历代各诗歌流派。对于那些无视传统、妄议古人者，则予以严正批驳。例如，他写道："王杨卢骆当时体，轻薄为文哂未休。尔曹身与名俱灭，不废江河万古流。"用词何其严厉！

在坚持传承师古的同时，杜甫又是一位伟大的诗歌创新者。正因为他具有博大包容的胸怀，故能集古今众人众体之长，熔为一炉，铸成自己新颖独特的风格，集中华诗歌之大成，树诗歌创新之典范，而跻身于"中国第一诗人"（陈寅恪、吴宓语）和"诗圣"之境。可以说，杜诗全面体现了传承与创新并重，二者融合互补的传统，代表中华诗魂，指明了发展、繁荣中华诗歌的道路。

当然，应该清醒看到，重振中华诗魂、繁荣中华诗歌绝非一蹴可就，尤其是在遭受大破坏之后。它需要国人做长期艰苦的努力。"百年树人"，古有明训。"诗学即人学"，诗歌繁荣必须从"树人"做起，为此而付出长期耐心细致的涵养教化、"润物细无声"的努力是必不可少的。企图仅靠发动几次运动、启动几项文化工程，以急功近利、实用主义的办法去繁荣诗歌，断难奏效。

近年诗界有人目睹我国诗歌的一些混乱、不景气的现象，就悲叹"诗歌已经死亡"。对此，本人并不以为然，真正的诗歌是永存的，它绝不会死亡。绵延数千年的中华"诗国"的传统，现实生活显现的中华诗歌的无穷生命力，以及诗歌发展道路的日益明朗，这一切，都预示中华诗魂必能重振，中华诗歌必将重新大放光明。

作于2012年4月8日

《王明甫书画选集》序

中国是人类四大文明发祥地之一，传统文化源远流长，博大精深，具有极其强大的生命力。惜自百年以来，历经激进思潮之全盘否定，“文化大革命”的人为摧残，以及外来文化的冲击，这一优秀传统渐趋式微而边缘化。然而明珠埋没，光焰不减。幸有不少有识之士，于倡导文化更新、与时俱进之同时，深知珍视、继承、发扬中华优秀传统文化之重要，并长期坚持实践这一正确认识，挽狂澜于既倒。王明甫先生就是这些人中的一位。这集中表现在他近日付梓的《王明甫书画选集》上。

明甫兄自幼敏而好学，酷爱文学艺术，每临窗夜读达旦；长而从军，远赴新疆，参谋边事二十年；中岁复归人文科学研究，于民族学之编译卓有贡献；及老，退而未休，仍心系天下，终日劬劳，“冀进竿头仍奋翼”“痴思系日驻桑榆”。他淡泊名利，广泛驰骋于诗词书画、音乐戏曲、镌刻剑拳、莳花怜鸟之间，如天马行空，了无羁绊，并自得其乐。以明甫兄深厚之学养，横溢之才华，勤奋之精神，丰富之阅历，耿介拔俗、潇洒出尘、热爱生活、笑对人生之性情，自然在许多方面卓有创进，不同凡响。

明甫兄兼擅诗词书画，多才多艺，实属罕见。余不谙书画，对他这方面之创作，只知喜爱，未敢妄评。即以诗词而论，雷风兄称之为“情感真切、语言典雅、文从字顺、声韵调谐”，这说明明甫兄诗词，无论内容与技艺，皆属上乘。对此我深表赞成，相信广大读者必有同感。

明甫兄的诗词还富于表现力与感染力，体现出深厚的诗外功夫，并善于将旧的诗歌形式与新的内容结合起来。例如，在回忆儿时夜读，慈母做女红伴读时，他写道："北风鸣庭木，案边自春温。殷殷期冀意，尽系一针针"；涉及西陲的军旅生活时，他写道："疆崖界涘留泥爪，风雪天山度华年"；又如，"多情岁月恁多闲，日课涂鸦习剑拳。落笔云烟生浩气，《南华》论剑有遗篇"，是写他退休后丰富多彩的生活；"临终一语千斤重，毕竟人民写汗青"，"核论本自民意，贬黜实背人心。金屋难锁正气，挂甲长忆将军"，是他为刘少奇同志、彭德怀将军的遭遇鸣不平；"紫荆堪入画，帜易红旗挂。装点好河山，山河分外妍"，"濠镜归原荷更红……河山一统在望中"，则表现了他对港澳回归无比欢悦的心情。不能否认，上引诗句确是脍炙人口，令人久久难忘。

明甫兄既是雅士，又是性情中人。十余年前我与他初识，即有相见恨晚之感。他为人坦诚率真，对我的不足之处，皆直言相告，不加保留。对此我甚为感谢。

此次明甫兄大作问世，嘱我作序。因个人水平有限，对此曾颇为犹豫。但出于友情，又觉义不容辞，只好鼓起勇气，提笔写了些个人感想，杂乱无章，未敢言序。

2010 年元月于望山书屋

“嘤其鸣矣，求其友声”

——我看《诗海漫游：陈圣生诗选》

中国社会科学院秋韵诗社诗友、我院文学所研究员陈圣生先生的大作《诗海漫游》，不日即将问世；嘱我作序。我毕生从事史学研究，于文学毕竟止于爱好，终属门外，为大作作序，实不敢当。但念及二人同院同社，又有同好，只得勉为其难，写几句聊充读后感而已。作者在本书的《献诗》中写道：

我已迈出孤寂的青少年门槛，
真不知还有几多知心的友伴？
尽管彼此既不可即，也不可见，
我仍希望我们会在诗中会面。

“嘤其鸣矣，求其友声。”（《诗经·小雅·伐木》）茅盾先生也写道：“一个写作者对其呕心血的成果的宝爱，本为人人所同，而脱稿后求能与世相见，嘤鸣求友之心，亦人人所共有。”（《〈新绿丛辑〉旨趣》）不过圣生先生这里所渴望的已不限于自己作品得到读者认同的简单诉求，而是追寻友人与他在诗的海洋中，共同领略诗的妙韵、妙理、妙趣，分享那种“古风尚在，古韵犹存”的纯真简朴的心的怡悦。

《诗海漫游》全书共分六辑，为作者新旧体诗作之汇编。外有附录《诗学九章》，为诗论。诗歌中之第五辑，题为《论诗便览》，各首皆以诗论诗，实为诗论之另一种形式，另一部分。本书收录之诗作，涉及面较广，举凡歌颂大自然，反映时代及社会生活，忆往抒情，记事感怀，无所不有，凡感官思想所及，无不是诗。例如，在一首题为《地球——人类的摇篮》的诗里，诗人大声疾呼保护地球这个“人类的生母”；另一首题为《游龙庆峡高歌水》的诗，则从各个角度赞美了水的伟大品性；那首名叫《海量》的诗，以大海的口吻，控诉了她所“容纳不了的人类的肮脏”，为保护生态而奔走呼号；还有一首题为《系念中医药》的诗，则以诗人敏锐的洞察力，崭新的视角，赞颂中医将天与人、灵与肉揉合起来的神奇功效，并从中医这个“人与自然十分完美的契合中”，悟到“独自放心地遨游于诗的境域”的宝贵启示。在这里，我还要特别提出1986年作者访问加拿大温哥华时的一件作品。这首题为《诗魂》的诗写道：

世上的仙山虽然无数，
却未见半个仙人逸出。
加拿大地大物博人烟稀少，
只怕北美冻土地带的寒潮
会伤了东方人娇嫩的皮肤！
……
但是诗魂萦求生之宿源：
有根会变幻春秋的色光，
离弃故土便难独秀一方；
且不说水血有别，诗泉
干涸不就等于精神的死亡？

这首诗写出了作者的一个重要感悟，“诗魂”和故土总是密不可分的。它感情真挚，寓意深刻，引人共鸣，是一首好诗。类似的好诗，在本书中可谓并不罕见。它们情真意切，绝少矫饰，更无无病呻吟之作，并不时流露出哲理的光辉，发人深省。在诗艺上，作者也作了很大的努力，力求凸显个人特色和独有的风格。遣词造句，力求简约，注意发挥作为诗歌要素之一的音乐感，重视继承我国诗歌的优秀传统，具有深厚的诗外工夫，值得学习。

此外，本书的最后一部分《诗学九章》，虽称“附录”，却与前六辑之诗作同样精彩，不可忽视。

这里所谓“九章”，虽然各章篇幅不大，却内涵丰富，纵论诗学，切中肯綮，论及诗歌之方面既广，涉及诗人之数量亦多。如关于白居易《长恨歌》、《琵琶行》的分析，关于“古来材大难为用”、“文章憎命达、魑魅喜人过”等常见现象的阐释，对杜甫“不薄今人爱古人”、“转益多师是汝师”和袁枚“诗有工拙，而无今古”等论断的推崇，皆有独到之处，相信广大读者必有同感。

最后，在结束这篇只能称为“读书心得”的短文之际，我作为本书少数第一批读者之一，愿借此机会，为本书的面世向陈圣生先生为此所付出的辛劳和奉献表示由衷的感谢！

2010 年 3 月于望山书屋

勤奋出佳作，真诚动人心

近年参加《华年颂》及多期《秋韵》的编辑，获益匪浅。参加编辑的过程，其实就是我向诗友们学习的过程，当然也是我为诗友服务的过程。这是我的一贯认识。

自 1995 年秋韵诗社成立以来，在接近十六年中，我目睹了诗社成长发展的全过程，不仅诗友们团结友爱，互相帮助，而且在诗歌修养与创作水平上，也大有提高，出现了许多值得称颂的佳作。仅以《秋韵》2010 年第 1、2 两期而论，即佳作迭出，诗作诗论，新体旧体，异彩纷呈，十分丰富。如传统体裁诗词的创作，我就很喜欢雷风的《忆江南·戈壁草》（三首）和《上访人》；孙景超的《白马寺》；郭健的《槐花开时怀故人》和《参加秋韵诗社五周年有感》以及郭兴仁的《工友吟》等篇。由于佳作太多，又限于篇幅，来不及一一列举，对新体诗和诗论，亦不能提出个人的一些浅见，实以为憾。闻说陈新同志要对郭兴仁的《工友吟》进行点评，趁此机会，我也想谈谈自己对此诗的几点印象。

自郭诗在 2010 年《秋韵》第 2 期刊出后，得到诗友们的认同，普遍认为是一首好诗。由于我熟知本诗的创作过程，对此更有同感。

郭诗何以取得成功？我认为不外以下几点：

首先是选题正确。两极分化、贫富不均，是当前中国社会存在的突出问题。数以亿计的农民工是社会分配不公的最大受害者。他们为我国经济的腾飞作出了极大的贡献。他们历尽辛劳，生活上却是困难重重，贫苦无助。这是一个带有普遍性和典型性的问题。作者抓住途中偶遇一位农民工的个别事例做文章，从一个人的具体遭遇提出一个普遍性的问题，由点到面，由小见大，一箭中的，故发人深省，引人共鸣。

二是真诚朴实。反复读遍全诗，字里行间，无不充满对那位农民工的深切同情。这同情是那样的真诚，不存在半点虚饰，处处发自内心，故能感人至深，引起广泛的共鸣和心灵的交流。全诗语言朴实，娓娓道来，看似叙述一件偶然的小事，却将深意、大意寓于其中。全诗无一字一句涉及议论，却有大论存乎其中，即所谓“无论之论”也。不禁令人想起杜甫《石壕吏》、《垂老别》等名篇来。由是可知，作诗炼词炼句固属重要，但若徒事此道而矫情造作，缺少真情实感，则断不能出上品佳作，于理至明。

三是诗艺纯熟。郭诗全篇仅百数十字，然而全诗紧紧围绕打工友穷苦无告之中心点，千枪一洞，专攻一点，故能加强主题，收集中之效。作者在诗中广泛使用了衬托、对比等手法，运用种种恰如其分的意象，幻化出令人不能不对农民工同情之心潮，达到了较好的艺术效果。例如他使用了三九岁寒，北风肆虐，农民工饥寒交迫、急欲进食，而又工钱微薄，只求果腹，“掏钱手发抖”等事，与“高楼迎面来，华灯明窗牖”的都市繁华景象做了强烈的对比，最后以“谁念打工友？”五字作结，平易自然，合情合理，可谓天衣无缝，但我们从中听到的，却是替这位农民工，不，是替数亿农民工为自己所受不公正对待的放声呐喊。

四是勤奋好学。郭兴仁同志参加我社不久，从事诗歌创作的时间不长，之所以能够创作出诗歌上品，我想这和他勤奋好学有极大的关系。他同我社许多诗友一样，深知诗歌创作之不易，因而能孜孜不倦，黾勉以求，并虚心向诗友们求助。对于写诗之难，我社多数同志均有同感。如郭健同志在他的《参加秋韵诗社五周年有感》

一诗中，即发出了“弄笔方知此道难”和“冥索雅辞辄不眠”的慨叹。王明甫同志在一首诗中也写出过“佳句从无唾手得”的名句。此外，我社雷风、景超、陈新、彦文等同志在创作中皆用力甚勤，有的诗友也有为写诗而夜不能寐的体验。这种态度上同古人“吟安一个字，捻断数茎须”的精神是完全一致的。郭兴仁同志也是这种精神的力行者。据我所知，他在枕边、案头和外出旅游时均带有诗集。有次如厕，为作诗而久坐便桶不出，以至于家人怀疑他在洗手间犯病了。为写诗而夜里失眠，对他也不是个别的事。当然，我并非在此鼓吹为写诗而废寝忘食，我只是想指出，诗歌创作绝非轻而易举。充分认识此道之难从而付出相应的努力，也许是人们在诗学上成熟的一个重要标志。

此外，郭兴仁同志在诗歌创作上还十分虚心。他的作品每出之前，往往都比较广泛地征求了诗友们的意见，经过多次的修改。这种虚怀若谷、从善如流的品格，也是值得学习的。

“勤奋出佳作，真诚动人心。”——这是我拜读《工友吟》一诗后的主要体会。

2010年11月于望山书屋

雷风《岁月杂咏》序

雷风先生自幼酷爱诗歌，近来，他应读者之请，将他自抗日战争以来六十余年间之诗作结集付梓，题名《岁月杂咏》。余有幸作为大作首批拜读者之一，展读之余，觉得深受教益，难以释手。

雷风先生此作值得学习之处甚多，举其要者，有以下数端：

一、始终紧扣时代脉搏，关怀民众疾苦。在抗日战争年代，当雷风还在少年时期，就对家乡沦陷，日寇烧杀抢掠的凶恶行径无比痛恨，对祖国和人民遭受的苦难极其关切；这种爱国爱民的情怀，我们从他所写的白话组诗《童年的故事》中就可看出。1995 年，他写的《十八盘挑夫歌》，对权贵与挑夫贫富悬殊做了对比。一直到今年，写了《抻着些儿喝》，对“三公”消费、公款吃喝进行无情鞭挞。可以这样说，爱国爱民始终是他全部诗作的一条主线。

二、注重为人，无限忠诚。过去我在一首论诗的诗中曾经写道：“艺文魂魄在于真，发自于中始感人。”我十分喜爱雷诗，主要原因之一即在于此。他的诗篇，均发自真情实感，绝无矫饰，它们是如此深切，令人深信，引人共鸣，充满艺术魅力。我还十分相信“诗如其人”这个道理。雷风先生是一个十分注重为人的人，求己甚严，绝不含糊。他在 1982 年写的一首诗作中写道：“毋为龌龊多，污我赤子心，晚节常自励，不负故乡云。”他诗作的无限忠诚，正是他崇高人格的体现。

三、传承与创新并重。雷诗的另一重大特点是他非常重视传承，又时刻不忘创新。他的诗，犹如一只飞翔中的彩凤，正鼓翼奋飞。一翼曰传承，一翼曰创新，配合默契。他尊重、苦学传统诗词自不待言，对于诗歌创新也下了很大功夫，谋求将其不断完善，并从近代白话体诗歌和民间诗歌吸收营养，创造出多种诗体的诗歌来，给人以鲜活清新之感。他为此所做的努力，是卓有成效的，大有功于我国诗歌的繁荣发展。

四、创作态度严肃，一丝不苟。“语不惊人死不休”，“新诗改罢自长吟”，“吟安一个字，捻断数茎须”，是我国诗歌创作的传统，读雷诗可谓得其真传矣。他写作时，无论在捕捉灵感、追求境界、遣词造句等方面，均下了大功夫，力求完美，故能时出奇句，富言外之意义而意趣无穷。其他如雷诗富幽默感，含蓄深沉，爱憎分明，嬉笑怒骂皆成文章等特点，人所共知，在此不再冗述。

谨以上列四端，奉献于雷君大作面世之际，作为他的一个“粉丝”的学习重点。

2012 年 9 月

附　　录

一　望山书屋诗评论

诗情·诗意·诗品

——读刘存宽《望山书屋诗词》

王明甫

作家出版社于2005年春节期间正式出版了《望山书屋诗词》。作者刘存宽先生是中国社会科学院近代史研究所的一位老研究员，同时又是一位才情颖秀的诗人，称得起是学者兼诗人。这里介绍他的诗集，只以诗人称之。

一

翻开诗集，给人一个较为突出的印象是诗人喜游历，热爱大自然。独厚的条件与机会，使诗人走遍了国内外不少地方。旅屐所及，不仅把读者带进了祖国的许多名山大川、形胜古迹，而且还历览了欧美以及苏联和俄罗斯的不少胜地风光。诗人精心讴咏的清新隽雅的丽句华章，美不胜收，令人目不暇接。读者从中可以领略到诗人把自己对大自然的热爱，尽情地倾泻在诗词作品当中。

诗人似乎在不经意间就能描绘出一幅幅意趣天然的图画，诗中有画，令读者恍若身临其境。“鸡鸣晨雾中，万目尽朝东。遥指云开处，金轮出海红。”（《泰山日出》）“水乡古镇近田家，石径长渠岸柳斜。春满江南人欲醉，篷船软语笑吴娃。”（《春到同里》）“火焰山高坎井长，葡萄沟下好乘凉。长街十里结天幕，信手拈来‘马奶香’。”（《吐鲁番葡萄沟》）

诗人爱山。真的是“登山则情满于山”。面对大山，诗人愿意与山共语，把心声向山吐露：“旋转升腾上九华，险峰本是白云家。闲来每共天都语，忘却尘寰乱若麻。”（《登九华山》）

有时登山受阻，诗人甚至依依不舍与山告别续约，可见诗人的雅兴与真情：“归车回望君休恨，他日重来定有诗。”（《游京郊凤凰岭阻雪》）

然而，诗人的登临并非仅仅是为了留诗纪游，而是有着自己的不解之情，“入乎其内”，“发乎其外”，道出世间某些至理。“天公戏客弄阴晴，秀色端从变化生。无尽云烟无限好，朦胧散后见清澄。”（《庐山云》）“黄山秀色甲群山，五岳声威远占先。世上名实多倒挂，沧桑阅尽自安然。”（《游山偶悟》）至于那首《由重庆半岛隔江望南岸，兼及治学》诗，由“隔水遥观尽是山”，到“始悟天外更有天”，足见诗人谦虚诚正的品格。看来诗人名其书斋为“望山书屋”，不止在乔迁新居之后，而是其来有自。

诗人更爱水。诗人不无自豪地坦言：“平生偏爱水，历览众江河。”（《赛阿托河》）且看这首《长江颂》，诗人把一条长江写得何等气势磅礴，雄辉万古：“高山雪水慕汪洋，赴海何辞路漫长。笑纳百川成浩浩，勇劈千嶂故泱泱。沧桑未减青春韵，襟抱常存日月光。不尽烟波无限力，奔流万古自辉煌。”

诗人对大海更情有独钟，真的是“临海则意溢于海”。诗人的家乡在嘉陵江畔山川秀美的川北首府南充市，那里本是丘陵起伏，江河众多，人杰地灵的沃土。诗人北上读书，1953 年夏才有机会在大连见到大海：“初见恰逢海日生，沧波浴我喜而惊。与伊定有前缘未？相看不厌动痴情。”（《初见大海》）从此诗人就与大海结下不解之缘，有幸“徘徊于环球一些大洋大海大湖之涯”，“那拍岸的涛声，是沉睡的大自然平静的呼吸，与我的心律合着节拍。人世间的一切纷扰，在此悄然遁迹。这大概就是人们常说的返璞归真吧！”（《满洲里纪行》，载台北《蒙藏之友》杂志1994年第40期）。

诗人面对大海，极目骋怀，畅抒心臆。“一线浑圆海混天，长风驱浪浪击山。阴晴旦暮风光异，无限生机万变间。”（《齐东观海》）“沙软风柔夜雾轻，星光渔火伴人行，浅吟低唱和涛声。志与苍天争壮阔，心随溟海任亏盈，磅礴自在乐平生。”（《浣溪沙·南戴河》）

诗人登高揽胜。对海浩歌，大地壮阔恢宏的景色，启迪无限遐思与妙想，在海阔天空中寄托着诗人胸中一种超俗脱凡的抱负：“爱宇宙之万物兮，欣生机之勃发；觉吾心之浩淼兮，容海天之茫茫。”（《游泰山灵岩寺》）“大洋任驰骋，心比宇宙宽。逍遥何所似？天地一飞鸢。”（《南海行》）“鸥鸟歇墙知海近，云霞入户向天宽。”（《山间新居》）“指点明陵思往古，敞开襟抱纳云烟。年来更悟登临趣，涤净尘心境渐宽。”（《登京郊蟒山绝顶》）诗人胸怀究宽几许？“猛志逸千里，心宽小浩溟。”这便是诗人对“志当存高远”作的注脚。宜乎诗人的名讳中便存有一个“宽”字。

二

文学艺术贵在创新。创新是一切文学艺术的生命。我们在诗人的作品中，找不到矫揉造作、袭故蹈常的那种刻意雕饰的东西，也没有那些生僻的辞藻和故实，遣词用字也少有重复之处。读起来一派清新自然，赏心悦目，心旷神怡。

诗人对艺术的喜爱，迥异于旧时文人墨客的那种孤标自赏的情趣。在诗篇中，既看不到“四君子”，也见不到“岁寒三友”之类的老调。诗人别有怀抱，对那些冰清玉洁，妩媚中且寓坚贞的花木爱之甚深，于此也足见诗人高朗脱俗的品格。“冰清玉润傲春寒，卓立花群韵不凡。最是无言称上品，何须自炫卖容颜。”（《玉兰二首》之一）诗人咏松也多咏饱经沧桑的白皮松：“兴衰阅尽颜如故，高洁每教群芳妒。过眼百花残，独伊寒更鲜。秋清星斗密，人定尘嚣寂。月色漏林间，无求心自闲。”（《菩萨蛮·景山白皮松》）这不禁使人联想到悬挂在“林则徐纪念馆”的那幅林公的墨迹：“人到无求品自高。”诗人借物咏怀，称许与心仪的当是这种“无求”的品格。诗人更有一首咏白海棠的诗，独出心裁，异常别致：“清莹自守净无埃，白玉为裳巧剪裁。谁道人花无爱恋，分明笑语梦中来。”（《白海棠》）《红楼梦》第三十七回“秋爽斋偶结海棠社”一节，有咏白海棠诗六首，以比喻和拟人的手法使花木既物亦人，且开咏白海棠的先声。我们的诗人对白海棠偏爱若痴，竟以梦写情，亦幻亦真，更富浪漫色彩。

诗人对柳树的喜爱极为倾心。《早春·柳》（三首）读来已令人欣领“鹅黄上树端”带来的春消息，而京城太液池西堤那棵婆娑古柳，则令诗人如逢故人，到了“此柳即我，我即此柳”的地步：“阅尽兴亡干已空，缺心少肺益葱茏。何如术后刘夫子，二度春风不改容。”（《观古柳自嘲》），胸腔大手术后，年逾古稀的老诗人借柳言志，竟发少年狂。

诗人仁怀广被，祈愿世上一切生命都能共同享受我们的地球：“百禽本性思天宇，万兽生来爱自然。遍览人寰皆若此，各得其所乃平安。”（《游圣迭戈野生动物园有感》）诗人对自然界中禽鸟的爱心如此细腻而富情致，乃至舟行海上，意欲与海鸥对话：“复观海鸥飞，翩翩低绕船。岂伊通人语，欲共予攀谈。”（《南海行》）诗人那种追摄造化，善于捕捉稍纵即逝的生活情趣的功力，令人赞叹。如对美洲小巧玲珑的蜂鸟，在诗人的笔下竟活灵活现在人们的眼前："万类谁堪争迅敏，百禽难与比玲珑。才偎花萼悄悄语，一跃腾空没影踪。"（《蜂鸟》）对那看上去姿态略显滑稽的长颈鹿，诗人用他善于发现的慧眼，为人们描绘出那几乎被人忽略的不凡风采："不负天生窈窕材，万般优雅漫徘徊。若非人道漂洋至，定是云间帝子来。"（《观长颈鹿偶成》）相信读过这首小诗的人，今后对长颈鹿也许会另眼相看。

前面讲过，诗人用中国的传统诗词，描绘了许多异国绮丽的风光，入景入情，而诗人的创新精神，突出表现在吟咏前人很少或从未触及的对象上。在诗人的笔下，既有"垂空白练挂婚纱"的美国加州优胜美地国家公园灿烂光华的巨瀑，又有"大水落云端，地拆天翻"无比壮美的尼亚加拉大瀑布。诗人写宰恩峡谷、布赖斯峡谷各具特色。尤其是一阕《渔家傲》，把那举世闻名的科罗拉多大峡谷的奇观，描绘得淋漓尽致，动魄惊心："绝壁重峦拔地起，危梯欲向苍穹去。阻断朝云遮暮雨。渊谷底，丘峦若蚁川流细。造化奇功孰可比？鬼神到此惊失语。十万峡山藏肚里。风景异，血崖残照烧天地。"

三

自古以来，我国禀赋刚直的知识分子，无不怀有"国家兴亡，匹夫有责"的抱负，对国家和民族命运前途的关心，无时无刻不萦绕于怀。诗人毕竟是一位学养博洽的近代史专家，特别是对中俄关系史和中英关系史，更是研究有素。诗人在游历途中的访古、咏史之作，借景抒怀，清旷流转处，往往流露出史鉴的沉思，从中可以感觉到诗人内心深处无时不在涌动着的一片爱国情结。

"林彪事件"后，诗人偶然观看到一部介绍泥石流的电影，竟念及国是，不胜感慨。这在当时是十分难能可贵的："泥沙俱下鱼龙杂，恶浪吞天卷万家。身陷浩劫难自主，大疯狂里叹中华。""四人帮”被打倒后，诗人又发自内心地扑踊高歌：“连岁折腾无事扰，神消鬼灭世回春，洪波不倦趁良辰。”（《浣溪沙·北戴河二阕》其二）自此，诗人抖擞精神，意气风发，全身心投入火热的生活中。

诗人的咏史吊古之作大多要言不烦，发人深省。“卧薪尝胆诚英主，兴越灭吴史典传。量小忌功非好汉，逐杀良相尔开先。”（《越王殿咏史》）“国运无情溃若山，已成大势枉回天。槐荫犹记君王恨，殷鉴长留后世看。”（《过景山崇祯自缢处》）

诗人追怀古贤，往往思齐明志：“国忧家恨几时休，赤胆痴情谁与俦？忍睹惊鸿失洛浦，长思投笔复神州。冰河铁马轮台梦，细雨毛驴蜀道游。遗范鸿篇须永记，一生唯耻为身谋。”（《奉和雷风兄〈咏陆游〉》）“内忧外患势交攻，少小负笈大海东。科技兴邦开先路，留学教育建首功。毕生为国多捐献，终老无私有大公。我到南屏寻故地，愿追遗范步前踪。”（《容闳赞》）

诗人在对他国古迹的参观浏览过程中，也多以史家的眼光，揭示国家的兴替，沧桑的嬗变，同样足以发人深思。“大厦由来苦自倾，休将福祸怨苍生。沙皇殷鉴实非远，又见新人步旧程。”（《俄国旧都述怀三首》其三）“彼得宫伟傍汪洋，十二金人沐玉汤。往日雄风今尚在，可怜一炬毁阿房。”（《游沙皇夏宫》）“路易纵言夸，朕乃国家。煌煌帝业堕流沙。专制由来难久远，休怨休嗟。”（《浪淘沙·凡尔赛宫》下阕）“当年叱咤欧非，空留殿宇崔嵬。故物斑斑依旧，斯人踪影谁知？”（《清平乐·枫丹白露宫咏史》下阕）“甲富庶，踞金汤，大国风貌固泱泱。休将独厚得天地，妄逆潮流称霸王。”（《鹧鸪天·华盛顿》下阕）

诗人爱国忧民的诗篇，是诗人高尚情操的自然袒露。如果我们效法经历过的那个年代惯用的方式，也要深挖一下诗人的思想根源的话，不难发现，早在少年时期，诗人面对日寇对我国的入侵，忍见生灵涂炭，投笔无门，就曾痛吟过《感时》、《壮丁墓》、《潼关告急》等义愤填膺、壮怀激烈的诗篇。

诗人吊古兴今，史笔鸿裁，终能发挥补益史实而流传久远的作用。据闻，珠海市政协的一位负责同志，看到诗人所写的有关珠海及澳门的《淇澳岛咏史》《容闳赞》《澳门回归咏史》等8首诗词，感到非常珍贵，特致函敦请将这些诗词写成条幅寄给他们，珠海市博物馆将作为文献永久保存。

四

诗人是性情中人。从大量作品中，不难看到，诗人有着一颗非常平和友善的心，对自然如此，对友人、亲人更是推心置腹，以诚相待，永葆赤子之心。

诗人身旁有许多声应气求的挚友和忘年交。“茫茫人海阔，至贵是知音。”（《海外奉答曾景忠兄二首》其二）“白发同窗情似旧，黄崖关上话平生。”（《偕北京大学老校友冀东游》）“平生道义兼师友，映丽青山照眼新。”（闻少华：《贺存宽学长病愈出院》）

诗人对家乡一山一水的怀恋，对家人的亲情至爱，更是缱绻动人。诗人少时离乡，老年重返故里父母已故，物是人非，那种怀念与哀痛交织的心情，是久久难以排遣的。“东岸白塔西岸堤，果山嘉水总依依。流波不洗儿时梦，犹记江滨母捣衣。”（《五十八年后重返嘉陵江》）“故乡泥土故乡山，多少儿孙夜梦牵。踏遍荒丘不见冢，咽喉喊破魂未还。”（《还乡四首》其三）

诗人兄弟姐妹、侄男甥女众多。每逢亲人华诞、婚嫁乃至乔迁，诗人尽可能以诗相贺，把亲人间的至情友爱用诗的纽带紧紧维系在一起。相聚时“不减亲情似少年”。（《二妹存德古稀华诞志禧》）“儿时多少荒唐事，都入相携笑语中。”（《偕诸兄弟姐妹春游玉渊潭》）诗人祝贺大姐八旬华诞的诗，令人真切体味到“老姐如母”般的深情：“早携入校晚携归，共戏同读似影随。别话渝州犹在耳，喜今白发颂春晖。”（《大姐存淑八旬华诞志禧》）不禁遥想诗人童年时代阖家欢睦，椿萱并茂，棣萼相辉，一派祥和喜庆的家庭氛围，令人歆羡不已。难怪诗人在西安的一位表弟展读这些诗篇，竟然一时畅怀大笑，手舞足蹈；一时沉默不语，泪流满面，爱人在一旁竟以为他“神经”出了问题。

尤其令人称羡的是诗人的身边始终陪伴着一位贤德淑慧的爱侣，夫妇二人坚贞不渝的爱情愈老弥深。远在1950年诗人携未婚妻返故里时，公婆的惊喜与称心，以及两人在绿草如茵的螺溪边上步月，相依细语的那一幕，令人过眼难忘，诗人禁不住“长啸谢苍天，赐我心上人。”（《庚寅年咏事》）夫人六十华诞时，回首风雨同舟四十二载，依旧是一往情深地称许这位身为主任医师的贤妻：“最慕持身晶玉净，何惜济世鬓毛斑。平生已沐三生幸，不负川江小木船。”（《华田六旬华诞》）爱妻突罹疾患，诗人五内如焚，恨不以身代之：“鞭炮声声不是春，苍天无眼祸斯人。摧肝裂胆内如焚。　　自信好人得好报，安将吾体代伊身？人间至爱本难分。”（《浣溪沙·妻骤病》）夫妇二人已届古稀之年，此情依然不减当初：“年华似水匆匆去，一样春风，一样情浓，共喜今宵烛火红。”（《采桑子·华田古稀华诞》）似这般连理比翼，白头偕老，足堪世表。

五

诗人个性化的风格和创新的才能，十分突出。清新淡雅，含蓄蕴藏，取譬新奇，贴切自然，这与诗人多方面的修养密切相关，即所谓“功夫在诗外”。诗人精心锤炼的字句，简要清通，绝无拖沓纠结，佶屈聱牙之处，节奏感强，且富神韵，诗人用心之苦于此可见一斑，正所谓“成如容易却艰辛”。诗人在集末附有一篇《古典诗词写作之我见》的文章，把自己学诗写诗的宝贵经验，毫无保留地介绍出来。是一篇启人心智、助人为诗的佳作。

在诗词集“诗选”部分的最后，诗人有一首《论诗》的诗，特别强调了一个“真”字：“艺文魂魄在于真，发自于中始感人。”首先做人要“真”，写出的诗词才能“真”。把真实的自我，用诗词的形式，袒露在世人面前，是诗人高洁品格的真实体现。古人有“宁可十年无诗，不可一诗不真”之说。我们的诗人也有相似的经历与志趣。这与杜子美的“畏人嫌我真”异曲同工，当属同一境界。

如果人们都能像诗人那般的心肠，崇尚自然，亲近自然，人与自然和谐共处，与人平等，与人为善，人与人和谐相处，那么我们梦寐以求，倾力构建的和谐社会将不再久违难逢。

2005 年 4 月（原载《南学通讯》21—22 辑）

清新俊逸　神采飞扬

——读《望山书屋诗词》

孙景超

2005 年春，作家出版社出版了我院近代史所刘存宽同志的诗集《望山书屋诗词》，在艺苑学林受到广泛重视和好评。之后，各地不少读者给作者来信，称赞诗集是当今诗坛新绽放的一枝绚丽的奇葩，清新俊逸，神采飞扬，像一颗“耀眼明珠”光辉夺目。

古典诗词是我国传统文化中的瑰宝，博大精深，有无穷的艺术魅力。由于受严格的格律限制，束缚较多，要反映当今日新月异，无比丰富的现代生活比较难，特别是要写得好就更难。存宽同志从小就爱好古典诗词，不甘在困难面前却步。他凭着自己的深厚学养，才高智睿和丰富的生活阅历，大胆尝试。经过艰苦的艺术实践，运用古典诗词形式，为我们创作出了大量清新感人、反映现代生活的诗词精品。

下面我联系诗词本身，谈些印象较为深刻的感受。

视野开阔　气势恢宏

存宽同志的有些诗视野开阔，气势恢宏，很有气魄。这反映了诗人志存高远的人格魅力。读了他的“思乘槎以直上，揽星月于虚空。挈飞天以共舞兮，飘飘乎阅宇宙之无穷”。（《敦煌怀古》）“志与苍天争壮阔，心随溟海任亏盈，磅礴自在乐平生。”（《浣溪沙·南戴河》）对作者的内心世界可以管窥一二。

面对雄奇秀丽的山川，他激情大发，创造出一首首给人以惊喜、震撼和强烈感染的作品。

如七律《长江颂》：

高山雪水慕汪洋，赴海何辞路漫长。
笑纳百川成浩浩，勇劈千嶂故泱泱。
沧桑未减青春韵，襟袍常存日月光。
不尽烟波无限力，奔流万古自辉煌。

又如七律《写在乐山大佛旁》：

浩荡三江汇一方，庞然大佛坐中央。
足喧西北东南水，头顶星辰日月光。
侧望峨眉峰隐隐，放观云贵雾茫茫。
山川自古钟灵秀，占尽风骚萃此乡。

他在探亲旅美期间写的两首词也很壮美，令人震撼：

其一：《浪淘沙·尼亚加拉大瀑布》

大水落云端，地坼天翻。甲兵百万鼓角喧。四海五湖都泻尽，直下深渊。　　独自久凭栏，虹起足边。买舟欲近瀑边沿。股战耳聋魂去也，不是人间！

其二：《渔家傲·科罗拉多大峡谷》

绝壁重峦拔地起，危梯欲向苍穹去。阻断朝云遮暮雨。渊谷底，丘峦若蚁川流细。　　造化奇功孰可比？鬼神到此惊失语。十万峡山藏肚里。风景异，血崖残照烧天地。

写得多么令人神往。

即使七绝受字数限制，展开描绘困难，他也尽量把意境写得开阔。如《塔克拉玛干沙漠即景》：

轮台南下少人家，大漠胡杨落日斜。
塔里木河天际去，黄沙似海浪无涯。

从“天际去”、“浪无涯”让读者想象这茫茫沙漠之海一望无际，该有多么宽广。

风格清新　自然流畅

这是读过诗集的同志，大家比较共同的感受。钟爱自然，高歌自然，在他的诗词中占有相当大的部分。他对名山大川之雄奇秀丽，花草树木的生机勃勃，鸟兽虫鱼之种种灵性，都倾注无限真情。如七绝《园林听鸟》：

流泉洗耳荡心清，爱听林禽破晓鸣。
纵有妙歌千万曲，何如天籁一声声。

著名的诗人庄严在《中华绿色诗词书画博览》一书序言中，盛赞"这首绝句生动地表达了心与物沟通，心与物共鸣，人与天沟通，人天共鸣"这样一个美学原理。

诗集中收入了大量写景、状物的抒情诗。在百花园中，他吟咏牡丹、水仙、玉兰、海棠、樱花、郁金香；在万木丛中，他描写苍松、垂柳、白桦和国外奇树巨人红杉；在奇兽异鸟中他饶有兴味地抒写过海豹、长颈鹿、红雀、蜂鸟、鹩哥，等等。他惯用拟人化的手法，把一些花草树木、走兽飞禽，描绘得婀娜多姿，万种风情，灵性活现，十分可爱，极富艺术感染力。如七绝《柳》：

占尽春光自在飘，鹅黄嫩绿万千条。
惯临碧水濯长发，漫向熏风弄细腰。

又如《玉兰》：

冰清玉润傲春寒，卓立花群韵不凡。
最是无言称上品，何须自炫卖容颜。

还有他写的一组《大理行》（自度曲）对苍山、洱海描绘得也很令人神往。

他的诗风清新自然，还特别表现在他遣词、用字在语言艺术方面的功力。如七律《京华春早》：

朝来信步入宫墙，春早年新逸兴长。
乍喜乍嗔天帝面，时增时减女儿装。
小桃带露苞初满，细柳摇风晕渐黄。
最喜一园松柏树，暗添新绿伴群芳。

请看其颔、颈二联对仗何其工整、生动、活泼！

还有《忆秦娥·海外中秋》前二阕：

云天淡，千丘万壑无穷变。无穷变，车行百里，起伏千遍。　　林青草碧花争艳，澄鲜明净沧波远。沧波远，遥山似近，手伸可揽。

白沙岸，海湾若月山如扇。山如扇，老翁观海，女郎开宴。　　落霞似火烧天满，奇光异彩回眸变。回眸变，画师摇首，诗人兴叹。

意境微妙　引人入胜

诗词要有神韵，有意境。作者在这方面，下了很大功夫。如前面讲到的许多诗词都有这种特点。“遥山似近，手伸可揽。”“画师摇首，诗人兴叹。”这些意境很引人入胜。

还有如《菩萨蛮·景山白皮松》：

兴衰阅尽颜如故，高洁每教群芳妒。过眼百花残，独伊寒更鲜。　　秋清星斗密，人定尘嚣寂。月色漏林间，无求心自闲。

这里物境、意境、心境、情境不是浑然一体吗？

再如七绝《春到同里》：

水乡古镇近田家，石径长渠岸柳斜。
春满江南人欲醉，篷船软语笑吴娃。

短短二十八个字，给读者展现了古镇、水乡、田家、石径、长渠、岸柳、篷船、少女……诸多画面，突出一个“春”字，而不落俗套。面对“草长莺飞”、“百花争艳”不作通常的描写，而用“人欲醉”让读者去想象，特别妙的是作者在意境创造时，做到了动静结合，除了展现那些田园风貌的自然景物外，“篷船软语笑吴娃”一句结尾，写得何等生动。亭亭玉立在乌篷船上面带笑容、操着一口吴语的少女，怎么那么高兴？她向客人讲述什么呢？是夸赞眼前的良辰美景？是介绍改革开放后水乡的巨变？还是对未来美好的小康生活的憧憬？一个“笑”字带给读者多少遐想！

还有七律《蜂鸟》：

雨过天青日未红，加州五月大洋东。
千家院落关春梦，独尔园林伴老翁。
万类谁堪争迅敏，百禽难与比玲珑。
才偎花萼悄悄语，一跃腾空没影踪。

这异邦奇鸟“才偎花萼悄悄语，一跃腾空没影踪”，意境何等微妙！使人对这个“万类谁堪争迅敏，百禽难与比玲珑”的蜂鸟产生多少奇趣！

作者有些比喻妙极。巨人红杉产于美国加州和俄勒冈州南部，树形奇伟。高可达120米，树龄能生长5000年，他在一首《浪淘沙》的上阕中描绘红杉，“巨木满深山，立地参天。风骨壮伟列森然。恰似三军齐待命。瀑下泉边。”好一个“恰似三军齐待命”。把密布满山、排列整齐的红杉写得多形象！

还有七绝《郁金香》对花的描绘更加叫绝：

谁将春宴巧安排，万盏千杯盖地开。
染尽绮霞千种色，满斟玉液聚仙来。

郁金香是从荷兰引进的，作者观察花的形状，创造性地将它比喻为万盏千杯，真是惟妙惟肖。

作者追求诗的神韵、意境，还善于从事物纷繁错杂、千变万化的表象中，抓住最核心、最本质的东西，表现了他敏锐的艺术洞察力和高度的艺术概括力。如七绝《新疆行·十年后重游乌鲁木齐》：

红山巅上望天低，巨厦成林入眼迷。
昔日风光都不似，唯余雪岭映晨曦。

短短四句话，要把一个城市的巨变写清楚，实属难事。作者抓住变与不变的辩证关系，从变中看不变，从不变中看变，变得太大了，“昔日风光都不似”。不变的是“惟余雪岭映晨曦”。举重若轻，一语中的。给人何等的艺术魅力！我曾想过像这样语言清新晓畅，表现手法高超而又格调健康，时代气息浓厚的艺术精品推荐给中小学生阅读、欣赏，不也可以和现在语文课本上选的古典诗词媲美吗？

还有七绝《黄山》，“横空出世竞峥嵘，流雾行云瀑石松”，这前两句，把黄山的“几绝”开门见山都道出来了，我很纳闷这下面文章还怎么做？可作者才思敏锐，笔锋一转。脱口而出：“曾道画师空杜撰，原来都在此山中。”

学贯中西　底蕴深厚

存宽同志一生从事史学研究，人们称赞他学贯中西、博古通今。从他的诗词中，可以体味到作品深厚的文化底蕴。

诗集中收入他咏史、怀古的作品不少。三星堆、淇澳岛、澳门、滕王阁、越王殿、沈园、蠡园、刘公岛等都有佳作。他在《新疆行》中，对“曾有唐僧过此间”的高昌故城，传说中西王母的瑶池（即今天山天池）都有吟咏。如七绝《火焰山》：

后羿弯弓射九阳，九阳端巧落西疆。
无边烈焰烧天赤，遂令“火州”古名扬。

“火州”是吐鲁番的古称。作者通过这首短诗让读者重温了历史文献中歌颂后羿功绩的美丽神话。

改革开放以后，存宽同志通过出访、探亲、旅游，鸿爪遍布欧美，他歌吟过“赌友游朋聚若蜂”的西欧袖珍小国摩纳哥的蒙特卡洛；“昔日霸业今何在，空见余晖照旧邦”的伦敦，园池嘉木深掩的“肯辛顿宫”；“伟堂拔地追先圣，巨柱擎天镇广场”的华盛顿，“乡语盈街忆故园”的旧金山，“压岸摩天楼满”的洛杉矶；“塞纳风微波细，重桥飞跨长堤”的巴黎，以及“塔楼依旧傲苍穹”的克里姆林宫等等。这次诗集中收入的用古典诗词形式反映国外山川、风物的作品有六十多篇，约占诗集的五分之一。这在诗苑中实属罕见。这里介绍他在法国写的两首作品，以飨读者。第一首《清平乐·枫丹白露咏史》：

白云秋树，漫漫宫廷路。醉叶贪杯酌晓露，红落阶前无数。　当年叱咤欧非，空留殿宇崔嵬。故物斑斑依旧，斯人踪影谁知。

“醉叶贪杯酌晓露”一句，写得很有神韵。

第二首七律《波尔多》：

江水泱泱海浪宽，波尔多市画中观。
葡萄美酒名天下，翡翠林园到远山。
思想启蒙推《法意》，人文荟萃有蒙田。
琳琅满目添浮想，游罢归来夜不眠。

从《法意》作者启蒙思想家孟德斯鸠和文艺复兴时期人文主义作家蒙田，引起他浮想联翩，夜不能寐，可见触动之大，并给读者以强烈感染。我们应从发达国家发展历史和现实中，学到些什么，借鉴些什么？作为一个史学家的诗人，定会想得更多、更深、更远。

存宽同志作诗，强调学习古人经验，主张“好诗要在诗外寻”，反对直露过满，要给人以含蓄、曲折、朦胧、深邃之美。给读者以想象，回味和思考的空间。上面讲到的许多想象丰富的咏物诗，或看似平淡无奇的作品，细品起来，寓意深邃，其中就有很多诗外诗，词外词，意境之外的意境，值得读者玩味。

我很喜欢他写的七绝《游山偶悟》：

黄山秀色甲群山，五岳声威远占先。
世上名实多倒挂，沧桑阅尽自安然。

从游山这件极平常活动中，他想象丰富地悟出了“世上名实多倒挂，沧桑阅尽自安然”。诗人在这里借黄山和五岳的名实比较，是为那些被埋没才华的人鸣不平，还是讥讽那些名重实庸的官僚呢？是倡导一种胸怀宽广、豁达大度的处世哲学，还是启迪人们用“风物长宜放眼量”的思想方法去观察各种事物呢？给读者以不尽的遐思。

还有他的七绝《游沙皇夏宫》：

彼得宫伟傍汪洋，十二金人沐玉汤。
往日雄风今尚在，可怜一炬毁阿房。

面对保存完好，华丽雄伟的沙皇夏宫，诗人想象的翅膀一下飞到两千年前的“阿房宫”，“覆压三百余里，隔离天日”，“五步一楼，十步一阁。廊腰缦回，檐牙高啄”，“长桥卧波，未云何龙？复道行空，不霁何虹？高低冥迷，不知西东。”是何等的雄伟壮美！联想到这些，诗人毫不经意地脱口而出：“可怜一炬毁阿房。”当时诗人一定在想，我们祖国的阿房宫要能保留到今天该多好啊？一定会成为世界最著名的历史文化遗产了。这时诗人的惋惜、悲伤和对野蛮、愚昧无知的谴责、愤怒溢于言表。给读者多么强烈的感染：

作者还写了不少“吊往兴今疏史鉴”的诗。大都想象丰富，寓意深邃。如七绝《景山秋夕》：

一山挺峙护皇城，见证兴亡向五亭。
最喜白皮松下坐，金风皓月说明清。

明清两代五百多年，正是中华民族由盛到衰的主要转折时期，其中见证兴亡，引发诗人感慨万千的往事太多太多。

在同一场所差不多同样心情下，诗人还写了另一首七绝《过景山崇祯自缢处》：

国运无情溃若山，已成大势枉回天。
槐荫犹记君王恨，殷鉴长留后世看。

在明代帝王中，崇祯还是有些作为的天子。无奈明王朝统治270多年，遗留的问题太多，积重难返，到崇祯时“已成大势枉回天”，最后自缢身死。“殷鉴长留后世看”，诗人强调后人治国理政应记取的殷鉴是什么？没有直说，不必直说，也无法用三言两语能说清楚。教训太多太深刻了！这也许就是诗外诗、词外词的无穷余味吧，让读者开动脑筋，插上想象的翅膀，去深思遐想吧！

情高韵远　诚挚感人

古人讲“诗情画意”，情是诗的最基本要素，没有情就不成其为诗。“没有真情，必无佳作”，这是作者言简意赅道出的作诗真谛。

存宽同志是个多情的人。从诗集中可以真切地感受到他的诗情高韵远，诚挚感人。他既有激情、豪情，又有温情、柔情。表现在他热爱祖国、钟爱自然之情和乡情、友情、亲情、爱情等诸多方面。上面提到的许多佳作都不是单纯写景、状物、咏事，而是情景交融，相互映衬，相得益彰。

1998年，他在美国加州以《望乡》为题写过两首七绝。

其　一

加州水阔海天低，故土茫茫落日西。
几度越波追旧梦，思亲不顾浪沾衣。

其　二

乡思每伴海云生，万里沧波万里情。
异国登高休望远，水天连处是北京。

这里爱国、思乡、念家之情是很感人的。国外虽好，他总是常常“遥行念故人”“何日当归去，朝朝计旅程。”

存宽同志很重友情，集子中收集的《于老夜访》、《悼亡友》都是很动情的。还有他关于爱情，亲情的许多诗作，写得也非常感人，限于篇幅就不一一列举了。

最后，我要谈谈他的学风，他对每首诗作，总是不畏艰辛，反复推敲。

存宽同志在诗集自序中说：“平生治学作诗，恒有似近实远，似低实高，似易实难之感。”“山外有山，天外有天，永无终极，未敢自满懈怠。”他强调：“古典诗词这种文学形式篇幅极其有限，因而在谋篇布局，遣词用字上要求高度概括集中，浓缩凝练，力求以最少之字句表达最多最广之内容与意境。”“应在立意、炼句、炼字上刻意推敲，下大工夫，惜字如金。”

这次诗集出版，我对照原诗，出现许多地方做了画龙点睛的修改和润色。如《新疆行》，其十一：《巩乃斯森林公园》，在《秋韵诗萃》第三辑中，原诗为：

朝别库城一路攀，仙源躲在险峰间。
泉喧林静经微雨，酷暑深山送嫩寒。

第一句是写途中，与森林公园本身关系不大，这次他把第一句删去改为“万岭丛中好洞天”，开门见山，并涵盖了原诗第二句“仙源躲在险峰间”的意境。新改的第二句“浓荫无缝鸟难穿”多给读者展现了一个十分重要的画面，把森林公园的密树浓荫夸张的语言“鸟难穿”来表现，何其贴切、诱人。第三句“喧”字改为“咽”字形容泉声，“咽”比“喧”字贴切（王维《过香积寺》有“泉声咽危石”），同时平声改为仄声也救出了第三字“林”字拗的问题。经微雨的“经”字改为“沾”字，“经微雨”未能确切表达雨是何时下的。“沾微雨”让读者似乎看到了树叶上存留的水珠，可以判定雨是夜间或清晨刚刚下过，经过这一番推敲修改大大丰富了诗的意境，使最后一句“伏暑深山送嫩寒”更有说服力了。

还有如前面引用的七律《长江颂》，诗集出版后，作者又作了个别修改。第一句：“高山雪水本清凉”现改为“高山雪水慕汪洋”，意境不同。且与后面的“赴海”、“笑纳”、“勇劈”等拟人化的描写相呼应。

当然改诗是很难的事，照顾到这方面可能忽略那方面，我曾向作者请教、商榷，觉得有两首就改动得似乎不太理想。

如《吐鲁番葡萄沟》。这次诗集中将第三句“长街十里结天幕”改为“长街密蔓结天幕”，诗中已讲到“葡萄沟”“马奶香”，这里的“天幕”是指“葡萄架”自不待言。加上“密蔓”二字似是多余的，原来“十里”二字还可以形容“天幕”的长长规模，倒是不应减略的意境描绘。

还有前面讲到的，我很欣赏的那首《十年后重游乌鲁木齐》的第一句：“红山巅上望天低”中“巅”字改为“嘴”字，可能考虑到平仄问题。其实第三个字可平可仄，“巅”字明确讲是在“山顶”比较贴切，没有必要改。第二句：“巨厦成林入眼迷”，现改为“都市繁华入眼迷”。“都市繁华”是一般性的抽象形容，远不如“巨厦成林”具体意境描写给人的印象深刻，感染力强。第四句“惟余雪岭映晨曦”，“映”字改为“浴”字。我认为灿烂晨曦寻常见，天山雪岭唯此存。雪岭、晨曦是交相辉映的。这里首先应强调一年四季阴晴不变的皑皑雪岭。因此，“映”要不要改为“浴”字，也值得推敲。我吹毛求疵，不揣冒昧，就这些地方向存宽同志请教，他觉得我提的意见似乎有些道理。

总之，通过读他的诗，和整理这篇读后感，确实是一种美好的艺术享受，从中也长了不少知识，受到许多启迪，感动之余，也缀成一绝：

满目琳琅异彩扬，韵风细品似琼浆。
望山斗室诗声远，遂令世人识刘郎。

2007年8月［原载《秋韵诗萃》（四）］

《望山书屋诗词》读后

闻少华

一　诗词如其人

刘存宽先生一介书生，徇徇儒者，与人晤谈使人如坐春风中。甚感温暖而获益匪浅；他的诗词风格就像他的人格魅力一样，犹如行云流水，超凡脱俗，读后使人流连忘返，爱不释手；又如“大珠小珠落玉盘”，使人美不胜收。所谓“清水出芙蓉，天然去雕饰”，二语差似近之。

二　天分加勤奋

清代著名诗人袁枚主张诗尚“性灵”，我理解所谓“性灵”，就是指人的天分而言。应该指出，写诗和填词是要具有一定天分的；不是熟读唐诗三百首，就能写出像样的诗来。熟悉技巧是必要的，但要写出意境（特别是物我相忘的境界），就不容易了。存宽先生的诗词，看似不经意，但很值得玩味。例如2003年9月社科院组织老干部去井冈山、庐山旅游，存宽先生在《二访含鄱口遇雨》诗中这样写道："山灵不满我安排，二访含郚雾不开。"把山灵拟人化了，意思是山灵不满意我们的安排，才有如此的滂沱大雨，表示不欢迎我们的来访。这个设想很奇妙，很有情趣，表现了存宽先生不因天公不作美而怨天尤人；仍然是心态平和，随遇而安，矜平躁释，很大度，留有余地，留下想象空间，而且文字很俏皮，很令人回味。

存宽先生既有相当的天分，加上不断的努力，自然不断有所创获，有所前进。

三 用心体会和实践

和其他文学艺术一样，写诗填词来源于生活，但不等于说有了生活，就能写诗填词（真正意义上的诗词）了，关键在于用心体会、用心实践。在这方面存宽先生也为我们做出了榜样。举例来说：在其《月下》诗中，有"露自更深重，星因雨后明"句，我斗胆猜想可能脱胎于"露从今夜白，月是故乡明"的前人诗句而来，但丝毫不着痕迹，而且生活情趣更浓，观察得更入微。在《卢瓦尔河古堡》诗中的"芳草连天碧，幽林覆岸青"，在《海南行》诗中的"椰林遮岸满，黎岭入天孤"，在《塔克拉玛干沙漠即景》诗中的"塔里木河天际去，黄沙似海浪无涯"。在《京华春早》诗中的"小桃带露苞初满，细柳摇风晕渐黄"等警句，都是充满生机的神来之笔。又如在《落帽》诗中的"我去观音殊不悦，呼风吹帽落佛乡"，简直是化平凡为神奇了。平凡的题目，能写出如此清丽的诗句，这除了说明作者深厚的功底外，更主要的是得力于作者善于构思、用心体察生活和勇于实践。

四 求真求实与精雕细刻

作者在《论诗》中强调："诗词魂魄在于真，发自于中始感人。”通观《望山书屋诗词》全书，我认为作者始终贯彻了这个宗旨，无须多加论述；另一方面，作者在每篇诗词作品中炼字炼句、刻意求精，打造精品，警句几乎比比皆是：在《清平乐·新疆天池》中的“爱此清凉世界，环湖万壑松风”、《浣溪沙·春雪》中的“不是暮春飞柳絮，更非夜月浸楼台，为迎花事早安排”。又如《忆秦娥·海外中秋》中的“沧波远，遥山似近，手伸可揽”，等等，只要闭目想想，这些情景似乎就呈现在眼前，“手伸可揽”，多么形象传神，而且非常合理。这是诗词的魅力所在，更是作者匠心独具、刻意求精的艺术效果。

五 一点小疵

应当说，诗词集的作者在方方面面已做得相当近乎完美，如果吹毛求疵的话，我认为作者是否太追求自然而偶然忽视平仄。例如在《望乡二首》中的：“异国登高休望远，水天连处是北京。”如将“北京”改为“京城”则顺口多了，因为这里需要两个平韵。类似的还有数处，就不一一列举。

2007年2月［原载《秋韵诗萃》（四）］

饱蕴历史文化内涵的文人诗

——刘存宽《望山书屋诗词》评介

曾景忠

中国社会科学院近代史研究所研究员刘存宽先生，长期研究中国近代史，成果甚丰，尤其在研究中俄关系史、中苏关系史和香港史等领域，他是国内几位最著名的学者之一。他在学术研究工作之余，又常写作古体诗词。最近，他将其所写诗词选编成册。因其家居东黄城根东侧之楼上，从居室西窗远眺，能望见西山群峰，故他以“望山”为室名，其诗词集亦题名“望山书屋诗词”。刘氏诗词集今年年初由作家出版社出版。

刘存宽先生自幼爱好古典诗词，中学时期即有习作。1942 年夏，日机轰炸其家乡南充。正当民族苦难的抗日岁月，才满十三岁的他，亲见被炸之处败瓦颓垣，尸横遍地，写诗记载下日军侵略中国的罪行：“国破民涂炭，敌机日犯川。血流盈巷陌，残体挂枝端。”

随着学业的深进和语文修养的提高，刘存宽先生对中国古典诗词越发感兴趣。大量的阅读，增进了他对诗词欣赏的能力，并激发了写作诗词的兴趣。不过，在他年轻时期，政治运动不断，个人的感情难以自由抒发，他在五六十年代诗词创作很少，只在偶尔兴发时写作一二首。1955 年秋，刘存宽先生刚到东北人民大学（吉林大学前身）历史系任教，系里让他讲授世界史。一天深夜，为第二天将首次登上大学讲台，他在宿舍静心备课，并反复演练讲课，不知不觉曙光已经透窗而入。他兴奋不已，激情之下，写出一诗：“子夜寒灯照小斋，手持讲稿久徘徊。曙光一线从窗入，催我今朝上课台。”此诗情真意切，写出了他即将登上讲台的激动心情。

《望山书屋诗词》收诗词三百篇。多数诗作写于 20 世纪八九十年代和 21 世纪初。刘先生的诗作或歌颂自然风光，或抒发对亲人、同学、朋友的感情，或反映社会，或记录人生，题材相当丰富。近三十年中，他为史学研究赴国内外搜集史料，参加学术交流活动，用功甚勤，同时，又诗兴勃发，随时写作诗词作品。他饱览祖国名山大川，又远涉欧美，游踪遍及俄、英、法、美诸国，将观光感受一一入诗。几乎可以说，他是在用诗写游记。泰山、黄山、峨眉山、庐山、天山、九华山、普陀山，桂林山水，河西走廊、敦煌，滇池、洱海、泸沽湖、呼伦湖，哈密、吐鲁番等国内的许多名胜古迹，都能在他的诗中找到有关的描述和感受。更难得的是，刘存宽先生广游欧美，巴黎的塞纳河风光，圣彼得堡的夏宫，西伯利亚的贝加尔湖，科罗拉多大峡谷，尼亚加拉大瀑布等，均在刘先生的诗中留下踪迹。

与一般旅游者不同，刘存宽以其丰厚的历史文化知识修养，每到名胜古迹，即用诗句抒发其感怀。而他的文化历史知识底蕴和对社会人生的体悟，透入其诗词创作之中，形成其文人诗的风格和个性。

1986 年，他到安徽合肥，谒包公祠，写诗云："庐州百姓爱青天，包拯祠堂立肃然。铁面正襟呼欲起，人间只恨有贪官。"2003 年，他谒吉安文天祥纪念馆，写句云："一堂虎踞稳如山，万众齐歌正气篇。留取丹心垂宇宙，高山仰止拜公前。"这些诗表现出他对中国古代为民除害的著名清官和爱国民族英雄的无比崇敬，感怀他们的浩然正气，既充满了历史感，又隐然寄托着现实的呼唤。

1987 年，刘存宽到绍兴，游览兰亭，对晋代大书法家王羲之兰亭雅集的曲水流觞顿生感念，写出《兰亭访古》一诗，有诗句云："曲水觞何在，鹅池字尚存。兰亭千古序，永念王右军。"2004 年，他到蒋介石的故乡浙江奉化溪口镇，写有《奉化溪口》一诗："文昌阁下剡溪明，两岸群山分外青。一去大陆成永恨，游魂何日返祖茔?"作者见景生情，发生感慨，咏发对历史和历史人物的感叹。

访游法国著名的葡萄酒乡波尔多，刘存宽撰诗："江水泱泱海浪宽，波尔多市画中现。葡萄美酒名天下，翡翠林园到远山。思想启蒙推《法意》，人文荟萃有蒙田。琳琅满目添浮想，游罢归来夜不眠。"诗中一方面描绘波尔多一望无际的葡萄园，那一串串葡萄像翡翠般挂在藤架上，另一方面，联想起波尔多的历史文化名人，如启蒙思想家孟德斯鸠和文艺复兴时期的作家蒙田。优美的自然风光和丰富的人文历史遗迹，都使作者兴奋不已。他在浮想什么，留给读者去思索。

在俄罗斯旧都圣彼得堡，刘存宽游览了沙皇的故宫，更是感怀系之。他在诗中写道："涅瓦河宽禁苑深，金堆玉砌费经营。忽然一阵烽烟起，落地皇冠敝屣轻。"昔日的皇宫，尽管巍峨壮丽，但是一旦人民革命的烈火燃烧起来，沙皇的生命不保，整个专制体制土崩瓦解，那煞费苦心经营的宫殿还有何意义呢？此诗似在揭示历史的规律：无论如何巧加装饰打扮，凡阻碍历史发展前进的封建专制制度，终究要被人民推翻。

刘存宽的另一首咏凡尔赛宫的词，则更直率地点明，封建专制制度必难久远："玉殿映明霞，禁苑奇葩。长渠水远到天涯。雕塑成林惊鬼斧，竞展风华。路易纵言夸，朕乃国家。煌煌帝业堕流沙。专制由来难久远，休怨休嗟。"此诗一方面描绘了凡尔赛宫的建筑和雕塑之美，鬼斧神工，另一方面，感怀法王路易十四"朕即国家"的专制极权，不得久长。

刘存宽的这些诗词，将丰厚的历史知识熔铸于游览名胜古迹的诗句中，既有诗词状景状物的绘写，又富深刻的思想意涵，情景交融，诚为难得的佳作。

刘存宽在诗作中还善于将一些传说故事与景物的描绘结合起来。他的咏郁金香诗二首，其一，将郁金香想象为满斟玉液琼浆的多彩酒杯："谁将春宴巧安排，万盏千杯盖地开。染尽绮霞千种色，满斟玉液聚仙来。"其二，则将一段有关郁金香来历的爱情故事穿插进来："波斯少女恋情郎，海誓山盟万古长。碧血化得春若许，人间始有郁金香。"原来，有个故事说，波斯国相恋的一对男女青年，因女方家长不同意他们二人的婚姻，谎称其女已病死，情郎闻讯投岩自尽。不久在情郎殉情处长出了五彩绚丽的花朵，这就是郁金香。这段爱情悲剧的故事优美动人，写入诗中，富于想象，使诗作含有浪漫气息。

其《火焰山》诗，用古代后羿射日的传说故事，解释吐鲁番炎热的来由，颇为有趣："后羿弯弓射九阳，九阳端巧落西疆。无边烈焰烧天赤，遂令'火州'古名扬。"

刘存宽诗作语言平易流畅，如《吐鲁番葡萄沟》："火焰山高坎井长，葡萄沟下好乘凉。长街十里结天幕，信手拈来'马奶'香。"有些诗句读来如民歌，朗朗上口。又如《塔克拉玛干沙漠即景》："轮台南下少人家，大漠胡杨落日斜。塔里木河天际去，黄沙似海浪无涯。"诗作如同古风，也明显地吸收了古代诗词散曲风格的营养。

2005 年 5 月 16 日

（本文以《饱孕历史文化内涵的文人诗》为题摘载于《光明日报》2005 年 8 月 22 日第 7 版）

神清语隽意纵横

——刘存宽与《望山书屋诗词》

仪　堂

望山书屋乃我院近代史所研究员刘存宽的书斋。屋不大，然而屋主对它充满了情感。屋主是这样描述它的："书屋虽小，然景观绝佳。从书屋凭窗西望，景山仅一箭之遥。西山群峰，历历在目，晴雨晨昏，气象万千，故名'望山'。'望山'之名，亦兼有高山仰止之意。生平治学作诗，恒有似近实远，似低实高，似易实难之感，恰与观山无异。予深知各行各业，皆山外有山，天外有天，永无终极，未敢自满懈怠。屋名'望山'，亦所以自儆自励也。"近日，刘存宽在作家出版社出版了《望山书屋诗词》，选录了他在62年间创作的300多首诗词。

77岁的刘存宽是四川南充人。其父就偏好诗词，四五岁时，父亲就教他背诵古诗词。在张澜先生创办的建华中学读书时，亲聆章太炎先生弟子钟稚琚教授的谆谆教诲，开始读诗、习作格律诗，他感于日本飞机轰炸南充，写出五绝诗句："国破民涂炭，敌机日犯川。血流盈巷陌，残体挂枝端。"得到老师和父亲的称许。

1946年，刘存宽进入北京大学，先后在法律系、政治学系学习。这期间，他对写作古典诗词的兴趣依然不减。1955年，在中国人民大学外交系研究生毕业后分到吉林大学历史系任教。1964年调入我院近代史所，从事中俄关系史及香港史研究。著有《租借新界》、《香港史论丛》、《19世纪的香港》（与余绳武主编）、《20世纪的香港》（合著）、《沙俄侵华史》（1—4卷，合著）、《中苏国家关系史资料汇编》（1—4卷，课题负责人）、《揭开淇澳历史之谜》（合著）等。

改革开放后，刘存宽喜爱诗词而被压抑的热情有如火山喷发，读诗、写诗成了他科研工作之余的最大雅好。于是，赴英、法、俄、美、港、澳考察，走遍祖国名山大川，师友亲朋之间交往，自然界之瞬息变化，都成了他诗词创作的源泉。他离家58年后重返故里，作诗曰："归途万里觅前踪，寻访亲朋半不逢。十字街头人何在？永怀慈爱谢春风。"

我院离退休干部局"秋韵诗社"成立后，刘存宽积极参与其中。他还写出论文《传统诗词写作之我见》，认为要写好诗词，"万事精于热爱"，"诗词源于生活"，"佳作出于真诚自然"，"诗词贵在神韵"，还要"插上想象的翅膀"。他认为，写诗词一忌矫揉造作，二忌直露过满，三忌浮泛冗散，四忌陈旧俗熟。这些见解集中在他的一首《论诗》之中："艺文魂魄在于真，发自于中始感人。造作矫揉终是伪，陈言旧调本非新。静观万物探神韵，学究天人铸匠心。无限风光充宇宙，好诗要在诗外寻。”

《望山书屋诗词》出版后，我院文学所研究员、秋韵诗社社长吴庚舜读后认为：“从作品中我们可以感到作者的爱国之情，对大自然的钟情，对慈母、妻子、儿女、兄弟姐妹以及同学、朋友的真挚之情。作品中写山水风光者尤多，让人读来均有亲历其境之趣。”“这些作品得自然之趣，生活气息浓厚，重视意境创造，颇有艺术感染力，整个的像一串耀眼明珠，让人不得不啧啧称奇。”秋韵诗社首任社长方约以诗赞曰：“艺苑学林仰令名，神清语隽意纵横。芸笺墨迹随风远，韵上毫端四座惊。”

（原载2005年6月16日《中国社会科学院院报》第4版）

评刘存宽诗作《动物园听鸟》[①]

庄　严

“这首绝句生动地表达了‘心与物沟通，心与物共鸣，人与天沟通，人与天共鸣’这样一个既简单又深刻的美学原理。庄子不仅作过天籁、地籁、人籁之分，还说过‘毋听之以耳，而听之以心。毋听之以心，而听之以气’。但只有通过绿色心灵的中介，才能把宇宙元气，生命精气和书卷灵气统一起来，形成人与自然，诗与生命的交响。”

（引自庄严《中华绿色诗词书画博览》一书“序”）

---

① 按：刘存宽诗原文为：“流泉洗耳荡心清，爱听林禽破晓鸣。纵有妙歌千万曲，何如天籁一声声。”（见刘存宽《望山书屋诗词》，作家出版社2005年版，第100页。又，该书此诗改题为《园林听鸟》）

人生的秘密花园是美丽的

——读刘存宽诗词有感

李林栋

不管是谁的人生，能有一个自己的秘密花园，不仅是幸运的，更是幸福的。倘若哪一位不速之客，能一窥某个秘密花园的人生之魅，那就更是幸运和幸福了。

笔者有幸，因有夫人是刘存宽先生同事之便，最近拜读了先生所著《望山书屋诗词》及《望山书屋诗词·续集》二书，因此有了上述感慨系之。在存宽先生的秘密花园里，应有尽有他曾经的美丽人生。

下面就是我的诸多观感：

存宽先生的秘密花园是与其书房抑或主卧紧密相连的，这是其秘密花园的第一个特点。那么，存宽先生的“书房抑或主卧”究竟是什么呢？那就是历史。刘存宽是中国社会科学院近代史研究所研究员，有《沙俄侵华史》《二十世纪的香港》《回到天安门》等编著或译著名世，因此，他在其“秘密花园”里的诗词创作就自然而然地具有独标历史之特色，举凡“敦煌怀古”、“越王殿咏史”、“灯下读古史有感”、“过景山崇祯帝自缢处”，等等，莫不如此。这一点，从其众多诗友的赠诗或和句中亦可得到印证，例如：“深钩前代隐”（雷风）、“吊往兴今疏史鉴”（王明甫）、“近时唯有黄公度”（吴慧）、“曾吟包文正，曾吟文天祥”（曾景忠），等等。正因如此，在存宽先生的诗词花园里充盈着学术品格的历史味道，难能可贵，可喜可贺。

第二个特点，存宽先生的诗词花园虽属古典一隅，却是非常开放的。那里面不仅有“葡萄美酒名天下”的波尔多，不仅有“莽原万里悄无语”的西伯利亚，而且有“此番何去，国会山前临海处”，甚至还有“华府归来感兴多，萍踪又寄圣迭戈”……如今已然进入耄耋之年的刘存宽先生，曾经游历或旅居过全世界很多地方，独树一帜的是，存宽先生把他在外国的这些所见所闻，都用中国古典诗词这种艺术形式“摄录”下来，并永远保留在我们今日得见的“望山书屋”了。这当然是一种功力，但又何尝不是一种精神？以我之能的这种化外功夫，就是尽人皆知的我国中兴之策：改革开放。在这方面，存宽先生的创作可谓硕果累累，令人敬仰，可喜可贺。

第三个特点，在存宽先生的秘密花园中，最姹紫嫣红的其实还是一个情字。举凡亲情、友情、爱情等等，莫不在其诗词中饱满洋溢，真诚感人。例如亲情，在他年方 22 岁时，曾“偕二妹、华田出川赴京”：“青春结伴下渝州，舟入瞿塘似箭流。万岭千滩拦不住，西陵一过水悠悠。”这既是自己人生旅途中的一段青春回忆，又何尝不是当年“出川赴京”时的一种亲情记录。而记忆正是记录的证明，而记录又恰是记忆的再现。这就是此诗的妙处所在。及至 2000 年 11 月，存宽先生已然 72 岁——即离上诗写就已然 50 年之后，他又写了一首“二妹存德古稀华诞志禧”：“犹记秋高九月天，嘉陵江上小篷船。沧桑已改人康健，不减亲情似少年。”半个世纪，往事历历而亲情绵绵，一切均在存宽先生的两首七绝之中。这就是秘密花园的人生魅力所在。当然不仅如此。再说友情，诗如其人，词亦如是。我们从以下一些诗词题目上便可了然刘先生是多么重视朋友、同事，甚至一些萍水相逢者之间的缘分与情谊：《赠金景芳教授》、《于老夜访》、《与西北大学友人同游青城山》、《偕北京大学老校友冀东游》、《偕香港大学校友游青城山》、《归国留赠圣迭戈友人》、《出院赠医生》等等。仅从这些我信手拈之的题目来看，这几乎就是一部存宽先生的友人交往史了。我们甚至可以从中悟到：一个人能够在一个群体中交到朋友不难，难的是能够在人生的一个又一个群体中都能交到一拨又一拨的好朋友，那才是最难最难的啊。而存宽先生既有的人生，显然是已经做到了这一点。真是可喜可贺。再说爱情——这也是存宽先生秘密花园里的优良品种，例如：“更喜伊人无限好，孩儿风雨有同舟”（22 岁，《携华田之东观》）、“醉卧燕山晚，休言落日斜”（58 岁，《偕华田、一苇游龙庆峡》）、“携妻行壑底，策杖上云端”（71 岁，《偕华田游昆明西郊郊野公园》）、“兴至时光忽倒转，歌声唤醒众山鸣”（74 岁，《与存淑、干成、华田、博志、张敏、祖昌、晓明同游京郊珍珠湖》），等等，这些人间至真的爱情诗句绵延数十年，像一条爱的河流，至今还撞击着我们每一位读者的心灵。她是那样质朴深绵，又是那样清澈甜蜜，如果我们观双句尚不足以知先生，那就让我们再引存宽先生两首完整的“爱情诗”吧：

其一《浣溪沙 · 妻骤病》：鞭炮声声不是春，苍天无眼祸斯人。催肝裂胆内如焚。　　自信好心得好报，安将吾体代伊身？人间至爱本难分。

其二《采桑子 · 华田古稀华诞》：难忘故里初相见，豆蔻春风，憧憬无穷，岂畏蓬山远万重。　　年华似水匆匆去，一样春风，一样情浓，共喜今宵烛火红。

前词读来让人心疼，后词读来令人心畅。这一疼一畅，均是存宽先生数十年如一日的“爱情”之作。这显然是佳作——上佳之作。真是地老天荒，高山仰止。真是可喜可贺。

当然，在存宽先生的秘密花园中，不仅有纯粹的“爱情”诗、更有真正纯粹的爱乡诗、爱国诗，甚至是爱地球诗。这就是存宽先生诗词创作的第四个特点。我们不难发现，在《望山书屋诗词》中收录的第一件作品《感时》，即是存宽先生年方 13 岁时“愤而赋此”的爱国“处女作”：“国破民涂炭，敌机日犯川。血流盈巷陌，残体挂枝端”。其后又有《潼关告急》、《林彪事件后，混乱思想渐开，偶观泥石流电影，念及国事，觉差似之》、《中国载人飞船首航成功》、《纪念改革开放三十周年》等等“爱国主义作品”绵延不绝地流注笔端。鲁迅说过，从水管里流出来的都是水，从血管里流出来的全是血。对于刘存宽先生那一代人来说，从他们血管里流出这些爱国主义的诗词自是再正常不过的事了，更何况他还是一位以研究历史为己任的专业学者。但也许正因为如此，在这座刘氏秘密花园中，最一般的花朵才有不寻常的异香，例如“林彪事件后”那一首，完全是“偶观泥石流电影”的触景生情之作，因其视角独特，令人观诗与观影一并思之：“泥沙俱下鱼龙杂，恶浪吞天卷万家。身陷浩劫难自主，大疯狂里叹中华。”除“爱国诗”之外，像这种视角独特的“爱地球”之作那就更多了。2005 年，已然 77 岁高龄的存宽先生又一次泛舟莱茵河上，虽感叹“华发人渐老”，但仍不改对异国他乡一条河流的激情之爱：“崖顶女郎安在？歌声何去不还？女郎归来兮，我愿做一船夫，凝眸仰望山头。……我愿化为白鸥，沿河飞舞览全流，冬夏春秋。此愿何时了，此念何时休！”这就是一个中国老人对欧洲莱茵河的人类之爱。爱乡、爱国、爱地球，在存宽老人的秘密花园里，爱是一枝永远飘香的奇花异草。她是那样浓郁，又是那样热烈，有幸能够亲近他的人，真是有福了，可喜可贺。

在存宽先生诗词创作的秘密花园里，花香满径，枝叶纷披。这是一个人生之魅应有尽有的美丽花园。如今，幸运又幸福的存宽老人还在他的秘密花园里辛勤地劳作着，且看他的《八十戏作》：“年迈犹怀少小狂，赢得众友唤刘郎。但求赤子心长在，日吐拙诗八九行。”

哪里是“戏”？这分明就是一个“作”字。想到这一点，我感到自己更加幸运和幸福了，因为在我面前矗立起一个美丽的榜样。

（原载《文艺报》2011 年 10 月 26 日第八版）

化作祥云自在飞

薛衔天

刘存宽同志病重住院半年有余，他的病情时刻牵动着所里领导和同志们的心。他是我的学长，多年同在一个研究室，工作与生活中的情谊一言难尽。2008 年我开刀住院，他要到医院看我。我全身插满管子，不能讲话，怕刺激他，谢绝了。想不到今年年初，他因心脏病发作，也住进医院，而且几次进了抢救室。对 80 多岁的老人来说，这实在是严峻的挑战。我默默为他祝福，希望他能早日康复，促膝谈诗。令人欣喜的是，在所办的最近一期《老干部工作通讯》（2011 年第 2 期）上，看到了刘公在病榻上写的诗作——《大病初愈》。诗曰：

百战阎罗奏凯归，人间毕竟有钟馗。
凤凰浴火重生后，化作祥云自在飞。

刘公通过这首诗，豪迈地告诉全所关心他的同志们，他已经初步战胜了病魔，而且这场病锻炼了他的意志和品格，他的身心更加雄健，精神更加开朗。他要像浴火重生的凤凰一样，去迎接新的生活。一个耄耋老人，身染重病，不悲观，不急躁，以昂扬的乐观主义精神迎战病魔，而且取得了胜利，实在可喜可贺！诗有许多功能，无须一一类举。但诗的第一功能应该是修身养性，健体疗疾。这从刘存宽的写诗经历中得到充分体现。人之爱、恨、喜、怒、哀、乐，形于中而发于外，不将这些情感正常地发泄出来，长期郁结在心，就会造成气血不通而生疾病。诗是感情艺术。发泄这些情感最好的办法莫过于写诗。“新诗改罢自长吟”，一首好诗，一个好句子，会使作者摇头晃脑，得到无限的愉悦，忘掉一切烦恼。而且写诗既是表达情感的过程，也是使情感升华的过程；情感得到了升华，性情也就得到了陶冶，人的思想境界和精神境界也就相应地上了一个台阶。刘公的诗，无论写景状物，还是叙事抒情，都得心应手。但他不无病呻吟，而是写自己的真情实感。他离休后出的两本《望山书屋诗词》就证明了这一点。祖国河山，异域风光，山石草木，民族风情，历史事件，现实生活都能入诗。诗写多了，人也变了。这个严肃的历史学家毫不刻板，变得更加年轻，更加乐观向上，大度包容，从容豁达，笑对一切。保持这种精神境界，身体自然健康，远离疾病，战胜疾病。大约十年前他身患肺癌，我到医院看他，他谈笑风生，看不出身患癌症的人的半点忧伤。术后，他彻底根绝了癌症的袭扰。这次心脏病找上门来，他又奇迹般地打败了阎罗。刘公一次次战胜阎罗靠的是什么？是人间钟馗吗？不是，世上没有钟馗。如果说有的话，钟馗就是刘公自己。刘公从自己几十年的诗歌创作中将自己修炼成为情操高尚、却病降魔的钟馗。在病榻上的诗作《大病初愈》，就是他战胜病魔的利剑。为祝他早日康复出院，用他诗作的原韵写了和诗二首，以资庆贺：

战罢阎罗奏凯归，降魔何须用钟馗。
浴火方知仁者寿，佳木无言自芳菲。

从此病魔去不归，同侪额手庆诗魁。
一首新诗抵百药，知音彩凤绕梁飞。

2011年7月

二　望山书屋诗唱和

拜读存宽兄诗词佳作奉呈一绝

方　约

艺苑学林仰令名，神清语隽笔纵横。
芸笺墨迹随风远，韵上毫端四座惊。

2004年8月30日

读存宽同志诗，忽然得句，缀足一律，呈存宽同志教正

雷　风

我爱刘夫子，风流蕴藉人。
深钩前代隐，远探异邦春。
乡梦恋慈母，烽烟悯细民。
林泉甘淡泊，吟咏自清新。

2004年8月13日

读存宽兄诗词大作(二首)

王明甫

一

博雅含章还自泰[①]，仁柔义烈见真情。
放怀云水随鸥鸟，志远心宽小浩溟[②]。

二

吊往兴今疏史鉴，登山临水咏清歌。
沧桑历览观斯柳，千古风流汝占多[③]。

2004 年 9 月 11 日

存宽兄《望山书屋诗词》问世，敬呈二律以贺

吴　慧

一卷文存襟抱宽，清新俊逸语如环。
锦囊中外偏观海，书屋春秋恒望山。
巴蜀灵风曾拂拭，京华神韵自安闲。
羡君诗笔兼史笔，千仞龙门应许攀。

生面开因阅历增，自然语况发于膺。

① 语云："功利不牵，身名自泰。"
② 截用夫子诗中句。
③ 夫子 2002 年 4 月手术后有《观古柳自嘲》诗。

讲台北国春风暖，僮寨南天秋水澄。
德法城望经马赛，夏冬宫驻想龙腾。
近时唯有黄公度，不惮沧溟浪万层。

（前首“神韵”用存宽“诗话”中“诗词贵在神韵”语。后首第二句用“佳作出于真诚自然”语。三四句指讲学吉林大学、土改广西柳城事。五句括用集中“莱因拍岩远，德法望中收”及“马赛车东去”等语意。冬、夏宫指游俄旧京事。黄公度即黄遵宪，游宦外洋，著有《人境庐诗草》）

2005年4月24日

酬存宽同志惠赠《望山书屋诗词》（二首）

郭　健

一

望重史坛久蜚声，名闻诗苑隽雅风。
书生本色乐山性，天地情怀斗室中。

二

才笔纵横任挥驰，触情风物尽诗词。
兴来心底翻新韵，应是凭窗望山时。

读刘存宽同志《望山书屋诗词》

孙景超

满目琳琅异彩扬，韵风细品似琼浆。

望山斗室诗声远，遂教世人识刘郎。

2005 年 7 月

《望山书屋诗词》读后

春谷踪芳

望山书屋依栏看，笔势翻涛起巨澜。
秋韵诗坛能者现，才华横溢是存宽。

乙酉年夏日

读望山诗词·调寄鹧鸪天

薛衔天

天上银河一节长，人生多彩有刘郎。拾来珠玉欧亚美，吟出花月紫蓝黄。　古今体，长短行，篇篇尽是好文章。一支史苑生花笔，敢向诗坛问沧桑。

2005 年 4 月 24 日

读存宽先生《伴侣》有感

梁星彭

它是清澄蜿蜒的嘉陵江水，
淙淙流淌。
诉说着　诉说着
一对老年夫妻相濡以沫的故事。
用甘甜挚爱的水珠，

滋润我们的心田。

它是浓厚缠绵的爱情乐章，
轻轻吟唱。
赞叹着　赞叹着
两位古稀伴侣患难相扶的足迹。
用温馨相知的音符，
拨动我们的心弦。

人间真爱在，伟力价无穷。
望山好情侣，贤媪伴诗翁。

2005年4月11日

祝贺刘存宽先生《望山书屋诗词》出版

曾景忠

刘郎雅好古文辞，治史余暇喜咏诗。
万卷书兼万里路，望山屋里吐珠玑。

2005年10月30日

读刘存宽先生《欧洲行》《三峡鄂西行》组诗后

曾景忠

远行万里采欧风，文史山川入句中。
陟览神农秋降雪，三峡江水和诗融。

2006年2月

赠存宽

——读《望山书屋诗词·续集》感怀

孙景超

更深默默咏清词，叹与刘郎相识迟。
前探“望山”何快畅，今临胜境更痴迷。
年当耄耋心天外，身历沉疴志绝奇。
也曾时嗟秋色暮，受君感染奋摇旗。

2010年9月

赠刘郎[①]

李彦文

人生如烛，情满书屋。
宁静致远，清勤慎独。

《望山书屋诗词·续集》读后

王礼琦

辞雅情真意境高，《望山》续著喜佳肴。[②]
饱餐之后怡长在，“夜梦谈诗”蕴味饶。[③]

---

① 刘郎：刘存宽先生的爱称。
② 《望山》，即《望山书屋诗词》的简称。
③ “夜梦谈诗”，为该书一首诗的标题。

致刘存宽先生函

梁星彭　张春先

刘存宽先生：

惠赐望山续集已一口气读完了，大作品位很高，值得很好学习，钦佩之至！

先生以耄耋之年出版了这本诗集，为诗坛增光增色，可喜可贺！现写了首小诗以表敬意！

贺望山续集出版兼贺刘存宽先生八十寿辰

低吟高唱尽心声，物我相融妙趣生。

彩放诗坛追李杜，苍松不老傲巅峰。

2009年9月4日

贺　联[①]

汤　炀

学者风范

诗意人生

读《望山书屋诗词》

——致恩师存宽先生

汤　炀

望山书屋

① 标题为编者所加，原件为书法作品。

永远望山
山外有山
天外有天
仿佛整个世界
都在您的目光中
凝练成一首首
优美的诗篇

于是，这望山书屋
就成了人间
最美的风景
最好的家园

这里的亲情最密集
这里的爱情最甘甜
这里的友情最珍贵
这里的诗情最延年

此刻，我捧读您的诗词
仿佛看到那如歌的岁月
在您的笔下飘逸流转
流转成一座座高山的美景
流转成一片片大海的思念
即使流转成一条涓涓小河
也在诗情画意中
浮现出一幅幅历史的长卷

我赞美您的诗意人生
我赞美您的学者风范
我更赞美那些秋韵诗翁
给您戴上的那顶
诗的桂冠
这桂冠什么头衔也无法媲美
因为它不是用史料
而是用心灵
编织的生命的光环

2009 年 8 月 25 日于沈阳寓所

春城回首[①]

——赠恩师存宽先生

汤 炀

春城五载情谊深
书山寻梦未销魂
有缘省识春风面
无憾觅得仁者心
鸣放宫前悬日月
实践桥畔论古今
往事如烟头飞雪
回眸一笑是诗人

2009 年 9 月 15 日于沈阳家中

① 原件另有宣纸书法作品。

回乡寄语(三首)

杜海田

龙年六一节夜，略有暇，欲回书存宽。存宽，高士也，不能不觅句相赠，仓促间得数行，仅当打油，借表感怀而已。

忆1950年送刘弟及妹赴京

韶华芳年赴京门，庭前夜宴送刘生。
情意绵绵良宵景，嘱托谆谆昨夜魂。
远山遥水长相忆，万紫千红总是春。
我虽野叟情犹在，莫笑空留华发生。

探亲纪怀

千里迢迢觅乡情，嘉陵清清暖我心。
昆仲一堂良宵短，红绿数盏情义深。
白发老母慈颜解，儿女争献美汤羹。
莫忘欲养亲不在，空留泪湿陌上冰。

坎坷记情

并非我钝不多情，一片痴想爱阳春。
昔日皇冠成泡影，今朝卑微弃故人。
本冀委全忘往事，岂能丐求鱼目心。
莫谓寂寞芳心碎，他山明月自有情。

金沙夕阳

杜海田

欲少留此灵琐兮，日忽忽其将暮。
路曼曼其修远兮，吾将上下而求索。（《离骚》）

（一）季春自寿

借看邻园园月明，小屋饮茶茶亦芬。
门前行车厌闹市，窗下读书有知音。
盛世何当言老至，少年英气忆犹新。
莫道春残少贡献，无限风光在黄昏。

（二）望乡祭父

支边别乡三十年，家国双全我大难。
但恨未酬生死别，跪哭噩耗泪阑干。
我亲西归长已矣，堪慰四方儿女贤。
有情更当重有志，金沙嘉陵共婵娟。

（三）金沙定居

浮生六旬远行西，金沙重镇一名城。
岂意阳关忘故里，无端爱作游子吟。
莫道泸水多瘴气，江声月色此日新。
更为文章千年计，借看边山石窟经。

三　望山书屋诗回音

中国社会科学院梁星彭教授伉俪来函

刘存宽先生：

惠赐诗集收到，有意外的惊喜，十分感谢！我等热烈祝贺您的大著发表，为邻居中有您这么一位大诗人而感到荣幸！

诗集已迫不及待地诵读一遍，未及认真咀嚼便为其中饱含深情的章句感动了，于是也提笔诌了几句也许不能算作诗的“诗”来表示敬意：

读《望山书屋诗词》有感

望山老邻居，相识未深知。欣读华章句，底蕴见诸诗。
写景成天趣，诵物具生息。忧国复忧民，爱母兼爱妻。
望山知自励，今日见雄奇。书屋存香馨，品学皆可师。

不好意思，班门弄斧了，幸勿见笑。只不过情发于中，不得不发而已。

近来接到《〈秋韵诗词选〉征稿启事》，遂斗胆草就了《考古岁月抒怀》一首应征，书稿已送院老干部局。现将底稿呈上，敬请斧正。浅陋之处，或可博君一笑。

再一次对您的惠赠表示至深的谢意!

梁星彭　张春先

2005 年 2 月 4 日

广西师范大学钟文典教授来函

存宽学兄如晤:

……拜读专著《望山书屋诗词》，我兄数十年生活、学习、工作、战斗历程可以概见，爱国、爱家、热爱生活与事业之情跃然纸上，教人敬佩!

……遥祝

如意

弟　文典敬启

2005 年 2 月 22 日

中国社会科学院研究员王云琨来函

存宽老弟:

蒙你赠送佳作《诗词》一册，拜读后敬佩之心油然而生，首先我感到惊讶的是，你我自北大同窗以来，五十年后方知您是才华横溢的一位诗人，这与你出生书香门第和自己酷爱中国文化是不可分的。……

2005 年 2 月

珠海市政协梁振兴先生来函(一)

刘存宽教授：

您好！在这“小桃带露苞初满，细柳摇风晕渐黄”早春的季节里，收到您的诗作，我真喜出望外。本以为您是一位历史学家，香港澳门主权回归祖国曾赖您的史学研究成果支撑，不想您还是一位诗人，“及至亲临殊非是，始悟天外更有天”。读罢《望山书屋诗词》，教益匪浅，顿觉“心比宇宙宽”。

250 首诗词中，写珠海的有 8 首，占 3.2%，知您对珠海宠爱。研究古代史，珠海没多少大事件及人物，而研究近代史，研究海洋文化，却不能撇开不看的啊！在您咏珠海的诗词中，佳句迭出，情深意长。如“滔滔不尽零丁水，犹诉当年故事长”、“我到南屏寻故地，愿追遗范步前踪”、“灵地孕先驱，长夜鸡鸣，啼血催天晓”、“捧珠渔女心花绽，应喜沧桑变”……。我真“恨不千车读破”。建议您把《容闳赞》、《淇澳岛咏史》等写成书法作品，让我交给珠海市博物馆收藏好了，说不定若干年再召开纪念容闳、纪念香港回归的日子里，您的诗作还发挥光热。

此致

敬礼！

梁振兴

2005 年 3 月 3 日

辽宁大学董守义教授来函

刘老师大鉴：

拜读所寄《望山书屋诗词》，如饮甘泉。深谢恩师记得尚有一学生在沈。我师所用虽为古体诗，然毫无拘牵之处，似信手拈来，皆朗朗上口，真自然天成之句。所谓功夫老道，在于使人不觉也。

我师游踪遍中外，兴之所至，发之为诗。虽云爱国忧时之志时时在怀，却无裹足之意，常在时代前沿，字字珠玑，充溢时代精神，益令人服膺“论诗”之高义。这正是：

学贯中西游中西，精研古今论古今。
马班未及我师宽，诗人兴会更高人。

守义戏作，仅以恭贺付梓。

2005 年 3 月 9 日

西北大学董志勇教授来函

刘先生：

您好！您所著《望山书屋诗词》收到，读后令学生羡慕无限。先生一生不但史学成就令学生只能望其项背，先生的文学造诣和成就更令学生惭愧和汗颜。学生我十二岁即遭遇“文化革命”，使我们这一辈人基本失去了受中国古典文学传统熏陶的社会历史条件，所以根本没有能力与先生唱和，为此万请先生见谅。

中国知识分子自古就有“读万卷书，行万里路”的意境追求。从先生的诗词中可以看出，经过先生自己个人的努力所创造的种种条件，使先生做到了目前中国大陆一般知识分子难以做到的事情。我估计目前中国大陆绝大多数知识分子都会佩服先生一生所做的努力和学术成就及所实现的意境追求。

从先生的诗词中更可以看出先生一生关心国家命运的博大胸怀。即使在“文化革命”中知识分子大受“修理”的时候，先生也还根据知识分子的良知，继续坚持忧民报国之心，这也是我们后代知识分子最应学习之处。……

祝先生保重身体，健康长寿!

学生　董志勇

2005年3月12日

南京大学黄鸿钊教授来函

存宽学长惠鉴:

我于2月底返回南京后，闻儿媳来电称北京寄来书籍，今日因赴澳门出差，到珠海始见兄之《望山书屋诗词》，十分惊喜，一口气读了几十首，你的文采风流，令我折服。我此刻的感受就像方约、雷风、明甫等先生所说的那样，他们给诗集题诗和序言，充分表达了我的心情，我想你之家学渊源，加上本人天分和苦学，才会取得这等成就!

早闻文史相通，许多治史的学者，也是文学大家，如郭沫若即是，近年又听说近代史学者来新夏退休后出版了几本散文集，十分羡慕，可惜没曾读过，今读你的大作，更使我相信这一点了。

匆匆提笔与老友谈几句，就此打住。

祝

康乐

学弟 鸿钊拜上

2005 年 3 月 29 日

内兄杜海田来函

存宽弟、华田妹：

……读后，我深感到：（一）存宽在格律诗的技巧根底很厚，也有一些天才之处，因存宽主业是治史，而在诗词上能有此成就，那就说明是有些天才了。（二）存宽的诗写的都是即兴真实感受，像一杯清茶，读后给人以美和甜的感受。（三）诗中把不少的全球各地的景和情做了概括的抒发，这在我国诗词领域里是很少见的。这是存宽在我国文化领域里一个重要的贡献（就好像徐霞客一样）。……

2005 年 3 月 31 日

北京大学教授张芝联先生来函

存宽兄：

函赐大作，甚感！我不懂诗词，但读了《自序》，更感“文革”压抑知识分子的罪孽，只有粉碎“四人帮”，才能使天才“一发不可收拾”——这是名句，道出了许多人的心情。

我记得为了准备香港回归盛典，我曾向你请教，得到不少帮助。1997 年 6 月我在香港举行的“环太平洋论坛”上发表一篇讲演，就是受到你的启发而作的，现将此稿奉赠作为纪念。也因为这

段交往，我特别喜欢《回归年重访香港》（《望山书屋诗词》第60页）。当时我也在观看灯火，情绪激动。……顺祝

健康

张芝联拜

2005年4月5日

广东中山大学蔡鸿生教授来函(一)

存宽教授吾兄如晤：

尊作《望山书屋诗词》，于今天上午收到，不胜惊喜！借用时下流行的戏语："天上掉下个林妹妹！"叫我怎能不高兴。吾兄学问、诗才双优，是我应该加倍努力学习的。

愧无以报，仅将去年出版的拙作《仰望陈寅恪》奉呈，乞予教正。

半年前在京会晤，见到您的谈吐一如既往，那么从容优雅，我从心里感到无比高兴，祈多珍摄，再放光芒。敬颂

康吉

蔡鸿生

2005年4月14日

上海社会科学院李华兴教授来函

存宽教授大鉴：

四月间，弟因胃出血复发入院治疗。近日康复出院，喜获大作，不胜荣幸，迟复为歉！

"诗言志。"弟虽欣赏诗词，惜根底浅，从未敢涉足。

匆匆释读，大作"皆触于心而动乎情"，赋诗言志，融史入诗，

文史俱臻佳境。吾兄多才多艺，深感钦佩。

望善自珍摄，祝健康长寿。敬颂

俪安

李华兴

2005 年 5 月 21 日

内姐杜玉田、邓荫南伉俪来函

……但今读刘哥诗词，也能体会到刘哥诗词真堪与唐宋大作比美，甚至有过之无不及。……

2005 年 6 月 5 日

福建社会科学院戴学稷教授来函

存宽兄：

春间蒙寄赠大作《望山书屋诗词》，至为感动！……

拜读诗词大作，深为我兄才识之高超，阅历之闳富与对祖国、亲情、友情之至真至切所感动。20 世纪 90 年代香港之行与去岁 11 月珠海之会有缘晤谈，甚感有幸。今又得赐书，获教益启示多多，至为心铭。弟忝为同行与同庚人，殊觉相识恨晚。

今奉上与我老伴合作的拙作论文集一册，我兄系我们北大老学长，敬请不吝指导是祷！

顺颂

俪安，并问近祉！

弟　戴学稷上

2005 年 8 月 18 日于福州

珠海市政协梁振兴先生来函(二)

刘存宽教授:

您好！寄去9月26日《珠海特区报》“文苑”专版，上面有您歌颂珠海的三首诗词。上月，我将您的三首诗词复印寄给该报文体部主任吴军，顺荐数语，不想，他竟一字不改，在报上照发。读者反映良好。……

感谢您对珠海文史工作的鼎力支持！此致

国庆节快乐!

梁振兴

2005年9月27日

中国社会科学院世界历史研究所研究员朱宗武来函

刘存宽学长:

您好!

承蒙赠送大作，非常感谢!

拜读先生的大作，使我受益匪浅。因为，您的诗词有写歌颂祖国锦绣山川和欧美等国名胜古迹的内容，让我读后增长了知识，开阔了视野。您的诗词还有抒发对父母的恩情，对家人及兄弟姐妹的亲情，以及对同学的友情，您的这种为人之道，对我很有启发。

您是研究历史的，尤擅长于中外关系史之研究。因为您有诗人的天才，写作起来相得益彰，更富文采，这对史学同行们颇有教益。总之，我对您的大作很有兴趣，值得细读。

我觉得，2005 年您出版这部书定会高兴，因为它把您保存了62 年的佳作汇总成书了。这说明只有在改革开放后，社会和谐学术繁荣的氛围中才能实现。当今，您在这种优良的环境中，身居“望山书屋”，笔耕不辍，岂不乐哉?!

专此敬颂

研安

学弟 朱忠武

2007 年 4 月 2 日

华东师范大学谢俊美教授来函

存宽前辈：

您好！寄来的诗词集收到，弥足珍贵，十分感谢。这次参加承德清史学术会议，与先生分在一组，亲自聆听前辈教诲，获益匪浅。先生博学多才，文史兼备，当世稀见，吾辈惟有高山仰止而已。唐代诗人张说有诗句：“笔涌江山气，文骄云雨神。”正如王明甫先生在《读存宽兄诗词大作》中所写的：“放眼云水随鸥鸟，志远心宽小浩溟。”“沧桑历览观斯柳，千古风流汝占多。”王明甫先生，吾不识，但其对先生诗词的评价，吾欣然赞同。追慕前贤诗词风格，先生当之无愧。

先生年事已高，犹笔耕不辍，可喜可敬。惟望善自珍摄，多加保重为要，切切。顺致

康健！研祺！

晚 谢俊美敬上

2007 年 10 月 13 日灯下

中国故宫博物院朱今甫研究员来函

刘教授存宽先生雅鉴：

承蒙先生寄赠大作《望山书屋诗词》一书，收到已逾十天，因想于拜读一遍之后再奉函致谢，以致迟延复函，敬请鉴谅。

先生的诗作，至昨日为止，我已粗读了两遍，深受教益。想不到您这位著名的史学家，在古典诗词的修养上也如此精深，而且数十年来坚持创作，所写诗词，可谓佳作满纸，文字隽永，神韵清新，意境深远。启人情感，发人深思，实乃不胜钦佩叹服。

我不懂诗词，也不会写作诗词，惟读了先生的诗词大作及《古典诗词写作之我见》附文之后，在先生人格魅力和高远精神境界的感染下，也不禁思绪万端，向往不已。今后将置诸座右，不时拜读吟诵，以陶冶性情，展拓精神生活。

谨草此以表敬意。顺颂

冬祉并祝先生夫人康泰长寿！

学晚　朱今甫敬启

2007 年 10 月 21 日

复旦大学戴鞍钢教授来函

刘老师：您好！

今日从周育民先生处，喜得您惠赠的《望山书屋诗词》，十分高兴和感谢。

拜读美文佳句，极为敬佩，此等才华和境界，我辈后人叹为观止。我一直觉得，在文史界，后人难及前辈，读您首篇少年诗作，更觉如此。陈绛先生，也是一例，他时有佳句赠我。

有幸在珠海、承德与您相会，聆听高见、教诲，很珍惜、珍视，又见您比珠海时气色更好，更康健，很是喜悦。

捧读您的自序，知“望山书屋”得名缘由，在京城堪称闹中取静的上佳处，距景山仅一箭之遥，估计您常去走走，所以气色这么好。

盼望有机会再相会，再面谢，也请代问师母好！

时近新年，先向您拜年，恭祝

一切都好

学生 戴鞍钢拜上

2007 年 12 月 22 日

江苏常州汪一方先生来函(一)

刘先生：

您好！

时下出版物数不胜数，标牌多异，花枪种种，但满地满谷多为生猛海鲜之类，既贵又怕吃坏肚子，而实实在在如您著作般的五谷杂粮，反倒成了难得一见的稀罕物，叫人无话可说。

拜读《望山书屋诗词》，就如“从山阴道上行，山川自相映发，使人应接不暇”，沏一杯淡茶，书卷在手，时有豁然开朗的好心情。常见皇皇巨著，正襟危坐，高山仰止，总感有些惶惶然，读您的作品，则顿觉心清神爽，教益匪浅。

品味之余，遥想您举重若轻的丰采，虽不能至，心向往之，不禁妄生冒昧之念，托付鸿雁，奉上尊著，恭请题词，以感谢您所赐那一片可贵的清心天地。

祝

著安!

汪一方　敬上

2008 年 9 月 20 日

辛子陵先生致方约先生函

存宽先生诗集，气势恢宏，意境深远，催人奋起。感念先生雅意，只能以《千秋功罪》相酬。

2009 年 6 月 3 日

江苏常州汪一方先生来函(二)

刘先生:

您好!

赐下诗著奉读，让我重得豁然开朗的快意，非常感谢您对晚辈读者的关心。

很高兴您诗词续集的出版，从您的诗兴勃发也可知您的身体硬朗，唯盼再出三集、四集……细水长流。

现在快餐盛行，人心难宁，无暇细品诗歌韵味，诗歌似将逐渐淡出文学舞台，可是我想如果短缺了文学纯粹结晶的诗歌，总让人对这个时代生出莫名的悲哀。

再次感谢您的厚爱，祝您和家人一切安好。

汪一方　敬上

2009 年 8 月 1 日

广东中山大学历史学系蔡鸿生教授来函(二)

存宽吾兄为晤：

诗作又续新篇了，可喜可贺。

人能诗化，或被诗所化，就纯了，就高了。吾兄“望山”，弟则“望您”，目光总是向上的。

除纪游、感事外，以吾兄之学养，似亦可作“论史绝句”，就像杜甫的“论诗绝句”那样，是所企盼。

祝贵体健胜，敬颂

夏安

蔡鸿生

2009 年 8 月 12 日

中国社会科学院世界历史研究所张顺洪教授来函

刘先生：

您好！非常感谢您赠送《望山书屋诗词·续集》。细心拜读，感受颇深。先生之诗生活气息浓烈，时代情怀深厚；江山美景、人生乐趣、亲朋友情、豁达心胸，皆跃然纸上，佳句颇多！我最喜读绝句。略列几例：“韩村一过天忽霁，喜览千峰秀色多。”“竹掩农家村舍静，山围溪谷稻粱黄。”“细雨无声添翠色，送君一路到扬州。”“山中一日经双季，何处风流胜此游!”“诗样田园成闹市，翻疑此地是周庄。”“染得粉壁如玫瑰，不爱黄昏更爱谁?”

今春回家乡，有所感，作小诗一首，录于下，请您批评指正。《清明回故里》：清明回故里，雨细缅思长。麦绿闲池畔，花繁小径旁。老桑发嫩叶，旧舍改前妆。兄弟皆他住，门庭菜草香。

祝先生身体安康！全家幸福愉快！

后学　顺洪敬上

2009年9月1日

中国社会科学院直属机关党委雷风同志来函

存宽兄：

《瞬间》的情与景，自是赏心悦目。用一些平平淡淡的话写出来，反能说出此一寻常情景中的“奇妙”来，淡得有味道。

《依恋》也引起我的一些回忆。关于诗歌，我最初感兴趣的是“饮马长城窟，水寒伤马骨……”“十五从军征，八十始得归……”这大概是我当时生活在日寇占领区，兵荒马乱，人民生活困苦，极不安定的原因吧。这是些闲话，顺便说说。讲到这首诗，我同样喜欢，只感到“水泥森林的瘴气乌烟”似乎还应再斟酌斟酌。水泥森林的出现恰是人类由农业社会进步到工业社会的一种现象，“水泥森林”应该是功、过，利、弊都有份的，如果一概斥之为瘴气乌烟，怕引起不必要的误解。不知我这意思妥不妥当，供您参改。

天气一下冷了，我有些不适应，近日血压忽然升高，希望您也多多珍重！

风

2010年10月20日

四　祝贺八十寿辰诗文

祝贺刘存宽先生从事学术研究55周年暨80华诞

刘存宽，四川南充人，汉族，1928年出生。1934—1939年读小学，1940—1942年上初中，1943—1945年上高中，1945年高中毕业。1946—1952年先后在北京大学先修班及本科毕业。1952—1955年在中国人民大学研究生班（外交系）学习并毕业。1955—1964年在吉林大学历史系任教，教世界近现代史（讲师）。1964—1966年借调北京从事中苏边界历史的研究工作。1976年正式调回北京。

曾先后任中国社会科学院近代史研究所中外关系史研究室主任，近代史研究所学术委员、研究员，兼任中国社会科学院边疆史地研究中心学术委员会委员和副主任，联合国教科文组织国际科学委员会（中亚文明史）国际委员，华北地区中俄关系研究会秘书长、常委及会刊主编，中国中俄关系史研究会常委、副会长。曾先后多次赴苏联、法国、英国，以及香港从事学术访问并赴美国等地游历，带回有关中外关系史和香港史的大量档案，并赴全国各地收集了大量有关中俄关系史的文献资料，为中俄关系史和香港史研究的资料建设做出了贡献。

有多方面学术文化著述，其中包括中俄中苏关系史、港澳历史、世界史、翻译、散文、诗词等领域，其中有多项获奖。会英、俄、法文，有多种译著问世。现已离休，为中国中俄关系史研究会顾问，中国社会科学院“秋韵”诗社社长，香港大学内地校友联谊社理事。

中国社会科学院近代史研究所中外关系史研究室

嵌字贺存宽先生长寿

曾景忠

嘉德**存**念友朋心，厚道**宽**诚待众人。
才气**长**于诗暨史，同期**寿**树百年轮。

2007 年 12 月 18 日

贺刘存宽先生八十寿作

曾景忠

刘存宽先生今年八十初度，近代史研究所中外关系史研究室，于 2007 年 12 月 20 日上午，举办祝贺刘存宽先生从事学术研究五十五周年暨八十华诞座谈会。所负责人和所内研究人员到会甚多，对刘存宽先生的道德文章、学术研究成果和诗词创作才华多所赞颂。对我而言，存宽先生可谓挚友，亦如师如兄长，对我帮助极大。我参加座谈会，怀着祝贺和感谢之情，发言中将会前所作五言长诗一首诵读。会后，再作增补。

如师如兄长，吾友老刘郎。八旬届初度，同事聚一堂。
祝寿贺学术，五十五年长。众口齐赞美，德业俱馨双。
本是蜀中郎，求学来北方。研读中外史，迈入学者堂。

精通英俄语，法文亦在行。吉大曾从教，入所编研庞。
沙俄侵华史，四卷诚皇皇。主要撰著者，统稿颇繁忙。
中英香港史，专书兼文章。香江回归日，配合时正当。
中苏关系论，精彩创见强。著译有多种，难以数语详。
才华展示广，诗文均优良。亦喜练书法，室内翰墨香。
古典诗词兴，文人诗大张。万卷书受益，万里路行长。
足迹欧亚美，名胜多观光。感受加史识，每游得诗行。
曾吟包文正，曾咏文天祥。天山风光美，火州葡萄香。
专制皇冠落，巍峨宫殿荒。历史留遗迹，经验教训藏。
诗作结集印，作家出版坊。望山书屋卷，评介多篇章。
品德赖修养，传统美德彰。老年尚怀母，尊师铁崖王。
爱护诸后辈，著译亲手帮。待人诚宽厚，友朋多赞扬。
结缡杜医师，挚爱相扶将。相濡以沫情，忧乐共与尝。
抚育子和女，善教亦慈祥。留学均赴美，展才各一方。
年长离休后，学术未停将。研究各专题，著述仍照常。
学术研讨会，频频交流忙。远赴港与澳，主讲时承当。
诗词作品盛，年年数百行。心胸更开阔，身体保健康。
而今届八旬，精神尚朗朗。祝君多长寿，百龄更荣光。

2007 年 12 月 19 日

贺存宽学长八十寿辰兼以自励

闻少华

刘郎本色是诗人，蕴藉风流更率真。
学贯中西根柢厚，才兼诗史望资深。
冬寒瑞雪春方近，秋韵新篇晚更醇。

寄语学兄仍努力，八旬岂必是高龄[①]。

2008年12月

祝寿[②]

圆 圆

敬爱的父亲母亲大人，各位尊敬的亲朋好友：

欢迎各位光临。今天是我爸爸80岁，妈妈76岁，维理45岁的庆祝寿筵。这是我们家的一件大喜事，非常感谢大家喜气洋洋地从四面八方赶来，为他们三位祝寿。我们刘家人气真的很旺！让我们先向三位表示最衷心的祝贺！

人的一生是一个不断认识的过程。不断地认识自己，不断地认识周围的环境，不断地认识周围的事和人。今年已经44岁的我，拥有很多美好的记忆。其中有很多是有关父亲和母亲的。我清楚地记得爸爸身上的烟味，妈妈身上的来苏水味；爸爸读灵格风英语的声音，妈妈年轻时走路的样子。小的时候，爸爸给我读安徒生童话，经常带一堆朋友来家里坐“烂板凳”，高谈阔论。妈妈给我找到一把小提琴，还带我去医院和她一同值班、查房。长大以后，上学工作，出国生子，经历许多事情后，才发现现在我刚刚可以真正地理解和认识我的父亲和母亲。

父亲是个聪明绝顶的人，是个有智慧的人。他的境界和对世界的理解是一般的人难以达到的。他非常敏感，对事情和人观察细致入微，对他喜爱的东西非常执着。又有诗人的浪漫，又有学者的严

---

① 本月21日冬至喜降瑞雪，恰逢存宽兄八十大寿之际。

② 标题为编者所加。

谨。同时他又是一个清高和有些愤世嫉俗的人。最重要的是，他是一个善良的人。他从不为了自己的利益去伤害他人。

母亲是我见过的最善良，最有同情心的人。她总是为他人着想，自然地为周围的人做着一件又一件好事。她是个非常独立的人，不怕负责任，喜欢亲力亲为。她是个天然的，不加修饰的人，是个难能可贵的，乐观的人。作为她的孩子，我和我哥是多么幸运！

我的身上既有父亲的影子，又有母亲的影响。我的心里充满了感激。不知怎样才能表达！人生七十古来稀。我真是有福之人。父亲今年80岁，母亲也76岁。而且二老身体硬朗，精神健康。实在难得！

祝父亲母亲大人，福如东海，寿比南山；健康如意，福乐绵绵，天天开心！

宽弟八十大寿颂

一 回忆

回忆像一杯醇醇的美酒，令人振奋，留恋！

还记得吗？我们手拉手上学，大北街、总真山、杨家沟。从小学到中学，在知识的海洋里，我们接受着启蒙教育。在你的诗集中曾这样说："早携上学晚携归，共戏同读似影随……"那是多么美好的少年时代。

还记得吗？我们悄悄爬上屋顶，观看蓝蓝的天，绿绿的树，还有那灰砖尖顶的教堂，我们憧憬着住上那样的小洋房。

还记得吗？在重庆沙坪塔，为了你上北大，我们共同筹划，编织着美好的计划。

还记得吗？我去北大看你，同学们叫你"咪宽"，穿着件灰长衫，立志为祖国作贡献。

还记得吗？你返川接存德、华田，在北京我们又相见，说不完的心里话啊！海阔天空，向往着美好的未来。

而今，那些美好的远景已经实现：

你，钻研近代史，为港澳回归著书立说。

你，遍游亚、欧、美，为祖国，为世界繁荣讴歌。

在电视屏幕上，我一次次见到你：在书报杂说上，我一次次品读你的大作。还有你优美的诗集，像一串串珍珠，给我无限的遐想、回味！

我为有你这个弟弟而骄傲！自豪！

二　祝福

岁月像悠悠江水不断东流去。这是一条永无止境的长河啊！在你八十寿诞之际，祝你和华田永远健康！幸福！相伴相依。

存淑　干成贺

2008 年 6 月于北京

存宽八十寿辰

少小家贫国难深，全民奋起请长缨。
救民救国寻真理，反帝反封弥坚贞。
大难兴邦天行健，自强不息勇攀登。
老骥伏枥思驰远，壮志耄年正青春。

存淑　存德　全光　存毅

干成　宪邦　存宏　岳武

2008 年 7 月 6 日

故乡的祝福

——存宽大哥八秩华诞献词

嘉陵江　白塔山
令你魂牵梦绕　日夜思量
这是你诞生和成长的地方
有众多亲人　有养你育你的爹娘
这里的一草一木　你了如指掌
为了它，你一生牵心挂肠

可是，解放前夕
你却自作主张　毅然决然　赴京求学　背井离乡　告别爹娘
在白色恐怖下　默默地加入中国共产党
这一走　便是一辈子　便是半个多世纪
于是，你又有了第二个故乡
同时，也有了驰骋史界　为国争光的战场

尘封的史册　发黄的纸张
成了你手中的珍品
转化成反击列强侵略者的神枪
你掌握四种外语　博览中外典藏
废寝忘食　殚精竭虑
终于成为我国对外关系史专家、中外边界问题专家
一部部宏著:《沙俄侵华史》、《19 世纪的香港》等等
在解决中苏、中俄边界中，在香港回归中，彰显出第一手资料的分量

新世纪来临

你的好梦圆梦接二连三

呵！十老结伴，荣归故里，扫墓祭祖，在众乡亲前集体亮相，无上荣光

十老扎根北京　实现梦寐以求的姊妹兄弟大团圆　共建美妙第二故乡

更巧合北京奥运开幕　实现百年梦想

当迎来你的八十大寿时

5.12 特大地震之后的故乡

嘉陵江依然流淌

白塔山葱茏漂亮

承先继后的众乡亲们　信心百倍　意志坚强

正为故乡的美好明天奉献力量

也为你的生日快乐而祝福

遥祝国内外亲人长寿健康

弟　善生　华俊

妹　文碧　世玉

2008 年 8 月 8 日于四川南充

恭贺大舅八十寿辰

别样襟怀别样才，

泛舟书海好悠哉。

撰史吟诗两不误，

一代宗师竟风采。

谆谆教诲记心怀，
至理名言开茅塞。
高山仰止多感喟，
但愿时光又重来。

晓明 祖昌 晶晶同贺
戊子夏至

贺大舅八十寿诞

高风亮节老史卿，
四海同声仰盛名。
耄耋杖朝膺国擎，
隆福寺里会诸英。

言行动关天下清，
诗文翰墨中华情。
寿公寿世寿国庆，
缉熙康宁未有尽。

博志 慧敏敬献
2008 年 7 月 6 日

大伯八十华诞

雪冷霜寒万里劲松曾傲岁

风和日暖千年古柳尚争春

爱宁　刘羚　凌屹同贺

戊子年夏

祝大舅八十寿辰

福如东海

寿比南山

福德　小宇　笑笑同贺

2008 年

五　慰病祝愈

贺存宽学长病愈出院

闻少华

岂料斯人有斯疾，欣闻妙手已回春。
齐眉堪羡神仙侣[①]，绕膝都成济世群[②]。
深信吉人多厚福，殊知《秋韵》赖兹文[③]。
平生道义兼师友，映丽青山照眼新。

2002 年 3 月 15 日于通州

寄医院刘存宽兄(二首)

曾景忠

一

朝思暮想老刘郎，早早醒从麻醉乡，

① 存宽兄之夫人杜华田女士，贤慧过人，护理不遗余力，诚难能可贵也。
② 存宽兄之公子及女公子均学有所成，或回国后执教于清华，或在美国创业。
③ 存宽兄在《秋韵诗词选》中有佳作多篇。

大姐、小苇逢相问①，无时勿念挂心肠。

二

闻君已醒心欢喜，云说嗓音仍很低。
期盼何时早康复，我们当面再谈诗。

2011 年 3 月

喜见刘存宽重病康复出院

曾景忠

心平气畅寿之缘，战胜病魔奏凯旋。
医院生活二百日，频添黑发满头悬。

2011 年 9 月

醒来吧，存宽先生！

梁星彭

“秋韵”诗社社长刘存宽先生因心脏病不适入院治疗，昏迷逾月未醒。谨以此诗祝他早日康复。

醒来吧，我们的师长，
诗社多么需要您！
需要您的关爱，

① 大姐，指刘存宽夫人杜华田；小苇，刘存宽之子。

需要您的学识，
需要您来引领携带！

醒来吧，我们的朋友，
诗友们多么喜欢您！
喜欢您的平易和蔼，
喜欢您的坦诚相助，
喜欢您的开拓风采！

醒来吧，存宽先生，
多少自然美景，
等着您去抒啸赞赏，
多少动人诗篇，
等着您去超越前代！

醒来吧，存宽先生！
您曾说过，
您是为诗而生。
那么，诗在，
您就不可以沉睡，
诗在，
您就应该早日站起来！

醒来吧，存宽先生！
诗友们为您祝福，
为拥抱您而热切期待。
诗友们为您祝福，

将为您战胜病魔而喝彩！

2011年2月7日

赠诗翁刘存宽二首

鄂学全

巧遇诗翁

十五入院因头痛，
巧遇病友乃诗翁，
天南海北尽兴谈，
拜读诗集义殊同。

2011年6月24日北大医院干二病房

告　别

同病相怜诗友情，
相见恨晚别难分，
诚望诗翁多保重，
祝福常青百寿辰。

2011年7月于北大医院干二病房

六　挽诗、挽联

悼念存宽

方　约

望山诗词犹在手，惊闻刘郎已西走。
朴实谦和仰遗风，伤怀痛失好诗友。

2012 年初秋

再读刘存宽同志诗集

吴　慧

结集秋来笔已封，又濡泪笔哭苍穹！
史坛硕果欣犹剩，诗国精英忍渐空！
谁费斫轮扶大雅？几蒙推毂借长风。
平生不尽思刘意，唱答曾随愧未工。[①]

2012 年 11 月

① 读梁星彭文始惊悉存宽仙逝，含悲赋此以寄。

悲中口占

郭　健

久病闭塞，阅2012年10月26日《中国社会科学报》，方知存宽诗兄已望山西去，悲中口占。

望山书屋今犹存，不见凭窗写诗人。
遥望西山霞云蔚，余韵蓊郁凝诗魂。

2012年11月2日

刘存宽同志千古

诗坛翘楚，有望山佳句，重振雄文，音容宛在；
韵友良师，以远见卓识，提携我众，情好长存！

秋韵诗社哀挽

2012年10月7日

（梁星彭、雷风、王明甫草拟）

悼念刘存宽先生挽联

学术探索　著译兼擅
诗词切磋　师友情深

闻少华　雷风　郭兴仁　曾景忠同挽

2012年10月6日

追怀刘存宽先生

雷 风

一从东厂结芳邻，便羡公才非等伦。
旧史深钩悲弱国，华章精铸念新民。
心仪硕德陈寅老，耻作沽名媚俗人。
留得望山诗卷在，小窗吟罢泪沾巾。

2012 年 10 月 24 日

痛悼存宽先生

闻少华

音容笑貌梦依稀，噩耗传来是也非？
道德文章清誉满，诗词歌赋令名归。
谊兼师友情难舍，告别遗身愿竟违。[①]
最是秋坛重聚日，小诗吟就裁倩谁。

2012 年 10 月 9 日于通州

追念存宽兄

王明甫

尚待平复促膝谈，忽传噩耗痛何堪。

① 我因不良于行，未能去八宝山送存宽先生最后一程，引为最大遗憾。愿刘公一路走好。

交游历历成永忆，时上心头又眼前。

2012 年 10 月 9 日

痛悼刘存宽先生（四首）

孙景超

多年来，存宽兄与我在诗社相交甚笃。他的逝去，使我长时间陷入无比悲痛之中。感此，作拙诗四首以祭之，聊表敬意。

一

惊闻噩耗秋云暗，痛抑哀伤五内中。
互祈安康昨日事，奈何君去竟匆匆？

二

诗坛翘楚久名传，笔底风雷卷巨澜。
秋韵同悲星斗坠，低回脉脉看望山。

三

重振诗魂壮志酬，呕心沥血几时休？
残身颤颤犹奋笔，此景谁知不泪流！

四

良师益友情缱绻，教诲多多难尽言。
它日再逢秋韵事，唯求梦里细长谈。

2012 年 10 月

痛悼刘存宽吟长

吴宗钫

噩耗传来泪满眶，诗坛折柱众悲伤。
呕心沥血兴秋韵，佳句新歌响四方。

2012 年 10 月 18 日

沉痛悼念刘存宽先生

王礼琦

惊闻噩耗痛心胸，惜失良师凋古松。
益友仪容何处觅，惟将美酒祭宽兄。

2010 年 10 月 18 日

纪念刘存宽先生

曾景忠

诗人学者老刘郎，创作科研两显强。
情景交融吟异域，古今通会咏家邦。
沙俄侵掠编书卷，香港回归撰史章。
劳苦一生随鹤去，学坛诗苑俱留光。

2010 年 10 月 20 日

悼刘存宽先生

庚德昌

"望山"诗作文彪炳，耄耋诗翁性坦诚。
益友良师扶后进，谦和君子传佳名。
德高辉映长空月，望重滋荣"秋韵"青。
惊悉先生乘鹤去，霏霏泪雨忆英灵。

2012 年 10 月 18 日

悼念刘存宽先生

梁星彭

以诗为命不惜身，羸病挥毫献韵忱①。
化作祥云自在去②，大江南北送清芬。

悼刘存宽先生(三首)

秦麒明

一

秋韵诗社正火红，群贤雅集吟东风。

---

① 刘先生在大病初愈后即写就了《传承创新，重振中华诗魂》那篇绝笔雄文，对我国传统诗发展方向提出了精到见解。

② 刘先生《大病初愈》诗有"凤凰浴火重生后，化作祥云自在飞"佳句（见《秋韵》2011 年第 1 期）

新章翘盼高格调，孰料痛失老诗翁。

二

流韵清泉读《望山》[①]，噙香咀华沁心田。
高人已跨黄鹤去，愧无才情续锦笺。

三

独对遗文泪泫然，弱躯倚枕续鸿篇。
病魔肆虐惜君去，永留诗魂天地间。

2012 年 10 月 6—16 日

忆存宽老师(二首)

李继军

心存宽厚性情真，哦吟古体吐清芬。
提倡诗词写现实，期盼诗歌振国魂。

悄系秋韵倾心血，谈诗说词著雄文。
扶老携幼诗坛路，丝尽留下是精神。

2013 年 7 月

① 即存宽先生的诗词集《望山书屋诗词》及其续集。

德馨永恒

——记一封推荐信

陈　好

刘存宽老师辞世的第二天，随秋韵诗社社长孙景超、副社长梁星彭同志去他家祭拜。其家属拿出刘老师临终为诗社课题写的推荐信。

双手捧着刘老的遗作，
蕴存着热血的推荐信，
直到生命的最后一息，
他为诗社的课题精力竭尽。
望着刘老的遗墨，
仿佛看到他重病抱衾，
仍在呕心沥血，用颤抖的手，
书写对诗社未来发展的探寻。

读着刘老的推荐信，
学术立论句句严谨，
耄耋之年思开拓创新，
拜读令人如沐甘霖。
刘老的遗愿融进了推荐信，
饱含着对诗社的关心，
传递着对诗友的深情，
闪烁着永恒的睿智和德馨。

挽 联

史学折柱　文章道德昭天地
亲好怀恩　兰薰桂馥润身家

外甥女、婿　安奇　光理

挽诗友联

壬辰运舛，刘吴①化青烟，渺渺入天界，诗社先损两台柱，痛哉！

癸巳时乖，陈君②成彩雾，翩翩离人寰，吟斋又折一股肱，惜矣！

郭兴仁

清平乐·纪念刘存宽先生逝世一周年

景山游叟，长凳常常候，古韵今声详说透，吸引年轻耳凑。　　青烟升上长空，转眼又起秋风。挚友依然常守，久等不见诗翁。

郭兴仁

2013 年 10 月

① 刘存宽先生于 2012 年 10 月逝世，吴庚舜先生于同年 11 月逝世。他们分别任《秋韵》诗社第三任和第二任社长。

② 陈新先生，笔名万木春，于 2013 年 8 月辞世。有《咽日诗稿》、《诗词格律辨惑》等著作存世。

七 追忆纪念文

世界上最爱我的人走了

杜华田[①]

光阴荏苒，存宽离开我们乘鹤西行已两周年。回想这段时间，如做噩梦一般苦苦地熬过来了。存宽从2001年患肺部重病开始算起，十二年间曾接受多次大、小手术、两次入住医院重症监护室，几进几出医院大门，与病魔作艰苦的抗争。他心胸豁达、开朗、心态好，未被疾病吓倒，能面对现实，积极治疗，因此才能长期战胜病魔。但终因年纪大、抵抗力降低，多种重病缠身，受尽了痛苦和折磨，无奈离开家人亲友与世长辞，享年八十四岁。

送别了存宽，我的心都碎了，我失去一个世界上最关爱我的好伴侣，最了解我和最懂我的人。我像一只折翼的鸟飞不动了，食无味、寝不安，失魂落魄般极度痛苦不能自拔。往日爱唱歌的我，一句歌词都发不出声来，脑中时时闪动着存宽的音容笑貌。当春日来临阳光明媚，百花齐放，一片姹紫嫣红、湛蓝的天空白云悠悠，这般美景我也高兴不起来。我伤心地叨念着：存宽再也见不到这一切了，我多希望能陪他多待些时日，但转瞬间都落空了，人是多么脆

① 杜华田女士于2015年12月10日因病去世。——编者注

弱呀！

我们是六十多年相识相爱的伴侣，深厚的感情难以忘怀，虽从道理上明白，人生一世，生、老、病、死是自然的过程，不管贫贱富贵，都得遵循这个自然规律，任何人也无法抗拒。自己一再说服自己，但总是反反复复，难以割舍这份情。终于半年后我也患上重病，新的打击袭来，我猛醒了，我应向存宽学习，珍惜生命，顽强地与疾病抗争，一切往前看，开心过好每一天，存宽在天之灵才能放心、高兴。

我和存宽从少年时期相知，但未接触过，他是一个聪明、勤奋好学、成绩优良、品学兼优表现突出的好学生，受到老师的称赞，同学的爱戴和尊重。他于 1946 年高中毕业后考上北京大学，便只身离开家乡四川南充北上求学。20 世纪 40 年代时局不稳，他与家人失去联系。直到四川解放后，1950 年他才回家探亲。这时我们才坦诚相见，建立了深厚的情谊。我与他妹妹是同班同学，当年高中毕业准备高考，仰慕北京的大学，相约随存宽我们三人同行，离乡赴京求学。自古有“蜀道难，难于上青天”的名句，当时四川无一条铁路，出川多行水路，我们三人乘坐小木船在嘉陵江摇摇晃晃三天后到达重庆，再乘轮船经长江出川。轮船开船无定期，等待多日才买到睡在甲板上的船票。甲板会遭风吹雨淋，为了求学，我们都不在乎。经过多日，抵达武汉，当日乘火车，经过三天才到达目的地北京，行程计有廿三天。现在交通发达，乘飞机从南充家乡到北京两个多小时即可到达，真是不可同日而语。回忆那段初出家门的行程，如讲一个古老的故事。

到京后，直奔北大沙滩红楼校区，感谢北大校友热情接待，暂借住女生宿舍灰楼。不久，北大管理部门不但未撵我们，还对外省市来的考生很宽容、理解和照顾，安排我们免费住女生宿舍。食堂管理科批准我们入伙学生集体食堂，每月伙食费便宜，只相当于后来的七元人民币。从此，我们生活在北大校园，白天可在图书馆看书，晚上闭馆后还可以到灰楼前学生阅览室读书。我们很高兴、很知足。同时北大有关组织了解我们经济有困难，还介绍存宽到东城区某中学做代课老师，每月有些收入可以补贴生活费，这样坚持到第二年我们考上大学才离开北大沙滩。我心中一直对北大这种宽宏大量的气度怀着尊敬和感谢之情。当然，如没有存宽的关爱和无私的帮助，我们也很难来北京读书并立足于北京，因此存宽对我的情义很深，我终身不忘。在北京逐渐成长的过程中，我们毫不犹豫地互相选择作为终身伴侣，这种感情是真诚的、纯洁的，基础是深厚的，至今也无怨无悔。

一起生活了近六十年，经过风风雨雨的考验，了解他一生清清白白，为人正直，无城府，甚至有些书呆子气，但有独立思考的能力，热爱祖国、热爱家人和亲友、乐于助人，佩服他一贯工作勤奋、作风严谨、工作效率高，能吃苦耐劳。虽多年受各种社会因素干扰，但仍能尽力刻苦钻研，在工作中贡献出自己的一份力量，获得丰硕的成果。

我们在工作、生活中相濡以沫，存宽对我总给以鼓励、帮助，例如20世纪年轻时我下乡巡回医疗，一去就是半年，家中无老人，他便担负起照顾两个年幼孩子的生活、学习，又要忙自己的业务工作，对他来说是非常不容易的事。1993年春节大年初一早晨，我忽被重病袭击，听力完全丧失，处于一片寂静的无声世界，头重度眩晕不能动，眼不能睁，否则见到四周物体、房屋高速旋转，同时伴有严重的恶心呕吐，感觉正坠入一个黑色的深渊。存宽心急如焚，幸好在亲友的帮助下入住医院神经内科，经两个多月的治疗，基本恢复出院，但听觉无法挽回，成耳聋残疾，给日后的生活带来极大的麻烦。存宽仍耐心、理解地待我。后从他的诗词句中了解他当时的心情，诗曰："鞭炮声声不是春，苍天无眼祸斯人。摧肝裂胆内如焚。自信好心得好报，安将吾体代伊身？人间至爱本难分。”这种真挚深厚的爱，令我万分感动。在2012年他患严重心梗病，经抢救住院七个多月才出院，出院后身体很虚弱。他曾对亲友讲，担心我耳残如何独自生活？这种人间无私的真情是多么宝贵、高尚，我三生有幸，能与这么纯洁的人结缘，感谢上苍。

我们有许多共同的爱好，如喜欢音乐、热爱大自然，离退休后，休闲时间多了，便多次参加旅游团，同游祖国的名山大川，参观各地的名胜古迹，曾去美国、西欧诸国欣赏域外的风光美景和宏伟的建筑。他是一个好旅伴，具有丰富的史地知识，一路可听到他的介绍或讲些民间著名的传说故事，增长知识，大开眼界，丰富了生活，留下了美好的记忆，共同度过幸福的晚年岁月。

存宽离休后虽有病在身，但从不放弃工作，看书学习是生活的重要内容。他自幼喜好文学、古诗词、音乐，崇敬大自然，具有充沛的感情。他不停地创作散文和诗词已成常态，晚年参加社科院老干部局组织的秋韵诗社后，结识了一批志同道合的诗友，心情更加舒畅，激发他的创作热情，不断有新作品与诗友交流、唱和，发挥了他的特长。灵感不断涌现，这与他长期知识的积累，诗人的气质有关。他曾感叹道：以前没有时间在这方面下功夫钻研，否则会做得更好些。

最亲的两个生命六十多年相依为伴，往事刻骨铭心的难忘。在此怀念他，我这支笨拙的笔无法充分表达心中思念之情，也不能道出他一生的全貌，仅此点点滴滴的回忆。存宽，请原谅吧！亲友都怀念着你，安息吧！

这本诗集的出版，是在秋韵诗社孙景超社长的领导和关怀下，经全体编委的努力，并得到中国社会科学院的领导、院老干部局的强力支持下才得以顺利实现，在此表示真诚的感谢。并衷心感谢孙景超社长为此诗集作序和许多亲友创作宝贵的纪念文章和诗词。还有存宽生前好友郭兴仁、曾景忠二位同志，不辞辛苦地收集资料，重新整理编辑，费尽精力，促成诗集成功出版，在此表示诚挚的谢意。

2014年12月5日完稿

诗人的背影

一 苇

父亲匆匆地走了，给我们留下无尽的遗憾和思念。同时也留下取之不尽的宝藏，他的诗作就在其中。父亲作诗总是推敲再三，殚精竭虑，家人劝他注意劳逸、从长计议，但他却每每欲罢不能，为构思一篇诗论终致心力衰竭，晚年诗词是他的生命。

年轻时任教吉林大学，众多东北大汉环绕下，清秀的父亲身材略显单薄，但幼小的儿子始终为他自豪，和别人比自己的父亲眼神总是灵动清澈，最富智慧，学问中西合璧、博古通今。家里时常人来人往，学生、同事、朋友还有数位德高望重的忘年交前辈，清茶一杯、讨论时局、抑扬天下。

书与父亲终生相伴，在吉大，除了教书，每天还要读书、写书。晚上为了不影响家人休息，他自己跑到没有暖气的外屋继续工作到下半夜。几十年笔耕不辍，著作等身，是中俄、中英关系史研究的主要奠基人之一。可惜因“文化大革命”的缘故，他那二十几万字的《美国史》书稿未能付梓，明快流畅的文字放在楼梯下，五年的心血让宅屋的老鼠们得以个个满腹经纶。

在儿子眼里，父亲是位老一辈的书生，虽有杀过的鸡还能飞走之类的笑话，读起书来却十分机敏。看一本俄国探险家的游记时，他拿地图跟着在黄河源头游走，发现有些问题，最后质疑，有可能是中国地图标识错误，刊行几十年的地图为之更改。父亲虽然每日身在书斋，而绝不囿于书斋，常以开放的心态对人对事。20 世纪 60 年代初他在吉大工作时，鬼使神差让这位古文、俄文都臻入化境的年轻才子进入校图书馆一堆没有编目、近三十年无人问津的敌伪档案里。他以犀利的目光穿透厚厚的灰尘，让这些遗失多年被日寇窃取对国家利益至关重要的中俄外交档案得以重见天日。这些档案资料马上成为当时中苏边境谈判的文献基础，也成为日后沙俄侵华史研究的文献基础。

尽管天资聪颖（相士讲他十斗全、中状元），父亲做学问踏踏实实，七八十岁的高龄还要每日伏案十小时，工作量让年轻人咋舌。1981 年为香港回归做准备，他前往大英博物馆，一待就是三个月，每日查阅、筛选、复制，带回二十万元的有关早期中英关系和香港史缩微胶卷档案资料，这批资料又成为中英关系史和香港史研究的文献基础。

父亲的书生气大概由来已久，来北京读书，临行祖父送他六个字“明利害，知进退”，希望他终身谨记。但当他的学生、师长、同事遇到危难，他总把那六字真言丢在脑后，每每挺身而出为人遮挡。他经常被权势者施以报复（因揭发工宣队长侵吞于省吾老先生财产，被工宣队赶到乡下等等），却永不悔悟。在他那里，“利”字永远大不过“理”字。书生父亲安贫乐道，去国外出差本来经费就不多，却要省着用，好多带些资料回来，最后人累得不行，还结余了钱，没给家人买东西，全部退还给外事局。当时的王光美局长感叹道：“老刘你是独一份。”

书生父亲的幸福除了读、写，交友之外，也来自对家人的关爱，奉献而不思索取，罹患癌症、心脏病，怕影响儿女工作，总是尽量自行料理。家里的人个个认真，平日里有所分歧甚至争执在所难免，每当此时首先打圆场找台阶下的是父亲，半点也不会书生意气。对同事也是这样，如果和谁发生误会，他便要借故求对方帮点小忙，以求冰释前嫌。父亲待人宽厚，正像他的名字。我幼年时，一次擅自在家里横跨天花板上拉了三行铜丝做矿石收音机天线，父亲回来听之任之。客人来家里见到很是诧异，询问缘由，父亲随口答道："那是我儿子的天罗地网"，一笑置之。

父亲年轻时喜欢文学，许多中国古典诗词、散文名篇都能张口成诵，家里也有北大读书时购买的一些英美文学原著。中年时一方面因为工作繁忙没有时间，另外当时也根本不是可以自由创作的年代，诗词读得多写得少。开始注意到父亲写诗已经是 1986 年，我们一起去泰山。崖边拱北石附近人头攒动，各自占据观日的优势，脚下的云雾遮掩了山下的村落。父亲不和我们争抢，独自靠在人群身后十几米、高一些的石壁下，当时不知道父亲十分敏感恐高，还以为他怕冷在避风。天边的云霞由紫到红越来越暖，忽然大家手指东方异口同声地喊："太阳出来了。"我们都庆幸自己的好运气第一次来就看到了日出。回北京后不久的一天，忽然发现案头有首小诗《泰山日出》：

鸡鸣晨雾中，万目尽朝东。遥指云开处，金轮出海红。

从父亲的角度，不仅是日出，观日的我们也成了景物。寥寥数语，生动贴切概括了全部场景。此后书生父亲渐渐又成了诗人父亲。

文如其人，诗如其人。父亲乐观豁达，又细致入微，诗文时而天马行空，时而细雨梨花，有李白的跌宕、杜甫的宏远，又有白居易的清秀。父亲和许多前辈一样学习工作，过着平凡的默默奉献的生活，而他的不凡之处在于，他用他的诗词揭示出平凡生活原来竟是如此的美好。

博学 智慧 正直 善良

——忆父亲

圆 圆

父亲去世时我在美国。我匆匆赶回国参加了葬礼。回到美国后，我并不觉得他已经走了，好像他和我的世界只是隔了层纱，他还和我们在一起，只是互相看不见而已。各种有关父亲的记忆异常清晰，他留给我和孩子们的爱，依然像阳光一样温暖。

父亲博学，对世界充满好奇，又懂好几门外语，所以他的知识面特别广。他讲话生动有趣，人又平实谦和，所以，朋友很多。记得小的时候，他在吉林大学教书，家里总是有学生和同事来找他聊天，谈天说地，评古论今，议论时事，有时还会争得面红耳赤。不聊尽兴了不会停。他和朋友们聊天时，我就坐在边上旁听，现在想起来，那些谈话对我的成长有着至关重要的影响。父亲的乐感很好，是个不错的男高音。他高兴起来会亮开嗓子唱歌，中文歌英文歌都有。“文革”时英文歌算小资情调，不许唱的，不知为什么他并不忌讳。他还给我们这些小孩儿讲安徒生童话和希腊神话，我们都被他的故事迷住了。

在吉林大学时，系里有个教授是右派，周围的人都像躲瘟疫一样躲着他。只有父亲见面时会和他打招呼，还和他聊天。他生病了，父亲就介绍他到母亲工作的医院去看病。病好了，出于感激之情，这位右派叔叔请我们全家去他家里吃饭，父亲就带着全家去他家做客。在那人人自危的年代，不知父亲哪里来的这样的勇气。

父亲这样的故事还有很多，他对权威不卑不亢，对朋友爱护有加，对地位比他低的人也很尊重。很多人说他“迂腐”，可正是这书呆子气才是他的最可贵之处。

父亲对我的爱是无条件的。每次回家，他总是拉着我的手左看右看，眼睛笑成了一条缝。见到外孙和外孙女，那更是乐开了花。随着我自己年龄的增长和心理的成熟，和父亲的沟通更容易了。打越洋电话，有时会天南地北地聊一个多小时。有一次和他提起古印度有一位君王 Ashoka，不知中文翻译成什么。父亲马上就说，Ashoka 是阿育王，还讲了一段有关阿育王的故事。我感叹他学问渊博的同时，也感觉到他和我分享这些故事时的快乐。我们的灵魂在那一刻是相通的。

父亲大病一场后，对死亡不再惧怕。他坦然迎接生命的终结，因为他已经准备好了。他把杨绛翻译兰德的诗《生与死》放在他书桌的玻璃板下：

我和谁都不争，
和谁争我都不屑；
我爱大自然，
其次就是艺术；
我双手烤着
生命之火取暖：
火萎了，
我也准备走了。

看到这首诗，我能猜到父亲走得有多潇洒。我知道，在他的世界里，他还在关注着我们。我能感觉到他的存在。

女儿　圆　圆

忆刘叔

杜德钦

刘叔仙逝两年，内侄德钦怅然，借古人言，诵念刘叔立德、立功、立言三不朽。

其一立德。刘叔名讳存宽，名如其人，刘叔之德，首推宽和，与先祖刘备相近，见《三国演义》第一回言刘备："性宽和。"

刘叔久居京城，地利之便，八方亲友多来拜访，无论亲疏远近，刘叔一律热忱款待，颇有古代孟尝君之遗风。大家心存感激，口口相传，访者愈众，刘叔依然故我，毫无嗔怨。至此，亲友效仿刘叔待客之道，此举与老子所言相符：是以圣人处无为之事，行不言之教。

我个人感触刘叔宽和之德的事情有一件。1986 年墨西哥足球世界杯赛，在此期间，学校宿舍无电视，无奈，我借刘叔电视看球赛。这一届世界杯赛，我们用刘叔的电视看到了马拉多纳的"上帝之手"、风之子卡尼吉亚的飘逸跑动、劳德鲁普的横空出世……三十年过去了，同学们还铭记着这件事，大家说，刘教授当年不是借给我们一台电视，而是送给我们一届完整的世界杯，功德无量！

其二立功，刘叔毕生治学中俄关系、香港问题，其成果享誉海内外，其研究实质是为国家、民族主张领土。依此信念，刘叔皓首穷经、淡泊名利、毕生无悔。刘叔一生功莫大焉！

其三立言。今刘叔立言，一学问、二诗词。一学问，刘叔一生著作立身，如《沙俄侵华史》、《十九世纪的香港》、《香港史论丛》、《租借新界》等，学问立言断不为过。二诗词，刘叔晚年潜心诗词，结集出版《望山书屋诗词》两册，其诗作被收入《中华诗词大全》、《中华当代四季诗抄》等。在我看来，刘叔咏叹大自然的诗词读来沁人，其原因很简单：诗人心静如水，有此心境，才能写出美国听雨、欧陆观溪、神州碧云天……刘叔诗词立言之功不逊于学问。

言为心声，拜读刘叔学术著作、诗词，本质是读识刘叔心境，非一时一刻能读懂，需时日……

刘叔立德、立功、立言三不朽，后辈谨记。

忆外公

我的外公是我生活里的一个不变的常数，是一棵智慧的，古老的，根须牢牢地扎在泥土里的大树。我小的时候，每年夏天都去北京，很难想象哪个夏天没有他和外婆。我记得四岁的时候，外公教我唱“我心永恒”，然后耐心地听我扯着脖子高声唱。我还记得，只是三个月前我为他画了一幅素描。他看后笑了，说我把他画得像“超人”。我想，如果“超人”是知识分子的话，外公还真是有些像“超人”。他仁慈，有爱心，我从来没听他说过别人的不好。虽然我看不太懂他写的诗，但我知道他是个出色的诗人。我会怀念他的学者风度和他的人生故事。他活了八十四岁，一秒钟都没浪费过。我会非常想念他，但我知道他爱我们，我们也给他的生命带去过快乐。所以我们不应该悲伤，他的生命很圆满。

外孙女　王奕林

2012年10月于美国加州圣迭戈

忆念师友存宽先生

曾景忠

2011年年初，刘存宽先生心脏病发，紧急送往医院抢救，昏迷了两个月，才离开了死神。他苏醒后继续治疗，总共住了八个月医院，逐渐康复，才出院回家。所有他的同事朋友，都庆幸他闯过了鬼门关。今年诗社每两个月举行一次的活动，他还都去参加。不意出席8月中旬诗社活动后，他又一次住进了医院。我与妻子一起去医院看望他，感到他明显地虚弱，情绪低沉，甚至想到身后事，担心留下他夫人杜大夫怎么办。我们宽慰他：去年病情那么严重，都挺过来了，这次也能恢复，不要过虑。后来郭兴仁同志去看他，回来说，老刘身体状况好一些。中秋节、“十一”前夕，听说老刘出院回家了，我很高兴，去看他时，觉得他气色不错，简单谈了几句。我心想，假日期间他可好好静养，不要去打扰，待假日结束后再去与他交谈。

不意10月5日下午我和老郭去看他时，他已临垂危，杜大夫正为他做人工呼吸抢救，他儿子刘一苇联系急救车。待急救员来，抢救一会儿，抬到楼下时，急救员就告诉说，让家属做最坏的准备。到医院抢救无效，老刘当天就离开了人世。

虽然对存宽先生身体虚弱是了解的，但他这么快去世，我还是感到突然。我真后悔，他最后这段岁月，特别是他最后的一段日子，没有多与他交谈，了解他的心思，给他安慰。

回想我与老刘相识，八十年代时只是同所的同事而已。印象深的一次，是1985年9月，所里组织大家游泰山时。我带着六岁的孩子爬山，碰上老刘夫妇。他们走得慢，他儿子一苇已二十岁了吧，帮着背包，走得很快，还有意走路旁不平处，以便等待他父母。我知道他们一家人（还有个漂亮的女儿）很美满，真羡慕老刘的福分。

1989 年，搬到东厂胡同北巷宿舍后，我与老刘成了同楼邻居。九十年代我编《抗日战争研究》杂志，老刘研究香港史，他支持过我们刊物一篇关于抗日战争结束时，中英争夺香港受降权经过的论文，我与他有一层编辑与作者的关系。

我与老刘关系密切起来，是在我退休前后，主要缘于两个方面。一是在英文翻译方面，我请他把关校核过译文。每逢论文需写英文提要，我先拟初稿，请他批改。他都不厌其烦，有时还翻查辞典，确定选用最合适的词，体现了诲人不倦、一丝不苟的精神。一是他积极约我参加院内离退休人员组织的秋韵诗社。我每有兴感成句，都请他审正。为遵守诗韵格律，他帮我逐字推敲平仄。在这些方面，他都是我的老师。对于他的帮助，我非常感激。后来，他写了诗作，也让我看看，征求我的意见。我们之间结有诗友情。

因同住一楼，常常串门，或去景山及往返途中，我与老刘说古论今，学术诗文，新闻时政，无所不谈。他对 1949 年后许多“左”的错误认识深切，尤其对道德文明遭到的破坏和退步感触甚深。他怀有忧国、忧党情怀。我们交往情深。他和杜大夫去美国探望女儿，在那里住得较久。那段时间，我真感到少了一个谈心交流的朋友，非常想念他。

老刘阅历学识丰富，交谈中我颇受教益。听他说起过：张澜任过他就读的中学的校长；沈崇事件时，他与沈崇是同班同学；五十年代初，北大曾请王明（陈绍禹）做报告，王明水平高，口才非常好。我曾建议他将其经历写成回忆录，不知他写了没有。

我知道，他是中俄关系史和香港史的知名学者。除了学术造诣和外语水平高外，他的国学底子深厚，尤长传统诗词写作，出版过《望山书屋诗词》及其续集。他诗词创作技巧熟练，将历史文化积淀熔铸于诗作中，故他的诗是现代文人诗的一种类型。离休后，他除继续参加过一些学术活动外，积极参加诗社的工作，前几年担任诗社社长，也多有操劳。离世前的日子，他还在审阅诗社编的诗论集清样。

虽然在理性上，大家都懂得新陈代谢的自然规律无可违抗，人的寿命是有限的。但熟识的朋友离开，我们都免不了哀伤，思念过去的交往。转眼间老刘去世七十天了，现写此短文，以表纪念。

存宽先生去世后，诗社的同志准备将他的全部诗作汇编出版，也是寄托对他的缅怀和哀思。

2012 年 12 月 14 日

怀念刘存宽师

郭兴仁

2012 年 10 月 5 日下午六点，尊敬的师长、亲爱的朋友刘存宽同志走完了八十四载的历程，为自己精彩的人生画上了圆满的句号。十多年来他一次次顽强地同病魔作斗争，一次次战胜病魔，同时继续从事科研工作，并且不忘自己毕生钟爱的诗歌创作。

存宽师生就一副诗人肚肠。1942 年还是一位 13 岁的少年，他就将自己的诗心与国魂民命融合在一起了：“国破民涂炭，敌机日犯川。血流盈巷陌，残体挂枝端。”此后他便与诗词结伴同行，直至生命的终点，正所谓“日吐拙诗八九行”。

存宽师不仅积极创作传统诗词，而且亲自撰写论文，从理论上论证创新与传承的关系，指出创新不可以拒绝传承，为发扬和光大传统诗歌这一中华文化的优秀遗产而费尽心力。据我所知，今年 8 月他住院之前就是因为撰写诗歌论文而疲劳过度染上肺炎的。并且直到生命的最后一天，他的书桌上还摆着诗社编的诗歌论文集校样。存宽师不仅限于创作传统诗词，而且积极创作白话诗（新诗），《阿斯帕大妈》便是其中的代表作。该诗热情地讴歌了人间无疆的大爱。他不仅用传统的平水韵创作，也用新韵创作。可见他绝不拘泥守旧，而是抱持开放的态度。

存宽师还具有诲人不倦的精神，我写的为数不多的十几首打油诗，几乎每一首都经过了存宽师的修改润色，凝聚着他的心血（当然也有雷风、曾景忠、梁星彭等诗友的功劳）。

回想起来，去年他从1月4日住院，直到9月中才出院，与死神抗争达九个月之久。今年又从8月17日入院，直到中秋、国庆节前才回家。长期的病痛耗尽了存宽师的体力，到10月5日16时，急救车赶来，将他送到协和医院，也未能挽救他的生命。他就这样急匆匆地走了，永远离开了他的终身伴侣杜大夫，离开了他心爱的儿子和女儿及众多亲人，也离开了我们这些诗友和同志、朋友。

存宽师在与疾病作斗争的同时，并未离开毕生从事的科研工作，据我所知，去年住院以前他还在为《香港志》审稿，那是一项卷帙浩繁的工程。即便在住院期间，他也未停止他心爱的诗词创作，不时有作品发表。

老刘对我的指导帮助我是永远不会忘记的。我写了一首反映农民工艰难生活的古体诗《工友吟》，得到诗友们的好评，大家都认为是一首好诗。尤其令我感动的是，存宽师还专门为该诗写了一篇评论《勤奋出佳作，真诚动人心》，对我奖掖有加。然而需要说明的是，并非存宽师提到的优点我都完全具备了。他说我真诚朴实，我确实不敢不真诚，不敢不朴实。说我诗艺纯熟就不敢承当了。《工友吟》最后成诗是经过存宽师和景忠兄修改加工的结果，在一定程度上是集体创作。至于勤奋好学，听后也觉得惭愧。我读过的诗词及相关著作很少，写得更少。这只能作为我今后努力的方向。

存宽先生走了。我有不尽的思念，先写以上文字作为对他的纪念。

牢记师尊教诲

赵 信

刘存宽师尊和我们永别了，但师尊的音容笑貌，迄今萦绕在我的脑海里而难以忘怀。

近代史所与考古所近在咫尺，但由于工作性质不同，我和师尊少有接触，惟师尊高深的学术造诣，以及穿透灵魂的诗作，吾人早有耳闻。

古稀之年的我，有幸在梁星彭先生的引荐下，加入了院老干局秋韵诗社。历次的诗社活动中，我聆听到了师尊的亲切和温馨的话语，感受了师尊朴实无华、平易近人的优良作风。曾记得，在一次诗社活动闲暇之时，我主动走近师尊身旁，紧紧握住他富有智慧的双手，请教："学习写诗是否有捷径可寻?"师尊直白地对我说："学诗没有什么捷径可寻，只有勤学苦练才能成功，你们所梁星彭同志很聪明，诗写得也非常好，但是你可知道，他在背后要付出多少心血啊。"简练而深情的语音拨开了我眼前的雾霾。随后，我将自编的《定陵参观导引》馈赠了师尊，他一边翻阅，一边说："定陵发掘你是亲历者，完全可以以定陵发掘为题材，练习写几首诗歌。"尔后，我尊师嘱，写了一首《定陵抒怀》打油诗，发表在《中国社会科学报》"家园"版上，诗作的发表要归功于师尊对我的一片苦心激励。

我自知提的问题很幼稚，但师尊还是耐心地进行了解释。师尊的教诲，我将永远铭记，定会终身受益。写此短文，以纪念含笑九泉的刘存宽师尊。

附记：我是一名田野技术考古工作者，写作不是我的长项，更不会写诗。参加秋韵诗社活动后，在刘存宽、雷风、孙景超、龚荣进、秦麒明、梁星彭、郭兴仁、陈好、李兆东等领导以及诗友们的具体帮助下，我也能在《秋韵》诗刊上发表诗歌，在这里我要向你们致以衷心的谢意。